U0894846

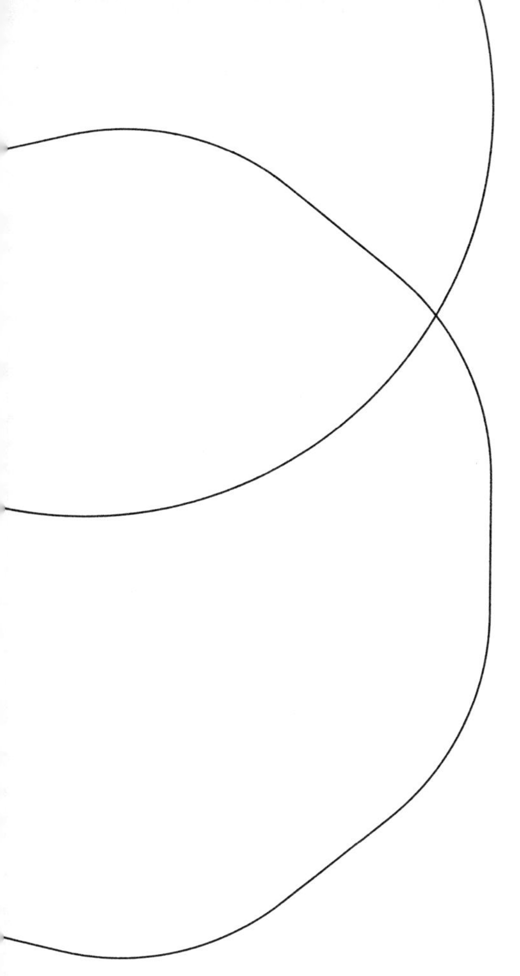

追随
他的记忆

林为攀 著

北京联合出版公司
Beijing United Publishing Co.,Ltd.

林为攀

90后青年作家。

台湾时报文学奖、新概念作文大赛、TN文学之新获奖者。

其作品散见《文艺风赏》《大家》《青春》《萌芽》《作品》《山东文学》《福建文学》《青年文学》、台湾《时报》等刊物。

迷宫之城

——《追随他的记忆》自序

迷宫之城 ——《追随他的记忆》自序

这几年，我做过许多梦，大都与故乡有关。我的梦里出现了很多故人、故事，而且这些人、这些事在此之前并未让我挂在心上。没想到离开故乡六年来，这些往昔却光临了我的梦境。这些之前面目模糊的故乡人、家乡事在我的梦里逐渐清晰，有时甚至让我误以为自己正在经历童年。

长此以往，我觉得不光要让他们在梦里相会，还应该用一种能触摸的方式将他们系在一起。就像小时候放牛那样，用一根绳子就可以让一群牛不离视线。最后我真的用这种方式处理了他们，让他们在我的梦境改变之后也能在某些时候顺利被记起。

这种方式就是书写。

记忆太繁杂了，人物太多了，每段记忆都带有不同的属性，每个人物都长得不一样，要让他们在我的书里和睦相处，我觉得只有“回去”一途，即自己真的回家一趟：拜访健在的故人，倾听还未遗忘的故事。很可惜，很多当事人不是驾鹤西行，就是得了老年痴呆症，还有的压根儿没把这些事放在心上，毕竟在他们的漫长一生中，有太多更重要的事需要记忆，一无所获的我像被打了一记闷棍，在自己最熟悉的故乡竟恍若异乡人。

但这也让我顺利找到了书写方式，我决定通过自己这短暂的六年异乡轨迹穿起这些梦境。为了让这种怀想或文本更加真实可信，我只好在书里将主人公当成一个弑师者，在他逃亡的路上，在他所躲藏的每个地方，总会遇到似曾相识的人和事，而这些似曾相识的人和事就顺利地让他记起了只在梦里清晰的故乡。就这样，他每逃亡一天，都要经受双重折磨：一重是时刻担心警察会破门而入、一重是被理不清的记忆缠绕。久而久之，他变得越来越阴沉、越来越沉默，最后干脆不再开口说话。没想到这个决定此后让他避免了很多麻烦，他是一个南方人，在北方之城只要开口说话，就会被人取笑口音，而在南方正常、在北方稍显矮小的身高更是让他见到人就唯恐避之不及。

口音可以通过沉默掩盖，但身高就像北方冬天的大雪，那么明显，那么刺眼，几乎没有法子将自己藏起来。多么奇怪，矮小的身形居然像天上的太阳一样，让人一眼就能看到，从这方面来说，矮难道不是高吗？

直到他来到最后一座城，他决定停止逃亡。在这座陌生的城市，他觉得是时候清理自己的记忆了。在他刚来时，他通过地铁站蛛网般的地铁线路图，好像看到了自己的大脑构造，密密麻麻，占据着城市的各个方位。而他的大脑，显而易见，也没了空间储存他多余的记忆。几天以后，他在这座无人认识的城市收到一份陌生人的“讣告”，于是他开始了逃亡以来的第一次精心打扮，穿了一身黑西装，踩了一双高跟皮鞋，以一个北方人模样兴致勃勃地去参加葬礼了。

没想到，迷宫般的城市让他迷路了，就像这些年一直让他迷失的记忆一样。最后鬼使神差般，他走进了警察局，记忆一下子变得条分缕析，肩头的负荷突然卸下，他的脸上露出一个只有在孩童身上才看得到的笑容。

作为作者，在写完最后一个字的夜晚，我度过了一个无梦之夜。那是一个香甜又温馨的睡眠，就像婴儿的睡眠，那些纠缠我的记忆都有了红绿灯、指挥交警……

我不会再迷路了。

林为攀

2016 年 9 月 7 日

于北京

目录 contents

追随 他的记忆

第一章　星形胎记

在有生之年，他有过很多选择。这些选择事后看来大都徒生悲怆。每当此时，他便会希求“重掷一遍骰子”。

除了出身无法选择，选择姓名、情人、工作、朋友时都没有人干涉他，由于耻于开口的出身，他之后的这些选择多了一种义无反顾，好像誓要与过去一刀两断。决定他之后一生命运走向的出身虽然让他多了选择的自由，却也令他丧失了试错的空间。

现在没有人能说清他出生在什么样的家庭，也不知道他的父母姓甚名谁，他在谈恋爱和填写就职表格时把自己的户籍地和姓氏都有意抹去了。他私自给自己换了个故乡和名字，以一副新生的姿态游走于和他有类似情况的人群中。

他和别人不一样，他本身不是一个摩登的人，他想要的只是切断过去，让别人无法从他的名字中窥破他有一个糟糕的家乡，同时他也不想用带有异国风情的名字让自己步入另一个极端。

很多和他有类似经历的人都喜欢用外国名字掩盖自己的出身，这些名字无疑能让他们在竞争激烈的城市混得比较好，但花样繁多的证件往往会让他们露怯，坐在柜台里面的那些工作人员别样的眼光常会让他们的努力化为泡影。幸好他换过的新名字也很普通，一点都不招摇。他认为这个新名字不属于他本人，他只是暂居在里面的一个旅客，只要时间一到，他就会出来。

他还很年轻，还有很多选择，但最近他一直在思考死亡。在这个当口儿思考死亡，未免有些为时尚早，很多人终此一生头脑里都不会出现这个问题，更不用说在大好年华因为想到死亡而彻夜难眠。他觉得自己终会死去，只是时间早晚的问题，很多时候，他觉得活着就是一个累赘，只不过他有限的体重和身高让他和别人比起来，令这个累赘没有如此沉重。如果他和曾祖父一样高寿，那他这个包袱就会多背负数十年，只有在中途意外死去，才能让自己趁早解脱。他恐惧很多事，唯独对死亡甘之如饴，好像随时做好了赴死的准备。

这个念头在他改名的时候就有了。

当他下定决心终于要和故乡、姓名告别的时候，幼年时期的惊颤故态复萌，他浑身忍不住哆嗦，灵魂好像被一个大型针头抽走了，徒留无用的躯壳在世上漂泊无依。他的童年并没有和他有类似想法的人那样饱经磨难，甚至称得上幸福美满。看上去幸福美满的童年并未夯实他以后的人生路，让他按照大部分人的轨迹那样有惊无险地走到生命的终点。他没有经历过战争、灾荒，也没有受过老师的白眼，父母也给了他所能提供的一切，真要说有什么让他至今耿耿于怀，还是年少时那堂课上老师脸上无意间流露出的失望神情。

第一章　星形胎记

那是他第一次明白让别人失望是一件比死还难受的事。事情很简单，只是因为他没有继续保持优异的成绩。这件事使他很长时间无法释怀，在无数个黑夜想起来时依旧脊背发凉，与其说是自己辜负了别人的期望，不如说别人在他身上押错了宝。这就有点像未尝败绩的赌徒最终输光了一切，别人只会记住他最后的家破人亡，而不会想起他也曾风光无限。那堂课上他始终如芒刺在背，上课的乐趣在同学的交头接耳中、老师面无表情的脸上消失无踪，他第一次想尽快结束这堂课。他全身发痒，好像有无数虫蚁在身体上攀爬，从他的大腿内侧爬到他的脊背上，再从他的脊背上爬到他脸上，他红彤彤的脸颊比那天的夕阳还光亮灿烂。他终于理解那些学习成绩不好的同学为什么每天都在憧憬下课铃声响起了，铃声就是救命稻草，能把他从令人窒息的坟墓拉回到春暖花开的山坡。他也终于第一次明白了他每年暑假在山上途经的坟墓是何等森严、何等如同桎梏。也是从那天开始，他发现自己在做错事时会脸红，脸红成了他与生俱来的标识，让别人能一眼看穿他的内心所想。再过几年，等到毕业晚会那天，他发现自己喝完酒后也会脸红，虽然别人认为喝酒脸红和酒量好坏成正比，可他没有如是想。事后在其他需要喝酒的场合再次听到这个说法的时候，他还是不认为自己的酒量好。不过为此他不安的内心觅到了一个说辞，让他说起谎、做起坏事来变得更加有恃无恐。因此饭桌上的酒徒更常灌他酒了。他不是不知道此举得不偿失，但人的一生如此漫长，需要圆的谎如此之多，真的需要借助酒精的力量麻痹自己——

醉也好，清醒也罢，谁能说清酒醉与清醒之间的界限？

追随他的记忆

每年暑假，他都会去山上看看，除了校园，就数在山上待的时间长。离开故乡后，他还是会无法抑制地忆起那座山。用他此后见惯了好山好水的严苛眼光来看，故乡的山水并不值得称道，但很奇怪，故乡的山就是不由分说地入他梦中，让他睡醒后泪眼盈盈，心绪惆怅。他觉得现如今置身城市的他并不是完整的自己，起码有一半留在那座山上。好几次他想回去重拾自己的另一半，让它们合并成一个完整的自己，不再让自己游走别处时还心心念念另一半，拖累自己前进的步伐。

山上高大的灌木丛是底色，四季的天空是背景，只不过现在少了自己，让这片风景骤然失色不少。偶尔响起的几声枪响，增添了聒噪又必不可少的旁白，好在林间摇曳的树枝并未让它失去原有的鲜活。高低起伏的坟墓，点缀在山间的每一处角落，在山下仰望时，飘起的白幡时常令他感觉如置身严阵以待的军队之中。很多新添的坟墓会让人得以窥见山的褐黄，从而明白，草木无非是山的障眼法。

那些旧坟一般掩盖在树木间，他年幼的身影向往山间诱人的野果，矮小的身子有一半被草木挡住了，眼看快要摘到眼前的野果，只听扑通一声，不见了，只留幸存的野果在枝头窃喜。再看时，哪里还有他的身影。同伴呼喊几声，没有响应，停下来仔细扫视一遍，只见不远处的一片草木晃得有些过分，当下的风没有这种力度，才知道他掉进“死人堆里去了”，掩嘴笑个不停，踩倒一片草，砍断几棵树，发现他在下面蜷缩成一团，笑得更大声了。

坟墓里的遗骸被迁走了，但他脸上的恐惧令他比真的见到了尸骨还骇人。

就像多年后，他人已远离故乡千万里，但心里还留存着对故乡的眷恋。不同的是，前者是恐惧，后者是回味起来的甘甜。从坟墓里起来以后，关于那座山的传说第一次在他脑海里生动起来。在此之前他没有见过坟墓，关于死人的面孔还蛰伏在脑海里，并不真切，等真的亲眼见过后，妖魔鬼怪瞬间在他眼前张牙舞爪。再联想到前一段时间老师那张失望的面孔，他首次感到生无可恋。

故乡流传着很多亟须纠正的吓人传说。当他长大后，才发现这些传说远比人和人之间的龃龉温和多了。故乡的每个人都能说一两句这座山的是非，就像对某个人，不管是熟识的还是陌生的，每个人都能指点几句，至于这个人到底怎么样，没有人关心，更没有人在乎。人们只是把他当成了自己表演的底本，只要自己表演得够尽兴，其他的一切并无意义。所以，当事人一方面对这种或真或假的指摘深恶痛绝，另一方面大可对这种无关他本人的是非采取安之若素的心态，因为这些表演换了底本照样可以上演。

但是大山无言，没有客观的第三者倾听它真实的内心，它对随意扣在自己头上的帽子一概不能拒绝。话又说回来了，山要是跟人计较，山就不是山了，所以它多年来一直缄默不语，不管人们说它什么，或者在它身上做什么。早些年，在火葬刚开始兴起的时候，它清静了一段时间，没有人在它身上又掘又刨，它的皮肤保持得很好。它以为它的皮肤会继续这样保持下去，不会再由于不间断地接纳那些或寿终正寝或中途夭折的人而变得千疮百孔——当然，除此之外，它也害怕镰刀、柴刀等一切利器，但这些比起锄头来，就有些小巫见大巫了。但是它错了，虽然人类的遗体被焚烧了，但人们并没有把骨灰撒到那些呵护它皮肤的树木身旁，而是照旧掘大大的坑，仅仅是为了容纳那方小小的骨灰盒。以往埋葬棺材的时候，由于棺材和事先挖好的坟坑大小一致，因此它并不觉得难受，但是掩埋骨灰盒挖的坑不仅没变小，反而更大了，这就让它浑身不舒服。就像一颗玻璃弹珠装在一个空荡的盒子里，一有风吹草动，确实会给人闹鬼之感。至此它才明白为什么有人说它经常闹鬼了。

它无数次想对那些摸黑上山野合的男女说：“不是我闹鬼，而是你们心里有鬼。”

它好几次想对那些掘坑的人说：“把坑挖小点，等下又闹鬼了。”

它还要跟经常打猎的那个人说：“少放几枪，等下真的把鬼引出来就不好了。”

那个打猎的人生有异相，额头长有一个星形的瘤子，在阳光下像一颗草莓般鲜红。他扛着一杆锈迹斑斑的猎枪，对它的每一寸肌肤如数家珍。不管是哪个季节，都会看到他忙碌的身影，如果哪天一时没见到，它知道自己会想念他。它并不恨他经常在它身上放枪，那些走兽飞鸟的减少，其实和它关系不大，一杆破枪能打到多少野物？它反而有点同情他，他并不像其他人那样能甘于沦落成一个庄稼汉或打工族，他是有一技之长的人，他的舞台应该在山上，而不是在那些一脚下去能沾一裤裆泥水的田里，更不是在那些工厂的流水线上。

他墨守着祖上留下的伟大传统，固执地认为单凭一杆猎枪就能让自己丰衣足食。很显然，结果并未如他想的那般，他既没让自己丰衣足食，也没能让自己娶妻生子。那杆被给予厚望的猎枪回报给他的只是一日三餐，而且打了诸多折扣。他已经被自己无法理解的世界抛弃了，也被周遭人的白眼寒了心，然而他内心的激情并未就此减少，反而由于外界的刺激而变得蓄势待发。

每年的春天，万物复苏的时候也是他最难熬的时候。那些打工返乡的同龄人不是带着鼓起的腰包在他面前炫耀，就是领着女朋友在他面前故作关怀地问他终身大事怎样了。每到这个时候，他都会在内心重新燃起希望，他寄希望于那座山能在潜伏一个冬季之后，在这个阳光明媚的春天给他带来足够多的野物，最好能有几只珍禽异兽。那样他就可以彻底一雪前耻，同时也能够向那些人证明，他的枪永远不会失去舞台。

他小时候和这个猎户很熟，经常看到他坐在屋檐下擦拭那杆猎枪。那个时候，他家和大部分人家一样，都是用泥土夯实的屋子，这种屋子冬暖夏凉，墙壁很厚，只要走得快一点，木制楼梯就会发出嘎吱嘎吱的声响。那段时间，从爬楼梯的动静就能知道一个家庭的吃穿用度。如果家境富裕的，上楼下楼的声音就会格外响，不过最响的还数这个猎户的楼梯。每天黎明时分，沉睡在梦境中的人都会被这种声音惊醒，他们睡眼惺忪地从床上醒来，侧耳听一会儿动静，就知道那个趾高气扬的猎户又要上山打猎了。他们敢怒不敢言，因为山上的那些飞禽走兽并没有他们的份儿，只要是他想要，就都是他的，那座山就像他家给他圈养无数猎物的后花园一样。

而他们身无长物，也无一技之长，每年的衣食住行都要看老天的脸色，天气的好坏决定了一年农作物的收成。每当他们春天播种时，来自山上的枪声就会让他们愧疚难当，一年的辛苦有时候还比不上他放两枪赚得多。那个时候还不兴外出打工，也不知道除了这块生于斯长于斯的一亩三分地，还别有洞天，更不知道土地除了种粮食，还能种茶树、果树。炎热的夏季收割稻子之时，便是庄稼汉最忙的时候，也是他最清闲的时候。到了夏天，他会适当调休，他会等着入夜天凉后再上山。其他时间则背着手从这里走到那里，额头上那颗“星”别提有多刺眼了。闷头收割的人听到口哨声就知道他来了，就知道他又来给他们添堵了。

很多人装作不知道他来了，只有在他扯着嗓子冲他们打招呼，实在不能再装听不见的时候才会勉强抬起头，挤出一点笑容，寒暄几句。

猎户：“今年收成很好啊。”

人们看到他背着的手里不知道何时多了一根牙签，咧开嘴，挨个儿剔一遍齿缝，然后啐一口唾沫，继续说：“今天太阳好晒啊。”

别人：“你今天不打猎啊？”

猎户：“让山休养几天，等天凉了再说。”

还没等别人回话，猎户又跑到另一处田边去了。村民自讨没趣，只好低头继续割稻，看到小孩躲到树下贪凉，马上跳过去揪住耳朵，“快干活儿，就知道玩。”

小时候他对猎户印象不好，他觉得家乡的大多数矛盾都是由他引起的。他的父母有一段时间总拿他撒气，就是因为“这个死打猎的太嚣张了”。为此，他的父母不顾他优秀的学习成绩，死活要他念完初中后去参军，因为部队里可以使枪，等服完兵役“枪就可以放得比他准”。他一度动摇了，真想听从父母的话，去部队学习一门“打鸟的手艺”，但被他的老师及时制止了，“成绩那么好，以后选择的路多了”。经过几夜劝说，他的父母最终改变了主意。他现在无数次地想，如果当初真的去当了兵，现在的人生说不定大有不同。他的几个初中同学参军那天，受到了家乡所有人的欢送，那些鲜艳的横幅、喧天的锣鼓声无不昭示着“一人参军，全家光荣”。

此后，他坐在高中的课堂里神游四方，遥羡在军营出操的同学。他的身子生来瘦弱，如果能在军营锻炼几年，说不定掰手腕的时候就不会被班里的大个子欺负了。每个班级都有几个长得人高马大的同学，这些同学不比成绩，不比智慧，他们一般崇尚力气，每天上课前，不管寒暑还是晨昏，都会二话不说就撸起袖管，从第一排的男生开始，挨个儿比试掰手腕。他的个头决定了他只能坐在第一排，但他的学习成绩又让他专属于第三排，最后由于视力不济，他只能和一些成绩中游的学生一样坐在第一排。

他是唯一坐在前排成绩也排在前列的学生。

那些大个子不管你的学习成绩如何，有时候还故意挑选一些看上去瘦弱、成绩却很好的学生比试腕力，为此他不堪其扰，每次都无法拒绝，只要表现出一丝不满，对方就会说他不是男人。在高中校园，说一个男生不是男人比读书不好还让人难为情，而且他哪里不是男人，充其量只是不明显而已。所以他每次都败下阵来也就不难理解了。大个子同学还不依不饶，非得让他两只手一起用，他只好使出吃奶的力气两手并用，却输得更惨——“两只手都掰不赢，还真不是男人”。大个子继续往下挑战，依然未逢敌手。他只能更深地把头埋入课本，两只发酸的手也尽量不去管，不然就“真不是男人了”。

每当这个时候，他都会格外怀念那些参军的同学。但接下来的事又让他庆幸“好在没有参军”，更让他觉得力气小其实也没什么大不了。过了很久，他才知道参军的同学很多复员回家了，相比参军时的锣鼓喧天，尽人皆知，回家却悄无声息，不为人知。他感到很奇怪，又不好意思问。那些摆放在角落的锣鼓没响一声，只有当初挂的横幅经了风雨的侵蚀，还依稀能辨清几个字。只有在来年春天，一批新人踏上参军旅程时，这些锣鼓才会再次用上，横幅才会换上新的，旧人看着新人时，不知道会不会回想起当初的自己。

而且，很多人在部队连枪都没摸过。猎户刚开始不信，以为自己的地位受到了挑战，过了几天，才把悬着的心放回肚里。经过试探，他发现他们真的不会打枪，不仅扶不稳枪托，连上膛都不懂。放下心来的猎户之后光顾的家庭就变成了那些参过军的，但碰到的一鼻子灰又让他明白过来，这几个当兵的虽然不会开枪，但那力气真是壮如牛，着实不好欺负。

在他的家乡，每家每户都有一个打糍粑的石臼，有上百斤，成年男子很少有扛得动的。那天，有一些村民相邀打糍粑犒劳参军归来的儿子。猎户闻到香味，把野物挂在屋檐下，滴着血，看上去是要去分一杯羹，实则想再去争点面子。进门的时候，他正好看到石臼从头顶飘来。原来是另外一家刚好去借用石臼（他家的石臼被盗了），而那户的儿子前几天刚好被他取笑过。他看到扛着石臼的那个年轻人回过头看到了他，吓得脸都青了，赶紧躲在门后，不敢探头。屋里头听到动静，出来查看，发现一个抖得像筛糠的屁股蛋子，叫了一声。猎户回头看到一身横肉的另一个兵，先是惊住，而后撒开脚丫，一阵烟跑没影了。他回到家里，即使关严了门，舂捣石臼的响声还是会传到耳畔。他慌忙用被子蒙住头，入夜后，提枪冲着模糊的夜色放了几枪，总算挽回了点面子。从那以后，他见到这些当兵的都借故绕路走。

枪声响起后，犬吠也比往常响。这些看家护院的畜生每到入夜，两眼都会发光，闯入夜色时，那双眼睛会让人想起某些经过人工雕琢的钻石，盘桓在夏夜中的萤火虫也有类似的光芒。发光的钻石吓跑了很多潜在的偷盗者，每个有条件的家庭都会养一条在黑夜发光、在白昼摇尾的大型犬。那段时间，参军归来的后辈暗暗令猎户不安，这群跳跃于田间地头、山林溪涧的犬发出的嚎叫也让猎户的枪失去了存在感，尤其在那个晚上几声枪响无情地被一阵密集的犬吠抢去风头的时候，那种无力感更是明显。他也想过养一只，让它尾随在自己身后，为自己上山打猎的时候打前站，让它钻进那些深不见底的石洞，或者涉过偶尔湍急的溪流，最好能在自己不发一弹时咬死几只大意的走兽，或惊吓一只还没来得及振翅的鸟。

他提着几只野物，走到东家，还未进门，就先听到一窝狗崽子的哼唧声。那只母狗嗅了嗅空气，发现和主人的味道不一样，马上跳将起来。那几只狗崽子还叼着它的乳头，没松口。他看到龇牙的母狗身下挂着一串小狗，刚要发笑，就听到警告声，赶紧捂住嘴。那几只野物也挂在他的手上，弯着脖子，中枪之处还渗着血。他慢慢地把野物放在地上，打手势安抚这位暴躁的母亲。刚巧，主人出来了，先是冷眼瞧了瞧地上的野物，然后再看对方煞白的脸，故意等了一会儿，然后才出手制止母狗。母狗听后，不再龇着牙低嚎，毛发也平顺了很多，那条高高耸立的尾巴也换成了左右摇晃的姿势。

猎户有了主人壮胆，松了一口气，弯腰去拾野物。母狗见状，一个箭步冲了上去，要不是他躲得快，下场就像那些死在他枪下的野物一样，挂彩了。他没敢多加停留，瞅准一个亮光处就跑。他就这样一直跑，跃过了门槛，跳过了栅栏，在自己家门前扶腰喘了会儿气，然后发现野物落在了“那个王八蛋”的家里，肩上那杆猎枪也差点折断。他气不打一处来，对准乌云密布的天空放了一枪。不远处的那只母狗正在逐个儿把狗崽子叼回窝里，听到枪声，夺门查看，一时和猎户四目相对，人和犬都没敢动。

东家不行，就换西家，但西家也没如他愿。西家大门紧闭，一只正在脱毛期的狗趴在院子里跟一只猫玩耍。他自讨没趣，终于不再挂怀养狗之事。

他在那个夏天快过完后，想叫上几个当过兵的初中同学去他们学校，替自己挽回“丧失的男人尊严”，但始终没见到他们的人影，过了好久才知道，他们进城打工了。他坐在课堂里经常想起健硕的他们，随着课业的紧张，家乡也在发生着一些不易察觉的变化。

后来，很多人家都盖起了楼房，只有猎户还住在泥土房里。人们照旧在每个黎明听到下楼声，但他们不会生气了，动静越大说明猎户家越困窘。他现在只能拿那十几级木制楼梯出气，顺便回味一下过去的风光岁月。他们通过查看猎户屋檐下挂着的野物就能知道山上的情况，以前，屋檐下挂满了各种野兔、猫头鹰、锦鸡，有时候甚至还有野猪；当他们的楼房盖起来的时候，屋檐下就只剩下田鸡、田鼠等一些不用枪就能逮到的“鼠肚鸡肠”。建楼房的人家有直通屋顶的楼梯，用水泥浇筑而成，再怎么用力踩都不会发出声响。他们经常会在傍晚猎户打猎归来的时候来到屋顶上，俯瞰着那座仅存的泥土房，瓦片上长满了草，还有一些鸟在上面筑巢。

他们在屋顶上看到猎户披着夕阳回来了，除了那杆枪，腰上空无一物。猎户不知道上面有很多人看他，这些人正用某种意味不明的目光审视着他。他对身边走过的每个人都报以笑意，这些人不知道他没打到猎物，以为他在回家之前已经顺利卖掉了那些野物。但是上面的这些人知道他在扯谎，他们亲眼见到他一无所获地从山上下来，那座山除了响起几声枪响，冒了几股烟，并没有让他占到任何便宜。

而且，这些人还相约早上起来看他的笑话，他们入睡前定好闹钟。等钟声一响，他们掀开被子，随便披上一件外套，摸到自家屋顶上，然后边打哈欠边等待脚步声响起。太阳还没有出来，一切都是雾蒙蒙的，大山也隐没在黑暗之中，猎户屋顶上的瓦片盖了一层薄霜。等到太阳升起后，这些白霜就会融化成水，流过凹凸相间的瓦片，在屋檐下滴落。滴水声无数次让还在睡梦中的猎户以为猎物回来了，然后他就会硬着头皮像以前那样，从床上一跃而起，下楼时常会忘记以前的习惯，重新爬上去，再大踏步下一遍楼梯。

在屋顶等得无聊的那些人，听到脚步声响起后，就会一起开口数数，一次脚步声代表一级楼梯。那天，他们数来数去，发现楼梯比以前少了几级，最后才发现，原来猎户一脚踩空了。就这样，笑声在脚步声还没完全消失之前又响起来了。

当太阳升起的时候，脚步声和笑声会令这座泥土房“骨质疏松”，那些在屋顶上看房子和猎户笑话的人突然发现他们这样做有点过分了。其实他们并不比他好过，猎户的困顿写在脸上，而他们的则被自己捂严实了。楼房虽好，但在夏天不易通风，待久了会闷热无比，电风扇开一天都无济于事，每当这个时候，他们就会无比怀念那些老房子。好在楼房有屋顶可以歇凉，他们卷起席子，在屋顶上摊开，点燃事先准备好的蚊香。躺在屋顶上的他们自顾不暇，再没了心情数那座房子的楼梯。猎户对那些人在大夏天不睡在屋里感到很奇怪，他打开二楼的木窗，看到别人家的屋顶上跷起的一个个二郎腿，想了很久，依旧不明所以，只好关紧木窗，盖上被子，睡着了。

他刚开始不喜欢自家新盖的房子，在这样的房子里他无法安心读书，耳边纷扰的蚊虫让他在最炎热的夏夜都不敢穿短衫短裤，穿长衣长裤又会捂出汗。夏天的夜晚很漫长，他在床上辗转难眠，只好跑到屋檐下，拧开水龙头，接一桶凉水，浇个透心凉。很多时候，他在浇水的同时都会看到天上那轮浩大的明月，有时他会望着明月发呆，月亮的阴影让他浮想联翩。他阅读过许多过度美化月亮的诗词歌赋，却从未感同身受，他觉得月亮的阴影其实是一个骷髅的形状，当他多年后置身于城市时，这种感觉愈加强烈。

父母知道他睡不着，已在屋顶替他铺好了席子。他冲完澡后，拾级而上，裸露的水泥板长得非常丑陋，每天早上打扫时都会尘土飞扬。忘记拿电筒的时候，他会蹭着墙壁慢慢往上走，没有用石灰涂抹的红砖经常会把他的肩头蹭脏，每当这个时候，他就会愈发怀念住过的老房子。他在城市打拼数年之后的某一天，父亲在电话里高兴地跟他说：“老屋的墙上发现了很多标语。”这些标语藏在旧挂历中，父亲有一天清理老屋，在撕挂历时意外地发现了这些标语。刚开始他没听清父亲的话，他在城市待的时间久了，已经差不多遗忘了故乡的方言。当父亲用他那蹩脚的普通话解释了好几遍后，他才明白过来，墙上那些让父亲兴奋的居然是红军途经他家乡时留下的宣传标语。他还记得老屋的墙后头也有很多这样的标语，只不过相比于墙内标语的低调，墙外的那些口气明显透出不容置疑的权威。父亲还告诉他，有记者下来采访，想知道标语的确切时间，说不定还能向上面申请一笔款项，把破败不堪的老屋好好修缮一番。

挂上电话后，他在城市逼仄的房间内遥望迷雾中的那轮圆月，多年前的往事就这样从他脑海里纷至沓来。他盯着这个骷髅头——这个会随着时间变化而变化的骷髅，想起了那年夏夜躺在屋顶上披着星河入睡的场景。他躺在屋顶上，没有跷二郎腿，他的行为处事从小到大一直严格地保持在一个范围内：吃饭时不会发出吧唧声，坐姿也很得体，不会大幅度地摇晃双腿，更不用说走路像猎户那样背着双手了。楼板经过烈日一天的暴晒，即使垫了厚厚的席子，还是能感受到灼人的滚烫。他站起来，在萦绕着淡淡蚊香味的楼顶上走动。整个故乡都沉浸在睡梦中，只有零星的几点灯光还眨巴着眼。灯光里烟雾缭绕，那是从一些赌徒嘴里喷出的烟雾，他们坐在牌桌的四个方位，有输急眼的人放大嗓门的声音。他走到另一处，发现有一个孤独的火星燃烧着不长的烟卷，在烟卷忽明忽暗时，他看到了那双满怀心事的眼睛，那是晚上经受失眠困扰的猎户。

猎户也抬头看到了他，看到了这个学习成绩一直很好的他。他很快摁灭了烟头，并弹了出去。烟头的运行轨迹分毫不差，直中不远处的那棵树。猎户不想让自己的烦恼被这个年轻的后生看到，相比那些参军归来的人，猎户跟他并没有多少直接的交流，有时候在路上遇到，也只是互相点点头。很久以前，在山上的野物还很多的时候，他经常会冲着猎户挂满全身的猎物出神。猎户以为他在佩服自己高超的枪法，多年以后才知道，原来他当年是被那些野物五彩斑斓的羽毛所吸引。当他离开故乡许多年后，猎户经常会在邻里的口中听闻他的现状。那个时候，猎户已经很久没上山打猎了，但背着手游走乡里的习惯还是保持了下来。猎户就这样背着手在很多地方听到了多年前曾在黑夜与自己有过对视的他的传说，不是说换了个工资很高的工作，就是说在城里找了个女朋友。这些或真或假的说法让猎户觉得他是家乡最有出息的人。

在那些无法打猎的日子里，他越来越像那个坐在门槛上念念有词的老人。那个老人在死神召唤他之前，已经提前被人们遗忘了。他的皱纹里藏了许多故事，每一根白发都是历史的见证，只是没有人有耐心去理解他。他每时每刻都在说话，没有人能听清他在说什么，在那些百无聊赖的日子里，猎户经常和他一起坐在门槛上，想听清这位老人到底在讲什么。

他在楼顶上与猎户对视的时候，还看到了他额头上的那个胎记，在烟蒂转瞬即逝的当口儿，他及时看到了那个会发光的星形瘤子。每个人生来都和别人不太一样，他在拥挤的城市里无数次想找到两个长得一样的人，却始终没有找到。猎户是个人特征最明显的一类人，除了他日益娴熟的枪法，就数那个胎记了。在他风光的日子里，那个胎记就像鸡冠一样招摇，落魄后，胎记也萎靡不振。那个胎记是猎户身上的晴雨表，从中能直观地看到猎户最近的心理状态。

春去秋来，猎户一次次地失望，最后，他终于不再拿起枪。即使如此，每年春天到来时，他还是会生出一丝希望。他通过擦拭枪杆找回逝去已久的尊严。在他家的门前，常有担着稻谷的人经过，扁担在肩头压弯，稻谷在袋中拥挤。很多时候，他都想一枪打穿那些袋子，让稻谷倾泻而出，如泻出的月光般橙黄。但他不敢，那座山不再为他撑腰，他见到人时也终于放低了姿态。有时候，他会去那些刚收完稻子的田里，看看能不能拾到一些谷粒。他背着枪，故意眺望不远处的那座山，他不敢让别人知道他的醉翁之意。有时候他还会趴在田埂上，趁没人注意，扯一把累累稻穗，马上装进事先准备好的袋子，然后故技重施，没过多久，他的袋子就鼓出来了。这个时候，那些青蛙就会跳到他的袋子里，陷进稻谷里，淹没身子。一路蛙声就这样传进了遇到他的每个人的耳里，他们都感到很奇怪，他怎么不打猎改逮青蛙了。

过了几天，很多人发现自家还没收割的田里稻穗少了很多，仔细看又不像牛啃的。猎户知道后，慌得不敢再伸手。

他的星形瘤子就这样随着四季的转变一天天增大，最后居然增大至跟鸡冠一样大的程度。那段时间，他用锄头在院落松了一块地，撒了几粒花种，浇了几瓢水，在花还未绽放之前，先引来了蝴蝶。看着翩跹的蝴蝶，他有点期待花的到来。用完锄头后，他搁在了墙角——再过几天，这把锄头会被他扛在肩上，那座很久没见到他的大山会发现，他用锄头在自己身上掘坑。

他用东西盖住花圃。

别人到屋顶乘凉的时候发现猎户的院里花香一片，猎户不知道头上有人窥视，还在给花圃浇水。过了几天，他掀开盖子，看到花开了，他在家里给自己打造了一片春天。他感到很兴奋，仔细看时，发现这些花像极了他额头的胎记。就在此时，他的胎记隐隐作痛了，他照镜后才发现星形瘤子好像变大了，用手摸，发现很鼓。他有点害怕，不过也没多管，这种癣疥之疾不会让他放在心上，他把所有的心思都放在了门外火红一片的鲜花身上。他放下镜子，走近花圃，蝴蝶实在太多了，他用手驱赶，俯下身来观看，看到这些酷似胎记的鲜花，又不自觉地摸了摸额头，发现痛楚加重了。此时，有几只别人家的公鸡跳进了他的院落，叼起他手边的鸡冠花就逃走了。他忙操枪出门查看，看到黄昏下的公鸡变成了天边的晚霞。

他开了一枪，没有打中，他的枪法生疏了。他继续开了几枪，误伤了一只路过的犬。他环顾四周，跑上前，发现是前段时间给过他难堪的那只母狗。那只母狗的狗崽子已经长大，被主人卖给了不同的乡镇。它经常走到路口，仰头呼唤儿女，持续整整一天，然后在夕阳西下时一步三回头，归家吃饭。没想到那天竟横遭此劫，它被这个之前跟它有过矛盾的猎户拖进了院子，然后用袋子装起来。猎户的屋檐下飘出了久违的血腥味。

那只公鸡叼走鸡冠花后，发现食之无味，便果断弃之，它想起猎户额头上的那个胎记，偷偷折返回去。刚要跳过低矮的围墙，它就看到猎户头包着一条毛巾，肩上扛着一只麻袋，手里提着一把锄头出来了。

第二章　无名之地

他现在住在城市的一条无名街上，为这条街道取名花了他很多闲暇时间。他的同事所住之地都有明确的名字，这些没有规律的名字能让他们下班后顺利回到家，不会让自己的包裹误寄到别人家，更不会让周末前来相聚的友人头疼。只有他，在每天下班之前，需要花很长时间回想自己住在哪儿。

他在这条街上住了很久，回忆中的往事也大部分发生在此地。他甚至觉得“无名街”用来命名这条街道也恰如其分，那个时候他已经换了名字，也换了自己的户籍地，在他有生之年，如果没有特别的事发生，这种情况应该会持续下去。

他的工作性质决定了他只能待在这座城市，办理出国的护照、回乡开证明，对他来说都是很遥远的事，这一点在他下定决心改头换面时就意识到了。他的更名仅停留在口头上，身份证上写的还是原名，每次公司要他提供身份证复印件的时候，他都会找借口搪塞，久而久之，公司已经习惯了这个“经常找不到身份证的员工”。

第二章　无名之地

他的身份证办理的时间太长了，有时候他甚至会怀疑上面那个留着平头、眉眼清澈的人到底是不是他。他还记得老师带领同学们去派出所办理身份证的那个下午，蓝白相间的派出所第一次让他觉得自己正在进入一座监狱，工作人员冷峻的面孔让他不寒而栗。他的脚在踏进派出所大门前停了下来，他茫然又恐惧地望着乌泱乌泱进去的同学。他们脸上带着节庆时的喜悦，好像能被派出所登记姓名、拍摄证件照是一件多么值得骄傲的事。等到他中学毕业，去往外地就读大学后，他才知道这张薄薄的身份证给他提供了诸多便利。

有一个男同学由于留着过长的头发，一直不被允许拍照，他看到这个因成绩而恃宠而骄的同学在一堆女同学身旁哭了，最后终于在老师的好言相劝之下让工作人员把自己的头发剪短了。他坐在白墙前，局促不安，不敢面对照相机，一直用手去摸短短的发楂，脚边还没来得及清理的碎发让他心乱如麻。之后他看过他身份证上的照片，表情木讷，两眼空洞地望着前方，和校园里那个生龙活虎的“三好学生形象”相去甚远。轮到他的时候，围在一旁的女同学散了。他知道自己长相普通，不会像其他长相清秀的男同学一样，一举一动都能吸引女生的注意。不过这也让他拍照的时候不像其他人那么紧张，镜头闪过之后，他的画像就定格在了那张崭新的身份证上。

拿身份证的那天，班里有人哭，有人笑。哭的人第一次发现照片长得不像本人，“远没有镜子里的好看”；笑的人则惊讶于自己一直被人诟病的长相“竟有几分像明星”。很多人偷偷藏起身份证，连至亲都不给看，这张证件成了他们交友时的底线。当青春期随着校园生涯的结束相继告一段落的时候，他们在坐火车、乘飞机以及其他需要出示身份证的时候，突然发现身份证用不上了，被告知后才知道原来照片和真人不符。

至此他们才知道，长相和年龄一样，也会变化。

当初的哭或笑现在也成了同学聚会时的谈资。

他没有像别人那样如此执念于一张卡，很多东西在他看来都是虚幻的。许多人对自己的学生生涯有遗憾，在学校里专心念书的会后悔为什么没有叛逆一些，惹是生非、到处掀女生裙子的又懊恼于当初要是好好读书就好了。不管当初的选择是什么，最终都不会让自己完全满意。他觉得生活即遗憾。

这条街很长，住户虽多，倒也清静。当他决定在这里长住后，他买了一辆自行车，在每个不上班的周末绕街骑行一圈，骑着单车的他在被楼层挡住的夕照下早已大汗淋漓。这让他经常想起印象模糊的高中岁月。

某些时候，他觉得生活并没有改变。他现在住的地方、所从事的工作，和当初读书的教室、就寝的宿舍，并无多大区别。如果他那时能尽早知道努力读书最终换来的还是如故的生活，不知会不会心生倦怠，不知会不会和有的同学一样在学校外面租房住。

有人天生向往自由，也有人用追求自由标榜个性，他不知道那些在外租房的同学属于哪种情况。宿舍常停水停电，洗澡需要到楼下水井打水，然后提到六楼，他每次只能提半桶，分数次提完。就是在那个拥挤的楼道里，在那个水花荡漾的塑料桶中，他才知道有人已经外出租房了。到外面租房需要父母的签字证明，很多人找来陌生男女冒充自己的父母，演技的好坏就成了能否顺利租到房的关键。

有人演技拙劣，找来食堂大叔，捏着笔的手哆嗦，蜡黄的脸庞令老师感觉似曾相识，询问两句后发现他们连彼此的姓名都不知道。没有经过彩排，没有对过台本，就这么仓促上场，作为观众的老师当然只能喝倒彩，从此该生就成了老师重点监督的对象，一举一动都在老师的眼皮底下。也有人比较聪明，从校外寻找，议好价，尽量在表演期间不出纰漏，登场后，表情、动作、台词都令老师找不到破绽，终于忍痛放行，拿上刚签完字的协议准备向上级汇报。伪装者以为戏已杀青，脱口而出的一句话却让老师心生疑窦："到哪里？"

老师心里明白了大概，戏瘾也发作了，准备配合对方演完最后一场戏。

"我去你家。""你"可以是这个学生，也可以是这位父亲，在这种语境里，指谁都一样。

这位同学意识到了情况不妙，后悔当初没有告诉对方自己的住址。

好在伪装者—— 一个司机跟他住在同一片，这才没有穿帮。

老师最后跟这位同学说："原来你爸是司机啊。"

对于他，如果也想租房，比其他人容易许多，学习成绩是他无往而不利的通行证。不用自己说，老师自动会给他找许多理由，譬如外面租房比较清静，晚上可以多看一会儿书。可以说，类似的由头可以找到许多。而且，不需要家长签字，老师会主动为他在校外的人身安全签字保证。但他没有像其他跟他学习成绩一样好的同学那样，用上这张通行证。

宿舍每晚熄灯前，都有一个固定的女老师查房。在炎热的夏夜，有的同学在洗澡的时候，会发现没有上锁的厕所门被推开了，听到声音后才知道不是同学恶作剧，而是女老师推门检查他在不在。女老师看过每一个男生的屁股蛋子，唯独没有看过他的。跟其他被迫春光乍泄的人不同，他反而有点期待自己在她面前一览无遗。

有时候，他也会故意挑一个查房的时间点洗澡。女老师看到他的铺位没人，不仅没推开厕所门查看，也没有询问他的去处。他知道自己的表现在师生间有口皆碑，每个人都相信他不会夜不归宿。每当这个时候，他都有点哭笑不得，他想改变现状，故意让自己看起来痞一点，好几次早操都不去。出早操的同学没锁门，门虚掩着，有一阵风带了进来，然后那个女老师的声音就这样传到了他耳朵里。他这才发现，原来她还负责叫赖床的学生起床出操。

他在被窝里感到很兴奋，期待着她过来掀他的被子，憧憬着闻到她淡淡的香水味。近了，已经能听到脚步声了。他的心跳得越来越快。一股冷风倏然而至，他看到了她的脸颊，她看到了他的身子，一个是红扑扑的面孔，一个是冻得发抖的躯体。他比她先难为情，偷偷拉上了被子；她口齿有点不清，转身走开了。他在被窝里听到门轻轻关上的声音。

这成了他们两人的秘密。

在接下来每个需要出操的早上，他都躺在被窝里等待她的到来。

她为他换上了高跟鞋，他有时能从脚步声中听出她内心的犹疑。她走到门口，停了下来，不再像以前那样径直推门而入，而是多了一点羞涩，多了一股矜持。然后她慢慢把门推开，走到床边，她通过盖着的被子，便能看到那话儿已经戳出来了，然后深吸一口气，掀开，让呼吸卡在喉咙里，让双眼在他身上打滑。

他死死地盯着她的脸，用眼光在她微微俯着的身上扫一遍。她的脸上添了岁月的痕迹，腰身也有点粗了，她在他火热的注视下有点不好意思，背过身去，身体的曲线就这样让躺在床上的他更加无法自持。但他始终没敢动，她也没敢动，两人就靠目光温存缱绻。她要在早操完之前离开，他也要在这之前起床洗漱。

留给他们的时间总是太过短暂，短得无法让他们好好说上一句话。自始至终他都不知道她的名字，不知道这个在青春期给予他所有性幻想的女老师现在过得如何。宿舍的同学很多都到外面租房了，她却来得少了。很多时候他也想去外面租房，离开这个她存在过的地方。

他之后找的女朋友大都有点像她，不是眼睛像，就是身材像。他躺在床上，让睡在被窝的女朋友穿上高跟鞋，出去，重新敲门进来，再掀开他的被子，然后用那种眼光看着他。但对方的表现让他大失所望，只好让她真的出去。长此以往，他无意中发现自己又成了孤家寡人，打对方的电话却早已不在服务区。他看着空下来的屋子怅然若失，推起自行车，进入电梯，沿着这条无名街漫无目的地骑行。

有些时候，他会不想上班，每天谈论同样话题的同事、那些长得一样的楼房，无不让他厌烦。他所受的教育只能让他找到类似的工作，他不敢请假，也不敢辞职，更不敢在公司大声说话。他每天都要洗澡，确保自己身上没有让人皱眉的异味，尽量让自己参与讨论那些没有营养的话题。每当夜深人静的时候，他就会觉得自己是一具行尸走肉，没有灵魂，他从床上爬起来，久久地看着镜中的自己。

这是一张普通的脸，和世界上大部分丧失激情的脸一样，这张脸可以长在任何一个人的头上。榨干水分后的海绵也有类似的表现形式，不一样的是，海绵还有补水的机会，而这张脸只能永远这样下去，介于绝望与希望之间的灰色地带。

每当看到自己这张平平无奇的脸，他都忍不住想在上面添点什么，最好能多点除五官之外的其他东西，譬如一颗长了几根毛的黑痣、一块硬币大小的胎斑，最好能有一株威武雄壮的“鸡冠”，就像故乡的猎户那样。

他经常路过无名街上那家祛斑点痣的小诊所，门前摆放了一张不知道是谁的巨幅画像，画像里的人可以是他，也可以是任何人。画中人的脸上布满了大小不一的黑痣，这些痣的分布情况据说大有讲究，有些是不能去除的，有些是一定要去除的，去不去除都要遵循严格的命理学。

有位女士鼻子上长了一颗有碍观瞻的痣，却被告知这颗痣要是去除了，就无法改变命运了。

女士：“男人都不喜欢我这颗痣。”

所长：“点了就连最后的退路都断了。”

女士：“什么退路？”

所长：“和同性结婚的退路。”

有位跟他年纪差不多大的男性，走在路上被拉进了诊所，说是他的屁股上有一颗很小的痣，“别看痣不大，却能决定你的一辈子”。点完痣后，这位男性好几天无法坐着吃饭。那个对他有好感的女同事误以为他长了痔疮，绝情地把之前独属于他的秋波暗送给了别人。

他很多次想进去，不是想点痣——他的脸上没有痣，这也让他更加清楚地认识到自己并不是一个有志气的人，而是想让对方给自己脸上添点什么，实在不行就划上一刀，像他的同桌那样，脸上增添一道瘆人的刀疤，避免了很多不必要的麻烦，同时也让自己在校园畅行无阻。

那道刀疤源于一场争座风波。血气方刚的男生上课时喜欢背靠后桌，后桌坐着他和他同桌（那时他还没被分到第一排），他不敢多说什么，只能默默地把桌子往后挪挪。但他的同桌看不下去了，便使劲地把桌子往前顶。这样一来，对方也不乐意了，因为“没了老子架势”。可怜那张桌子前有虎背挡着，后有熊掌撑着，简直像个受气的小媳妇，不知道该怎么办才好。过了会儿，前方猛虎突然一个转身，只见一道白光闪过，后方那头壮熊立马倒地，捂住脸的手鲜血汩汩而出。

再看时，只见猛虎手上多了把明晃晃的削笔刀，眼见大事不好，拿刀的手便有些不稳了，然后“老子架势”也弱了许多，低着头的样子像只害羞的鹌鹑。所幸没有割到脖子，不然他之后就真没同桌了。取下纱布后，同桌脸上多了一条蜈蚣般的疤痕，从此，再没有人敢给他脸色，坐在前头的人也乖乖地跟最后排的人换了位置，换成同桌每天上课时以一副老爷派头靠在后面的课桌上。

诊所的所长拿着放大镜检查了好几遍他的脸，真的没发现一颗痣。他从座位上起来，走到他身边，伸手想脱他的衣服，以他看相多年的经验来看，还从没见过身上不着一痣的人。他没让所长得逞，所长急了，以为对方拿他逗趣。

所长："我这里是点痣的地方，你没痣来这儿干吗？"

他："我想添痣。"

所长："你说什么？"

所长只会把有的变没，没有学过"无中生有"。真要听了对方的话，给他脸上划上一刀，到时就怕羊肉没吃到，倒惹一身膿，他的诊所在此地开了许久，何样人没见过。他见所长迟迟没有行动，故意用话激他"趁早关门得了"。

所长："我又没说我会添痣。"

他："要是你错点了别人的好痣怎么办？"

他以为既能点痣，应该也能添痣，这样才能让生意有转圜的余地。就像医生一样，开错了药应该还有其他药方补救，不然病人吃了药呜呼哀哉，再多医生的命都不够赔。不要以为命相没有病理要紧，前者关乎一生的命运，后者只对暂时的健康有所裨益："你说说哪个重要？"

所长被他说得哑口无言，连最后他什么时候走的都不知道。

从那以后，他经常故意敲诊所的门，所长见到他就想躲，但来者都是客，又不好下逐客令，只能用眼神暗示他有客人的时候给他稍微留点面子，“大家都是混口饭吃”。听到所长的话，他有点难过，他何尝不是为了混口饭吃，每天看人脸色。他拍拍所长的肩膀，跟他郑重地道了歉。所长又糊涂了，他不知道此人到底是何方神圣，行为举止经常让他摸不着头脑，要是客人都像他这样，他还是趁早改行得了。

他真的摸不透对方的心思。

最终他还是没有给自己脸上添什么东西，不过在那段时间，他发现自己的脸好像变了许多，看上去不再无精打采，有时候眸子还能发出令他陌生的光芒，脸色也红润了许多，长此以往，他变得喜欢照镜子了。有时候坐地铁，他会透过黑漆漆的车窗看到那双闪耀着光芒的眼眸，更令他意外的是，脸色变好以后，地铁里的每个人看起来都顺眼了许多，那些发小广告的也不再招人嫌，开得过大的音乐声也动听了很多，就连乞讨卖艺的人都令他看到了一股鲜活的生之希望。

每当此时，那些灰暗的往事就会离开他，关于逝去的时光均带有明亮的色彩，即使事情本身其实是一出悲剧。他好像学会了用有色的大脑去辨明之前一直让自己疑虑重重的某些回忆。他试着找回那些被他伤过心的女朋友，告诉她们这个值得庆祝的消息。但拨打的每个号码不是查无此人，就是空号，当他感到生活有所好转的时候，命运却没有给他带去能分享他的喜悦的观众。

他丢下电话，面对着房间的四堵墙壁，他突然出不去了，好像被困住了。类似的情形再次发生了，他时常被一双无形之手攫住，寸步难行，不是呼吸急促，就是恶心、反胃，在乘坐电梯的时候这种感觉尤其明显。他觉得独属于自己的空间被某些透明人霸占了。刚入住这套出租房时，觉得空间尚可，等过了一段时间，他在里面就转不开身了，见到突然多出来的东西，他会奇怪它们是从什么时候闯入他的生活的。

他坐在中午空旷的教室里，自习的同学没有几个，只有他和几个未来有所指望的同学埋头复习的身影。黑板上高考倒计时的数字让他如临大敌，留给他的时间一分一秒地过去，他必须抓紧时间多看两页书。没有人能跑得赢时间，他所能做的，只是在时间过去之前伸手抓住点什么。每当这个时候，他就希望能收集那些空位上的时间，把属于别人的时间用到自己身上，但是经常徒劳无功。时间看似公平，实则毫无公平可言，并不会急人之所急、想人之所想，要是时间也能按劳分配，或许他会成为世界上最长寿的人。

他走在路上，经常感到前方有人，突然就无法再走一步。等到他来到城市后，他在拥挤的人潮中反而健步如飞。每个匆忙的行人都裹挟着他往前方走去，他不知道前方等待他的是什么，也不知道等待别人的是什么，他所能做的就是跟上行人的步伐，尽量不掉队。他觉得有人在掌控着城市的节奏，他觉得每个城市人都是一个提线木偶，遵循着事先规划好的路线，他喜欢这种规律又充实的生活。

他并不喜欢靠自己掌握时间，如果没有时钟，他会陷入无垠的空间里，不知身在何处。他买了很多时钟，现在这些时钟充斥着房间的每个角落，他能在漫长的工作生涯中从未迟到一天，这些时钟居功至伟。有时候会突发奇想，把这些时钟摆放在一起，看它们的行动有无保持一致，看着有慢有快的时钟，他不知道哪个才是当下的正确时间。

走得快的时钟让他觉得自己的寿命过早地流逝了，走得慢的又让他迫切想更快成熟一些。不去看它们也不行，它们嘀嗒嘀嗒的脚步声更加令他心烦意乱。

电话突然响了，他回过神来，看到凌乱的被子在叫唤，他走过去，从里面摸出手机，是一个骚扰电话。那些在电话另一头的人，经常打电话向他推销他用不上的东西。刚开始，他会感激这些电话把他拉回现实，更加感激原来在这座陌生的城市还有人惦记他。他会耐心地聆听，久而久之，他就发现电话很自我，电话那头的人其实对聆听没有兴趣，他们只想告知，他经常插不上嘴，听着聒噪的电话在脑子里嗡声作响，他挂断电话，从此看到陌生号码就唯恐避之不及。

这次的电话是向他推销安眠药的。不知道从什么时候起，他发现很多人睡不着了。他们在黑夜里无法入睡，看着时间在身边流走，却无法令其停止，通常束手无策。现在，只要一粒安眠药就能让你做一个好梦，只要一粒安眠药，就能使你自由地遨游在停滞的时间里。“世上再没有比这更划算的事了”。

他不需要安眠药，他的睡眠一直很好。这么久以来，他并不了解这座城市的夜生活。很多人说，夜晚才是一座城市的本色，那些失眠的人会在夜幕降临后走出家门，去往每一个灯红酒绿之地，让本该属于睡眠的时间耗费在一些喧闹的音乐中，浪费在陌生人冰冷的红唇里。他只了解白天的城市，看到那些和他一样朝九晚五上班的人，他感到踏实，从没想过下班后坐上另一趟地铁去看看这座城市的另一个角落。他觉得这个给他推销安眠药的人好笑，笑完后又有点同情他。

“在沙漠里卖伞是行不通的。”他说。

“先生，你要买吗？”对方没听出他的言外之意。

“我是瞎子，不需要灯光。”他挂断了电话。

在无名街上，除了这些推销电话，还有许多广告单。他对这些人不和自己一样正常去上班感到无法理解，就像他以前对那些不好好读书的同学感到不能理解一样。每个地方都有他无法理解的人和事，有时候理解要建立在了解之上，没有了解何来理解，但他以前只对学习、现在只对工作有了解的欲望。至于其他人，有时候他把自己的视而不见当作理所应当，好像不去看很多东西就不存在似的。这些人起得比他早，经常拦住他上班的去路。他在这些人的吆喝声中，倒也间接了解了很多之前他并不了解的事，譬如为肥胖症患者服务的减肥机构、为爱美人士提供的美容整形医院，还有一些再不促销便要过期的各种食品。他不是他们的目标群体，起码现在还不是。他现在还保持着和读书时代一样瘦削的身材，普通的长相也无美化的必要，而且他不喜欢吃零食。

虽然如此，有时他也会停下来接一张广告单，这些设计拙劣的印刷品经常让他怀疑自己的审美是不是与这个时代脱节了。很多广告单有故意讨好顾客之嫌，要是产品够好，大可不必如此低声下气，现在很多生意的性质都变成了乞讨；有些又过于颐指气使，好像别人欠他似的。更有甚者，话只说一半，故意吊人胃口，还美其名曰“诱导客户的好奇心”。

他把这些广告单都丢进了垃圾桶。刚开始他对自己的行为有所愧疚，但他看到大部分人都像他一样把它们丢进垃圾桶，他之后连接都懒得接了，直接走过去，好像没看见一样，让对方自找没趣。

他想最终确认下这座城市里有多少人和自己不一样，他在上班高峰期坐上一列反向地铁。这列地铁令他吃惊，不仅不挤，还有许多空位，他坐在一个靠近车厢连接处的位置，仔细观察不多的乘客。这些乘客的穿戴和他见过的上班族不同，面目表情也有极大出入。他对上班族很了解，他本身就是其中的一员，只要看看自己每天的穿衣打扮，便能八九不离十地猜到其他人的样子，但现在他置身于这些和自己不同的人流中竟有些迷失自我。他那套行之有效的经验不管用了。

他第一次发现，原来还存在一个超验的世界。这些人有的背着画板，衣服虽破，那种派头却令他着迷，圆圆的装画筒里保管着世间所有已知的颜色；有的提着一个乐器盒子，储存着一切高雅或低俗的曲调；还有的在稍微颠簸的车厢中旁若无人地翻开一本书，那些蝌蚪般的字符记录着他难以理解的故事。

每一站都有人下车，带着他们的颜色、曲调或者故事流经他们停留过的所有目的地，灰色的城市终于因这些人的存在而变得流光溢彩，就像一朵乌云最终被阳光所照耀。上车的人接力那些到站的乘客，有的从兜里摸出画笔，把毫无生气的车厢描摹出别样的生机；有的在肩头架起小提琴，美妙的音符萦绕在每个人的耳畔；有的在轻声念着那些奇妙的故事：一只长了翅膀的小老鼠终于躲过了猫的魔爪，一对情侣站在云端接吻，出没在暗夜里的小偷惊喜地发现街上放着很多值钱的东西。

地铁抵达终点站后，他不舍得下车，他磨蹭至对面的月台，想原路返回，但是拥挤的车厢让他失望了。他挤在人堆里，都快被捂发霉了，费了好大的劲才钻出车厢。那是他第一次上班迟到，坐在办公室里七上八下，既怕被找去谈话，又忍不住一遍遍在脑海咂摸那些奇人奇事。

在有了几个朋友以后，他为了方便他们找到自己，打算给这条街道取一个名字。这些朋友差不多都是他的同事，有男有女，有的对于未来还充满着不切实际的希望，有些则过早地在生活面前缴械投降。他们的业余生活单调乏味，又急需抱团取暖，找到一点活着的热度。他很喜欢这些每日重复同样话题、经常在背后论人长短的朋友。为了他们，他仔细清扫了自己的屋子，他把一些不用的家具、纸箱以及所有他觉得会在朋友面前丢面子的东西都丢了。但有一些惹火的广告单令他为难了。

这些广告单较之普通的印刷品小了许多，大小像张身份证，也附有照片，照片也和身份证上的有所出入，不过过度美化了。在女朋友一个个不告而别的那些日子里，他在这些照片与真人出入极大的陌生女郎身上得到了许多慰藉。广告单有厚厚的一摞，经常在每个他不在家的日子里被陌生人塞进门缝。现在他才发现上面有许多眼生的女郎，他每次寂寞难耐的时候都喜欢叫固定的几位服务。

他像洗牌一样，重新打乱它们的顺序，然后把它们藏进朋友应该不会注意到的一个地方。就这样，他静静地等待即将敲响房门的同事。在此之前，他已经为这条街道取好了一个名字，和隔壁那条街的名字一样，此举是怕首次上门的朋友们找不到，到时候自己可以到那里去接他们。

等待的时间总是太过漫长，他重新拖了一遍地，把冷却的开水再次插上电，来回摆放已经很整齐的茶杯，做完这些后，敲门声还是没有响起。他无意中瞟到了那个刚才藏了诸多妙龄女郎的角落，打开房门查看，确保朋友们真的还没到，然后抽出那些被压扁的女郎，挨个儿翻看，还得分出一半注意力放在门上。正在他忘我地沉浸其中时，敲门声响了，他吓了一大跳，赶紧找地方藏好。由于紧张，他的手抖得厉害，好像入室行窃的小偷即将被逮个正着。敲门声更响了，他只好把没藏好的插进裤兜。打开门，却没有人，门把手上又多了一张广告单，他把跳到嗓子眼的心放回原位，关上门，摸出裤兜里的，仔细藏好。

那天他的朋友们始终没到，也没有一个电话或短信解释他们爽约的理由。但他没有生气，他不是一个容易动怒的人，他对着空气说：

“你睡过头了。”

“你加班了吧。”

“你一定迷路了。”

空气中也传来他想听的回答：

“对啊，一起来都快晚上了。”

“老板真是讨厌，周末还让人加班。”

“我找了好久都没找到，所以就又回去了。”

听到这些回答后，他冲着空气高兴地说：“没事，我们下回再约。”

说完这句话后，一种巨大的失落感控制了他。他发现拖了无数遍的地板还是很脏，那个一直插着电的水壶已经快把水烧干了，泡好的茶水在杯中结满了霜花。他拿起其中一杯一饮而尽，然后陷在沙发里，身子慢慢升空，他在高处看到了这套房子最丑陋的一面，镶嵌在地面的瓷砖图案的形状、色彩都有细微差别，不在高处看不出来，桌子和墙纸的颜色一点都不搭配，窗帘好像从来没有洗过。

这还是客厅的情况，他飘到厨房的时候，里面发臭的厨余垃圾更是让他想逃。明明用清洁剂清洗干净的碟子、盘子、筷子竟然还残存着前几天的鱼刺、骨头、饭粒，煲汤的砂锅里堆积着已经倒掉的汤，飘着一层黄色的油渍，炒菜的锅铲像掘过死人堆的铁锹一样脏，刚买的油盐酱醋也少了不少，像饥肠辘辘的饿汉。他捏着鼻子飘出，来到卧室，看到没叠的被子、未关的衣柜，顿时觉得生无可恋。他把窗户打开，让窗外的树叶绿进来，然后捡起地上一团一团的卫生纸丢出去，让它们欢快又活泼的白色身影消失在一片青翠中。

他钻进被窝，看着那些妖媚的女郎睡着了。在梦中，他发现她们每天都准时上他家来打扫卫生，把每块瓷砖都擦出光亮，扯下脏兮兮的窗帘丢进滚动的洗衣机里，拿出来的时候带着一股清香。这个窗明几净的梦缓解了他醒后的愁绪，他穿好衣服，打开房门，来到无名街上。街上正逢入夜，每个行色匆匆的路人经过他身边时都面无表情，好像里面藏满了珍珠、钻石，一笑就会令它们溢出来、跑出来、蹦出来，从而让他们空手而归。

他不敢再心存侥幸，不管用什么办法都要让无名街拥有真正的名字。夜色下，一个落寞的邮递员跑进了他的视线，他的单车后座绑着一个军绿色的包裹，有几份生不逢时的报纸露出了它们微微张开的嘴巴，还有几封无人认领的信件被邮递员握在手里。他挨个儿查看面前的门牌号，却始终没有找到相应的收信人。跟快递员比起来，邮递员已成摆设，尤其在这条没有姓名的街道工作，更是让他们多了一种悲壮感。

他们应该去繁华的街道，或许在那些爬满藤蔓的老屋子里还坚守着几个习惯写信的人。他走到邮递员身边，看到他手里的信封上只有门牌号，没有街名，邮票也快脱落了。不远处，那个本来下午四点就会关门的邮局即使把营业时间延长至午夜，依旧门可罗雀，那点点灯光照耀着这些员工继续忠实地履行神圣的职责。

就是这些恪尽职守的邮递员，在他毕业的那个夏天，给他送来了大学的录取通知书。那个下午生机勃勃的邮递员让他印象深刻，他们也理应生机勃勃，他们的到来，让人们的等待有了意义，点亮了每一双期盼的双眼。“他们是希望的使者，点缀大地的春天”，这个他用来赞颂过父爱、友情的作文句子，其实只有用在邮递员身上才恰如其分。

邮递员看他靠近，露出欣喜的眼神，以为对方就是他所要找的收信人，可对方没有查看他手头的信，而是满眼悲戚地望着他，他以为自己脸上有脏东西，吓得赶紧用手去擦。邮局规定每个邮递员都要保持衣着干净，面容整洁，这么多年来，他在这方面从没有犯过错，虽然现在写信看报的人少了，但也不能成为自己消极怠工的理由。

他知道自己没伸出手让对方失望了，说实话，他也已经很久没写过信了，而且连上一次握笔写字的时间都忘记了。只有在还没出校园之前，会在某些看完书的夜晚，偷偷在信纸上写下一长段对某个暗恋对象最真切的思念，不过他始终没有把这些信寄出去。在毕业那天晚上，这些没有收件人姓名的信在一个空旷的野外燃烧了许久。

看到邮递员失望的表情，他打算冒领这些信件。他在这个凉如水的夜色中伸出了手，对方刚要把信给他，好像意识到了什么似的，又把信抽回去了："你是收信人？"

"我是。"

"我看看你的身份证。"

他下意识地用手去摸裤兜，发现他的身份证落在家里了，而且他早已决定更名易姓，他早已不是身份证上的那个自己了。邮递员看到他无法证明自己的身份，以为在拿他解闷，嘴里嘟囔了一声，推着自行车离开了。

他跌跌撞撞地跑回去，上楼的时候，发现楼道里的墙壁上写满了电话号码，贴满了各种小广告，每一串电话号码都有相应的姓名，每一张小广告都有明确所属的男女，门缝里又多了几张喜欢用叠字命名的陌生女郎头像。他把这些头像丢出去，丢得远远的，但那些搽脂抹粉的女郎一个个伸出长长的指甲箍住他的脖子，让他喘不过气来。他发现脖子上涌出一股暖流，低头一看，原来鲜血流到了自己的身上。他吓坏了，赶紧拉上门，跑到厕所。他看到镜子里的自己满头大汗，双眼像白炽灯一样苍白。他用水漱口，发现吐出的水里有血丝。

他咧开嘴，发现牙龈出血了，补了很久的那颗蛀牙又隐隐作痛了。就在此时，门外的敲门声又响起来了。他用毛巾洗了把脸，再漱了遍口，确保没有血丝后前去开门。

第三章　莳花荇草

后来，他对生活感到乏味时，经常想起故乡那座大山。它成了他日常生活中唯一的精神图腾。有时候，猎户那个泛着红光的胎记，会闪烁在他无边无际的睡梦中，那个嘴里经常念念有词的老人经常闯进他的梦境，告诉他他之前不得而知的一些旧事，公鸡嘹亮的婉转啼鸣，会长久地响彻在他脑海里。

他知道自己正不可避免地陷入回忆，每当这个时候，他就会觉得自己还在故乡，并不在这座他以为已融入的城市。每个人都活在回忆中，当下并不与记忆同步，而是滞后了很久。他觉得自己被眼前的生活抛弃了。

故乡那座在每个春天都会长牙的大山占据了他大部分的记忆，这是一座在不同季节会发出不同声音的山。它会在每个春天长牙，在每个夏天穿上裙子，在每个秋天脱下衣服，然后进入长时间的冬眠。

在他离开故乡前，大山经常在夜晚发出异动，有些是草木冒出头的声音，有些是动物的脚步声，还有一些是吵闹的人声。他从睡梦中睁开双眼，看到门外火光冲天，每个人都擎着火把，或握着手电筒，照亮了深邃的黑夜。他来到屋顶上，看到手电筒的光亮照射着遥远的夜空，消失在星辰的光芒之下。那些迸发出火星的火把，让每个人的面容都清晰可见。

然后这些火光像条龙一样，盘旋在大山的头顶上，很多栖息在山林间的鸟掠响了翅膀，盘旋在空中，遮住了星辰。过一会儿，这条火龙游到山脚，很多手电筒的光芒弱了很多，很多火把也熄灭了。经过一夜的照射，它们终于在黎明到来之前发完了光，现在阳光代替了它们，那些遮天蔽地的鸟也终于回到各自的巢穴，发出清晨第一声鸣叫。

他从来没见过这样的阵仗，不知道发生了什么事。在他的记忆里，火光总是伴随着意外，一座失火的房子、一个在树林间未踩灭的烟头，都与火有关，都是一场不为人所控制的意外，而现在这些自发烧起来的大火都在人们的控制之内，正是这个人们可以控制的意外，令他意外。

他在晨曦中看到那个猎户也在人群中，被人们押解在一片空地上，四周围满了人，围观群众发出的声音令他这个在更远处旁观的人不明真相。他不想凑这个热闹，但热闹始终引诱着他，他生来腼腆，哪见过类似的阵仗，现在许多挂在人们口头上的趣闻逸事，或许就是因为他的腼腆而被他生生错过了，导致事后经旁人口述时会讶异“果真发生过此事”。

这是一桩他亲眼目睹的事，一件在他眼皮子底下发生的事，一件他不需要经过别人添油加醋就能明晰大概的事。前提是要他走下楼来，成为围观群众中的一员，让自己变得和他人一样疾恶如仇。如果他只是抱着像旁观一阵雨、邂逅一朵云那样的姿态参与这场围观，不仅会让旁人失望，甚至有可能会让自己成为鞭挞的中心。

他在楼顶踌躇着，表面波澜不惊，内心早已汹涌澎湃。在此之前，他没有参与奚落猎户的游戏，也没有坐在台阶上试图听清那位老人的念念有词。人们总是趋利避害，在猎户风光的那段时间，人们看到他就躲；在他落魄后，每个人见到他都会变得格外热情，要不是估不清他枪里还剩几发子弹，说不定会敲响他的房门，到他家里去唠唠家常，说说过去的那些事。在那位老人的子女还没有离开他之前，人们也不敢和他有过多交集，在他终于成了孤寡老人后，每个人都和他并肩坐过那个台阶，试图在对方的念叨中听出对命运的不甘、对过往的不舍，然后用自己当下的境遇映照出对方此刻的困窘。

在他家楼房还没有盖起来的时候，他靠在门框边，看到那位老人身边的人来了又走，每个人的到来都让老人的面容更加皲裂。这是一些正被岁月恩宠的人，他们没有在老人的脸上意识到他们将来的老迈，而是试图把老人拉至他过往那段也被岁月恩宠的时光。他的过去花团锦簇，他的现在荒凉一片，这是一种极其可怕的对比，一种能让人上瘾的对比。在他家楼房盖起来的时候，他站在屋顶上，看到那位老人的头顶寸草不生，那些头发茂密的人走过来，走过去，不再迈上台阶，他被长久地遗忘了。只有猎户偶尔坐在他身边，这是两个有相同遭遇的人，猎户需要靠老人远离那些人，那位老人成了他最后的庇护所。

从那以后，这两个坐在一起的人成了人们眼中最常见的风景。

在此之后，在他的生活中还会发生很多这样的事。城市里有人围观一次跳楼，围观一场火灾，或者在网上参与一场对陌生人的道德批判。他对类似的围观从未付诸过实际行动。每当他在此类事件中跃跃欲试时，都会想起那个被困在人群中的猎户。

他还在楼顶徘徊。四周有风吹过，不远处刚灌饱水的梯田溢出了春光，遍布山间的坟头飘起了白色的旗帜，炊烟升到云端，被一团又一团的白云稀释。这样的情景以后会被他带到他所经过的每一座城市，在每一个四下无人的夜晚，他都会在脑海里一遍遍地想起它们。每个人都围在那片空地上，那片空地从来没有像现在这么热闹。有人看到了楼顶上的他，对他招起了手，他感到有点害怕，不知道该不该伸出手，最后只好从牙缝里挤出一丝笑容。

挤完后，他又觉得自己的笑容幅度有点小，怕对方没有看到，要是笑得开点，他又怕别人说自己假热情。他总是不知道怎么控制自己的笑容，自从坏了一颗牙后，此后他都是抿着嘴笑，那颗坏牙让他有了不会笑的借口。正在他还在思忖对方是否接收到自己的笑容的时候，对方却完全融入了人群中，他不知道刚才那个对他示好的人究竟是谁，他顿时变得手足无措起来。

好像所有人都到齐了，他看到一颗颗高低不平的头在他脚下挪动。这些头有的戴了帽子，有的没戴，有的剃了秃瓢，有的头发很长。最让他惊奇的是，他第一次如此直观地看清头顶的发旋儿，这些发旋儿长得像一个个漩涡，周围分布的头发像被卷进漩涡的水流。此时，那个被围在人群中的猎户正像一个发旋儿，被卷进了是非之中。

每个见过他头顶的人都说他有两个发旋儿，双发旋儿昭示的冲动性格却完全没有在他身上体现出来。很多看起来颠扑不破的生活经验有时候会产生相反的效果，每个人都以为生活有捷径可走，双发旋儿性格就火爆，单发旋儿性格就温和，诸如此类的经验经常让他在午夜梦回之时哑然失笑。很多刚见面的人会用每个人都关心的问题调动气氛，消除陌生感。每当看到陌生人看着他的掌心或者通过他的出生年月日告知他是一个什么样的人的时候，他都会觉得活着真是一件非常无聊的事，尤其看到对方那像煞有介事的表情，他更是绷不住笑出声来。

他是一个什么样的人，连他自己都不知道，很多人总以为仅凭几个可以加诸任何人身上的关键词就能知晓生活的真谛。这些关键词何尝不是一个个标签，让多少与众不同之人最终泯然众人矣？

就像此时在他脚下的那些发旋儿，单发旋儿之人更是表现得咄咄逼人，或许在平时，他们没有表现的机会，只要有一个舞台，他们就会爆发出惊人的力量，让很多自恃凶悍的人自愧弗如。这些头有大有小，盛满了或大或小的思想。这些思想不管大小，总是有迹可循，久而久之，就会被某件事触动，最终成为“压垮骆驼的最后一根稻草”。

猎户现在无疑就是那最后一根稻草。他挑起了所有人隐藏在内心深处的欲念，他让所有对生活不甘的人有了一个宣泄的出口，每个人在他面前都好似披上了一件合法的讨伐外衣，只要人够多，就会让这件外衣变得更加厚实，而不用担心以后会有毁坏之虞。人的多寡是衡量一场围观有无实质意义的最终标准，置身在旋涡中心的猎户显然没有意识到自己的可贵作用，刚开始还试图为自己辩解，没想到，他越辩解，人们便会越觉得自己占理。

人群围得愈密实，留给猎户的空间就愈窄。就像他之后在城市租住的那个房间，东西多了以后，使他转身越来越困难。现在那些人就是他以后房间里逐渐增多的家具，而他本人就像猎户一样，在这样的环境中呼吸愈加困难。东西可以干涉人类的生活，阻碍人类的呼吸，人何尝不会干涉别人的生活，阻碍别人的呼吸。

他看到猎户好几次想钻出人群，从那个铁桶般瓷实的人墙中逃出去。外面有一条清冽的溪涧，有一大片茂密的丛林，他应该拿上他的猎枪，跳过那条溪流，到达森林深处，在高大的树木之间寻觅猎物的踪迹，让树梢里漏出来的阳光打在他的头顶上，亮在他的脚尖上。在那些灌木丛里，会有一只呼吸安稳的野兔，在高大的树干上，会有几只正在食用松果的松鼠。

他的世界应该属于层峦叠嶂，而不是蝇营狗苟。

但是他出不去，他被困在这个从小生长的地方，那杆猎枪也在熟人面前哑火了。这是一杆破旧的猎枪，经常在瞄准之余让那些猎物生生逃脱，因为有时不是弹药失灵，就是由于他本人耐不住性子。他涉水的时候会把火药装在塑料袋中，袋子里放了一个汤匙，一匙火药可以发射一次，他的眼睛经常被硝烟迷住眼。有一天，他从家里找到一副镜片没坏、有金边的老花镜。这种眼镜能帮上了岁数的老人提高视力，镜片中间厚，边缘薄，而学生戴的近视镜刚好相反，老花镜可以把东西放大，近视镜则缩小东西。刚开始他戴上去后发现自己无法看清远处的东西，只能看清近前的，于是他就在那些忘记带火的岁月里把老花镜放在阳光下，点燃一些需要燃烧的草木，比火柴好用，只有在阴雨天，他才会装上一盒火柴。

这副老花镜虽然令他错失了很多奔跑中的大型野兽，却也让他对之前不太关注的眼前之事看得更清楚了，譬如一只相隔几步远的蛙、一条在阳光下蜕皮的蛇，还有一些跑不快的其他猎物，更为重要的是，让他在烘烤猎物时再也不用忍受火柴擦亮时的异味。他用随身携带的刀具劈开一处空地，从身后拾来几根枯枝，抬高火焰，架在火中的野味香气就会弥漫整片山坡。吃完后，他会用脚踩灭火星。他非常熟悉监视之中的野物，更加熟悉准星之内的风景，对于这座山，他也十分熟悉。那时他不会想到，将来有一天他会被人群当作猎物在阳光下烘烤，更不会想到，那杆猎枪成了他最重要的罪证之一。

山上的猎物变少后，他的枪法却越来越准，他经常在这种变化中哭笑不得，而且有时候早上明明阳光灿烂，只要他一上山，天瞬间就会阴下来。他只好摘下逐渐戴习惯的老花镜，摸摸全身，看看能不能摸到一盒被遗忘在兜里的火柴。每当这个时候，他就会怀念那团被火柴擦亮的火焰，这种火焰转瞬即逝，经常烧到他手上时，他才意识到光芒已逝。

被人们揪下山的那天，他正在瞄准不远处的一头野猪。野猪很早就已绝迹，人们地里的粮食也因此得以保住，他不敢说他在这件事上有没有功劳，不过，那些糟蹋粮食的野猪在他的枪声之下真的变少了。其实他也没打到几头野猪。这些彪悍的野猪浑身长满刺，还有两颗发亮的獠牙，他的子弹经常在它们身上失效，眼见射中了，中弹的野猪却还是哼唧着，拱着泥土，什么事都没有，那些子弹就像打进了棉花堆里。那些野猪其实有很大一部分是被他的枪声吓跑的。那天他无意中听到了久违的野猪声，难掩内心的激动，装弹上膛，站在一棵树后瞄准，那副老花镜在野猪走近时被他重新戴上，这才看清野猪真正的面目。

这头野猪身上很脏，像刚从墨汁里滚过，有一颗獠牙断了一截，尽管如此，还是不能小觑，蒜瓣似的蹄子把刚下过雨的地面踩出一个个凹坑。以他的经验，要是一枪没有令它倒地，它就会冲过来，让他倒地。他犹豫了很久，不知道该不该放这一枪，他暗暗在内心计算了放与不放的所有可能性，不管好的还是坏的，最终觉得还是放的好。天就在他拿不定主意的时候黑了，好在月光能让他看清这头饿了许久的野猪，它拱遍了它能拱的每一块地，这些地里有许多能令它果腹的根茎。他发现野猪觅食很有规律，从不丢三落四，极其认真地翻找着每一片泥土，那些隆起的泥土就像一个个大小一致的粪堆。就在他忘了扣动扳机的时候，他的肚子及时提醒了他此次上山的目的。这头野猪在月色中发现了那把锄头，锄头边上是一小片新翻的泥土。就在它要跳上去的时候，天突然亮了。

猎户这次上山带了以往没带的几件东西：一只麻袋、一把锄头。

这只麻袋代替了以往挂在他脖子上的那些猎物，这把锄头也替代了之前的那把刀。只有猎枪始终握在他手上。上山前，家家户户还没开灯，离天黑还有很长的一段时间。他来到山上，用锄头掘了一个坑，把麻袋丢进去，麻袋里面的那条死狗还有体温。他本来想偷偷吃了它，但怕被其主人发现，只好抬到山上埋掉。院子里的那个花圃还在他脑海里芳香四溢。想到这儿的时候，他觉得找到了以后生活的希望，即使将来山上真的没有一只动物了，他也不怕，他还可以通过莳花弄草打发剩余的时光。

他把坑掘得很大，丢进麻袋，麻袋发出闷响，他用锄头锄上土，很快填好了坑。就在此时，不远处传来一头野猪的叫声，他赶紧丢下锄头，操上猎枪，躲在一棵树后。这棵树的树干上有一只被困在松油中的蚂蚁。这只蚂蚁有两只长长的触角，正驮着一只虫子走在通往巢穴的树干上，就被突然滴落的松油困住了。松油先是流到了它腿上，让它寸步难行，本来它要是立马放弃食物，是可以及时逃生的，但它太相信自己的能力了，它以为自己能战胜比自己大数倍的虫子，也一定可以让这滴橙黄的松油莫可奈何。但它错了，当松油包围它的腿的时候，它就不能动弹了，松油让它和树干永久地黏合在了一起，然后它只能睁着两颗圆滚滚、可以折射出无数镜像的复眼，看着自己一点一点地被松油包裹住。

它完全被松油包住后，刚开始还挣扎了几下，属于它的世界突然一片金黄，令它有些惊奇，随之而来的窒息感又让它急切地想逃出去。它可以辨明气味的触角、能观六路的复眼在这滴松油里头都最终失去了作用，留给它的空气逐渐变得稀薄。不过这也让它比同类幸运，它从此以后可以卸下压垮肩头的重担，在里面安息长眠，要是运气再好一点，千百万年以后会被人类发现，放到柜台里，成为一颗亮晶晶、明晃晃的琥珀供人展览。它最后一眼看到的世界里有隐约的鼓声传来，来自这个跟它最后对视了几眼的陌生人。他的胸腔在急切地跳动着，不远处那头野猪的动静越来越近，在它完全闭上眼之前，它唯一能给他做的是，保佑他能顺利躲过这头野猪的攻击，希望还有机会再看这个美好的世界几眼。

它慢慢闭上了眼，和它的食物永远地留在了里面，那只也在觅食途中反被当作食物的虫子早把这个世界置身事外了。猎人和猎物的角色有时候真不好妄下定义。

这支多年来伴随他的猎枪，在以往擦拭的时候都没有发现问题，却在这个紧要关头发现好像被蠹了，一个个针眼般的洞令他非常难受。这个世界经常无故遭受虫子的侵害，山上那些看似茁壮的树木，每棵树心都千疮百孔，那些白蚁钻进树干安家落户，有时候一阵狂风就会轻易吹倒一棵树。人们把树木剖开，发现里面有无数蠕动的白蚁幼虫，装上带回家，放在烧热的锅中，加点油爆炒，可以解解馋。而那些腐朽的树干则被丢进灶眼，让火苗烧得更旺一点。他没想到他的猎枪也会有朽坏的这一天，他无法接受自己心爱的猎枪不是在与猎物的搏斗中损坏，而是被这些不值一哂的虫子毁坏。

想到这儿，他有些想哭，他想到了这个变化无常的世界，不知道从什么时候开始，他在这个世界面前困惑了。他以为，只要有心，就可以掌握世界。这句话是他死去已久的父亲跟他说的，说这话的时候他还很小，跟随在父亲身后，父亲高超的枪法让他崇拜不已。父亲告诉他，要想成为一个合格的猎人，最重要的就是看有没有心。

“有心的树木会长得很高大，能抵御狂风暴雨，而无心的竹子长到一定高度就无法再长了。”父亲告诉他，“狂风过后，只有树木还屹立挺拔，而竹子早就倒地了。”

他一直把这句话当成真理，多年来从未动摇，即使此后他知道，每种动植物其实都有其属性，并无优劣之别。他习惯了用这句话鼓励自己，他觉得，在漫长的人生路上，人需要用这些东西麻醉自己，或者说，人正是有了这些所谓的精神支柱，才最终成为人。所以，尽管他接下来会遇到很多迈不过去的坎儿，碰到很多无法解决的问题，却始终深信，只要有心，世上没有迈不过去的坎儿，没有解决不了的问题。但今天，枪被虫蠹，瞬间让他斗志全无，让他第一次怀疑自己的坚持到底有没有意义。

他多年来持枪的所有意义终于在他熟悉的这片战场上分崩离析。他想到了自己那座破败不堪的泥土房，他以为可以靠这支猎枪像其他人一样，盖起一座牢固坚实的砖房。现在新房还未盖起，他的心房却提早倒塌。他像一个小孩一样流出了伤心的眼泪，他对世界报以微笑，世界回报给他的却是一次次失望，他很想掉转枪口，对准自己的嘴巴，给自己来上一枪。只要一枪，就能如释重负，压在肩头的重担就会永远地卸下。此时，那头野猪也停止了觅食，正躺在地上打饱嗝。他看着它呼吸均匀的庞大身躯，看着那个自己新挖的坑，还有那把生满锈迹的锄头，这一切都令他悲从中来。

他把枪放到近前检查，发现并无大碍，只要喷些杀虫剂就好了，可是枪可以修好，那座老屋却再也修不好了。这座在他出生之前就存在的老屋，历经风雨后，终于显出颓势，在每个刮风打雷的日子里，都会发出摇摇欲坠的声响。那些瓦片会被风吹落，掉在地上粉碎。刚开始他还能找到类似的瓦片，爬上高高的梯子，把新的瓦片盖在老屋的头上，对于高空的恐惧也在这不断修理屋顶的过程中被克服。起初，他手拿瓦片，死活不敢爬上去，架在屋檐上的梯子看上去不太稳当，只要一阵风、一滴雨就能让它倒下来。他搬来几块大石头固定住梯子，然后一手拿着几块瓦片，一手扶着梯子，慢慢地爬上去，边爬边往下看，发现地面好深，自己站在梯子上发抖，要休息很长一段时间才敢继续往上爬。终于爬上屋顶后，他以为屋顶可以承受他的体重，放心地把脚放下去，没想到那些瓦片更加脆弱，在他的脚下慢慢破裂，好像踩在碎玻璃上。他只好蹲下来，轻轻地挪动，把手上的瓦片盖在缺口处。

上去难，下来也难，他修好屋顶后，先把屁股挪到屋檐边，然后两手握住梯子的两端，先把脚踩上去。等到脚探到了梯子后，他也不敢大意，像墙壁上的蜈蚣那样手足并用往下移动，只有等脚最终触到地面后，他才会最终放下心来。他下到地面后，不会马上移开梯子，他会打量一会儿梯子，然后再把梯子搬开，回到屋里，仰起头，看看屋顶的豁口处还会不会漏光，看不见天光就说明屋顶修好了。

等到他爬梯子驾轻就熟后，却很难再找到新的瓦片修补被风雨吹破的屋顶了。他只好用塑料薄膜代替，他在下雨天身披几张塑料薄膜爬上去，把它盖在缺口越来越大的屋顶上，然后四个角用事先备好的砖块盖好，雨浇在上面，经常让塑料薄膜不堪承受。他只好用瓢把上面的雨水舀出去，经常要舀很久，舀到天放晴，只要家里不漏进雨，这点辛苦不算什么。有时候为了看看屋内的情况，他会先下到地面上，钻进屋里，看看地板有没有被打湿。他在屋里仰起头，发现没问题，只是下雨声有点大，挤在塑料薄膜上，像一群被困住的飞虫。

每到这个时候，他就愈发羡慕住进砖房的人。不过那个时候他深信，他最终也会住进砖房，只是时间早晚的问题，再给他几年的时间，一座崭新的房子就会在他面前拔地而起。他能等，他的猎枪也能等，可那座老屋等不起了。它的问题更多了，不只是屋顶，连房梁和墙壁都出了问题，房梁被虫蛀了一个又一个大洞，墙壁裂了一道又一道口子，他可以暂时补好损毁的屋顶，对逐渐腐朽的房梁和裂开的墙壁却束手无策。有时候，经常会从房梁上落下木屑，他用手敲敲，发现房梁空了。他找来绳子，把房梁绑好，裂开的墙壁常把饭桌弄脏，让地面积满灰尘。他只好买来很多挂历，挂在墙上，遮住满目疮痍的墙壁。

人们看到他经常从屋里扫出很多尘土，以为他在家里挖坑藏什么宝贝。他没有过多解释，担着畚箕，挑出一担担灰尘。刚开始他把灰尘挑到院里，堆成小山一样高，但经常被呼啸而过的风吹得尘土飞扬，遮天蔽日。想了好久，他终于决定用水把灰尘固定下来，之后他把大部分尘土都用在了花圃上，意外发现这些灰尘有助于花朵的生长。人们终于按捺不住好奇心，在一个夕阳西下的傍晚偷偷跑到他家查看，在检查了好几遍后，并未发现地下藏有什么宝贝。他们仰头看到用绳子绑得严严实实的房梁，低头看到墙壁上挂了很多同一年的挂历，每一份挂历都翻到了同一个月份。正在想着他为什么要买这么多挂历时，眼尖的人发现挂历下面有很厚的尘土，以为他把宝贝藏进了墙内。于是他们揭下挂历，发现本来厚厚的墙壁变薄了不少，用手摸，甚至会沾上一手土，这才明白原来这些灰尘都是墙壁的尸体。他们感到索然无味，刚要出门，就在门边发现了一只狗的项圈，是那只刚生完狗崽子不久的母狗脖子上戴的。母狗的主人联想到狗一天未归家，又看到地上有一些血迹，明白了大概，赶紧跑到院里，用手刨那个刚盖上新土的花圃。一群蝴蝶受惊，飞走了，刚绽放的花朵也被对方摧残了，但他没有在里面发现狗的尸体。他找遍每个角落，都没发现，也没发现猎户，看样子他应该上山了。

最后他召集了一群人，有的擎着火把，有的拿着手电筒，摸黑上山了。

那个猎户还在山上握着枪伤春悲秋，不知危险将至。野猪先发现了那些火光，钻进灌木丛里不见了，地上一个个蒜瓣似的猪蹄印有深有浅，最终消失在火光照射不到的尽头。猎户眼里噙满了泪光，一时无法从回忆里抽离，他把眼泪擦干，重新架起枪瞄准，眼前那头野猪却不见了。他揉揉眼睛，还是没有看见它的踪迹，野猪刚躺过的那块地面，只有一些折断的草木。他以为自己眼花了，戴上老花镜，还是没有发现，倒是看到森林里出现了很多火光。他以为是天上的流星坠落在此地，但很快他就发现，这不是流星，这是火。山上着火了，可只看到火移动，未听见树木燃烧的噼啪声，还能听见很大的人声。不是着火。

慢慢地近了，只见火把下有一张张熟脸，这些脸没了往日的热情，都变得凶神恶煞。有一些人手里握的是手电筒，把光射到被树木遮蔽的天上，光亮在黑夜里由窄变粗，再消失，像一个个光柱。他还握着枪，瞄准。第一个看到他的人赶紧停下来，后头的人也相继停下来。他正准备跟他们打招呼，那些人就慌了，一个个双手高举，一动不动，嘴里说着：“冷静，冷静。”

“怎么了？”他感到很奇怪。

没有人回答，他们就这样对峙了很久。他也不敢把枪放下，虽然不知道这些人前来有何贵干，但从他们的脸上也可以看出一丝端倪，他有点害怕。直到此时，他才明白过来，刚才的难过比起眼前的危险，真的不算什么。他想问清发生了什么事，又怕引起更加不必要的冲突，于是双方就这么耗着。等到他们手上的火把快熄灭了，手电筒的电量不足了，那个带头的人终于开口说话了：“不用怕，他的子弹没我们人多。”

但也无人靠近。

带头的人话是这么说，但自己也不敢轻举妄动，他怕自己成为出头鸟，被对方打成筛子。他通过微弱的火光看到了地上那把锄头，想起了自己那只无辜殒命的母狗，气不打一处来。他家的狗没招谁惹谁，它长这么大，除了咬过几个人的屁股蛋子，夜里嚎叫几声，并没有做过什么伤天害理的事，那些被咬的人没打狂犬疫苗，现在不也活得好好的，被吵醒的人也没因少睡一会儿而短命。再说了，要不是他家的母狗，其他人买狗崽就要多翻几座山，多涉几条河。说起来，很多人的狗见到他都要叫他一声外祖父呢，现在自己的女儿却惨遭此人毒手，还有没有天理了！想到这儿，他不由分说地扑了上去。其他人也趁势围上去，这些人家的狗都是那只母狗的后代。

猎户被勒住了脖子，无法动弹，他瞪大双眼看到有人把他的枪架在肩上，还有人用那把锄头掘开了土坑，从里面拖出那只死去许久的母狗。带头的人见状，加大了力气，猎户被勒得无法呼吸，伸出了舌头。经旁人劝阻，他才稍微松了松手，从腰间扯出一条绳子，反缚住猎户的双手。猎户像个猎物被人押下山，后头跟着一条火光暗淡的龙。带头的人走在最前头，肩上扛着那只母狗。母狗的眼睛没有闭上，望着他，他也看着它。天已经快亮了，山林间飘着淡淡的雾霭，几声清脆的鸟鸣打破了沉默。他们来到那块平地后，发现自己的裤脚被晨雾打湿了，有人脱下裤子，拧干裤脚，然后重新穿上。

人围得越来越密，几只狗叫唤着跑过来，看到了那只被放在地上的母狗，在它身上嗅了个遍。带头的人用猎户那把锄头在地上掘坑，他要好好安葬自己的女儿。猎户看着他挥锄头的姿势不太好看，想纠正，但被别人喝止了。喝止他的人有一口白牙，在向远处招手。猎户迎着他的目光，看到了站在楼顶上的他。

他还在考虑要不要下去，太阳已经升起来了。再过一会儿，他的父母就会叫他起床吃饭，如果叫了几声没有回应，就会以为他还在睡觉，也不恼，而是先把早饭做好，然后端到他的房间，等他睁开眼，马上就能看到这碗卧有两个荷包蛋的粥。但是这一天，他的父母没有在房间里看到他，叫了几声，还是没有回答，他们感到很奇怪，以为他去上厕所了，就坐在他的床上等。那碗粥放在书桌上，两个荷包蛋向日葵般明亮。他们见被子凌乱，准备起身叠好，但被窝没有温度，夜里不像有人睡过，而且还在被窝里发现一团团纸巾，床下也有很多。于是他们翻开放在床头的书，发现内容和书皮不太相同，书皮上明明写的是课文，内容却是一些令人难为情的惹火图片，还有更加露骨的文字说明。

他父亲拿书的手就有些发抖了，他母亲还不知道发生了什么事，想下楼去热那碗粥，被他父亲拦住了。他父亲一把抢过碗，从窗口丢了下去，然后拿起那本书到处去找那个不孝子。他还在楼顶上，一点都不知道楼下发生了什么事，以为是猫打翻了那只碗，没去管，还是看着人群。他看到自己的父亲手拿一本书气冲冲地拨开了人群，跟人说了句什么。有人用手指着他，他父亲通过这根手指看到了站在楼顶上的他。

他开口笑了笑，算是跟父亲打招呼。

这么多年来，他的父亲一直待他很好，有什么吃的用的都会第一时间想到他。别人家的孩子每年夏天都要下地割稻子，上山放牛，只有他可以待在房间里看书，有时候感到无聊了，也会跑到山上，和那些放牛的小伙伴玩一会儿。同样是一片山清水秀的景色，在他眼里和在别人眼里其实不太一样，他们对这些风景毫无兴致，只想着能尽快让牛吃饱肚子好回家歇歇凉，而对于他，大可在这样的景色中找到写作文所需的素材。

有时候，他也想帮着干点活儿，但父亲死活没让，只要他读书好，其他一切都不用操心。为了打消儿子那份想帮衬的孝心，给他报考了暑期培训班。儿子只有坐在教室里，才能安下心来念书。这些培训班在最炎热的夏季开课，刚好避过了农忙时节，等到课业结束后，不仅收完了稻子，连第二季的秧苗都插下去了。看着变黑很多的小伙伴，他有时候会觉得奇怪，因为他从来都不觉得夏季的阳光会如此猛烈，可以晒得人们换一种肤色。

他经常坐在楼顶上，等着夕阳的到来，傍晚时分，在楼顶晒了一整天的稻谷就会收起来。那天，他在屋顶上，没有参与围观的人把自家稻谷搬出来，铺在屋顶上。那一颗颗跳跃着的稻谷倾泻而出，铺满了整片楼顶，金黄一片的稻谷让他若有所思。这个时候，他看到自己的父亲从远处走来，手上拿着一本书。

他经常看到行走中的父亲，在他的印象中，除了睡觉，父亲从未停止过行走的步伐，有时他会迈着这样的步子到学校给他送生活费，有时他会迈着同样的步子带他去买玩具。长大一些后，他就不喜欢这样的父亲了，他不喜欢父亲迈着一双刚从泥里拔出来的脚走到教室的窗外，用浓重的乡音叫他出来。同学们听到这样的声音，就知道他的父亲又来了。

他们会取笑他很久，因为他那个被自己深埋内心很久的乳名就会通过父亲的口广而告之，久而久之，没有人再叫他的原名，都学着父亲的口吻，呼唤他的乳名。他们平淡的校园生涯也为此增色不少。有时候他会急眼，不许别人再叫。但没人怕他："你爸叫得，我叫不得？"

听到这句话，他更是生气，校园里一下子多出了很多他的老子，他在这些饱含深情的呼唤声中第一次想离开学校，去一个无人认识的地方。现在他的亲爸正在向他走来，他第一次看清父亲的样子，父亲在晨曦中有些驼背，手里拿着的那本书也在风中翻起了页。

行走中的父亲步子有些踉跄，没了以往的稳当，他觉得此刻在朝阳中的父亲和平时不太一样，令他有些陌生。等到风把书页翻得越来越勤时，他才明白过来，此刻走来的不是一个慈父，而是一头猛虎。

他吓坏了。那本藏在床头抚慰了他无数漫漫长夜的书竟让父亲发现了，他瞬间觉得眼前的屋顶正在慢慢坍塌，多年来辛苦塑造的形象也在此刻土崩瓦解。他赶紧拔腿就跑，从二楼楼顶一跃而下，闪过暴怒中的父亲。父亲没想到他居然在自己的眼皮子底下溜了，一时没回过神来，等到他回过神来的时候，那个兔崽子早已跑得连人影都不见了。于是他也赶紧加快速度追上去。

第四章　死亡礼赞

他始终没有给自己居住的那条无名街取上名。他觉得自己回到了一切事物尚须用手指点的时代。不过他很快就觉得这样也没什么不好，一个无名之人住在无名街上，世上再没有比这更合适的事了。

他决定葬送加诸自己身上的任何表现形式，不管是姓名，还是那些能证明自己身份的文字。只要他此后保持沉默，对人类的发展提供了诸多便利的语言文字就会在自己身上失去作用，到那时，他的灵魂和身体就会彻底净化。

之前，在他还有姓名的时候，他极度痴迷于文字，可以说，他对文字的利用达到了一种臻于化境的地步，但很快他就发现，这种能力没有相应体现在口头上。当文字需要交流才能体现其作用的时候，他突然无法开口了，这些有其明确含义的一个个文字让他感到非常陌生，只有用笔在纸上书写一遍才能最终认清它们。

但生活不是靠文字而是靠语言维系的，虽然两者的作用在某种程度上是相似的，不分彼此的。在他无法开口说话的日子里，生活对他不啻于受罪。他觉得多年所受的教育都白费了，故乡那些从来没有受过教育的人却从未有过这种情况。

或许当初他去另一个地方，就不会发生文字和语言不合拍的情况，问题的根源是他现在置身的城市离故乡太远了。他的家在南方，那里的人只有到了北方才会知道他们有时无法正确说出相应的文字，但是他们终其一生都定居在南方，不会像他一样，千里跋涉至水土不服的北方为自己寻找一个安身立命的栖息地。他们并不认为所受的教育只有通过行万里路才能体现。教育不是看谁跑得快，跑得远。

而且，谁都无法规定通行各地的文字只有一种或几种固定的发音形式。在他们看来，南方的发音很多时候是优于北方的。他刚开始也这样安慰自己，每个人都有其独特的乡音。他现在只不过到了北方才暂时变成枳，只要回到南方去，他终究还会变回橘。

然而现在只要他还在北方，就无法摆脱“枳”的命运。身高、发音，还有走路姿势，均让他看起来和别人不一样。这种差异在他每次开口说话的时候尤其明显。每当这个时候，他就迫切希望饭店的菜肴、商店的食品、超市的果蔬要是都没有名字该多好，那他就不会因无法正确叫出它们的名字而感到尴尬了。

而身高和走姿其实都可以因语言的变化而变化。如果他能说一口流利的北方话，他矮小的身高并不会成为问题，不管是北方还是南方，都有长得高的、长得矮的；至于走姿，只要每天走路时，注意不背着手，问题也不大。当他始终无法矫正自己的口音后，他决定用沉默替代语言，用手指与别人交流。长此以往，每个人都知道他是一个哑巴，一个生来矮小喜欢负手踱步的残障人士。

他可以不让自己开口说话，对那些流言却无法充耳不闻。每当这个时候，他就羡慕真正的聋哑人。

只有在喧嚣谢幕后的夜晚，他才能活得自在一点。夜晚他可以把自己锁在房里，哪儿都不去，把自己交给深沉的黑夜。黑夜不会笑话他的口音，他可以尽情对着黑夜说话，而不用担心被取笑。有时候，黑夜皱着眉的样子会令他大为放松，更多时候，星辰的光亮会让严肃的黑夜看起来活泼一点。每到此时，他的话就会变得格外多：

“你说我来这里来对了吗？”

黑夜调皮地眨眨眼。

“你说我现在回去怎么样？”

月亮躲进云层，不想搭理他。

看到月亮躲着自己，他不敢轻易再提回去。他是故乡跑得最快、最远的人，在他的印象里，没有人像他跑得这么快、这么远。他那个一生与黄土为伴的父亲，当初听到他要去一个连听没听过的地方时，停下了匆匆行走的步伐，坐在田间地头思考了很久。他好像在电话里看到了父亲紧蹙的眉头，第一次发现父亲的烟瘾这么大，地上落满了烟灰和烟蒂。在抽完最后一根烟后，父亲站了起来，他从未想过高大的父亲在那个午后矮小了许多，父亲又开始了行走，他去每一个他能走路到达的地方向他遇到的每一个人打听那座陌生的城市。几天后，父亲回来了，他带着很多好消息和坏消息回来了，这些消息让父亲更糊涂了，他无法给儿子做出正确的决定，他怕自己开口说出的任何话都会让儿子为难。于是经常行走的父亲不再开口说话，不再行走，而是躺在了床上，紧闭着嘴。

他始终都不知道父亲的意思。他无法评价自己多年来的足迹，如果有可能，他会回到足迹的起点，回望这些年来的出行路线，给那些在家乡惦记他的人讲述路途的遭遇。这些用酸甜苦辣铺就的道路经自己用轻松的语调讲起，应该会变得格外有趣。

躺在床上，他想起了很多，所有的一切都有关童年，这些年在路上的记忆却不像自己当初以为的那么强烈。有时候，要不是看到车水马龙的街道，他会觉得自己还在故乡，并未离开一步。每当回忆往事时，他那颗出行之前补好的牙就会疼。这颗龋齿位于口腔内侧，多年来一直安分守己，即使用力咀嚼，也不会发生异样。正当他以为它最终消失之时，却在好几个夜晚突然痛了起来。

到现在，他才庆幸有它存在，它一直默默维系着他与故乡的关联。出发前，他来到一个牙医诊所，想拔掉这颗坏牙。它的出现与那段不分昼夜的读书生涯密不可分，读书时，他经常忘记吃饭的时间，等意识过来的时候，食堂一般关门了，只好去店里买几包泡面，有时候没有完全烧热的水泡不开面，他只好生吃。

没咬碎的泡面就这样嵌进了牙缝。他刚开始不知道，等到他上晚自习的时候，突然发现嘴里好像有东西。他先把手指伸进嘴，上下牙床检查了一遍，没找到，又用舌头舔，最终确定了两个方位，一个在门牙内侧，一个在下颌的臼齿上。他转过头去，抿着嘴向后桌的女生借镜子。女生正在做一件和学习无关的事，听到动静吓了一跳，以为老师进来了，赶紧拿起书，始终不敢抬头，落在课本上的双眼也不敢眨一下。他见女生没有反应，便开了口。女生听到声音，终于敢把头抬起来，看到那个从来没有跟自己说过话的男生用一双炽热的眼睛望着自己，心更乱了，她暂时可没做好恋爱的打算，尽管对他并不反感。

最后才听清对方原来是来借镜子的，她不情愿地把藏在课本后的镜子摸出来，递给他，心里却大失所望，害自己白高兴了一场，一个劲地在心里责怪自己自作多情。但她很快又怀疑起自己的长相来，一定是因为自己长得不好看，对方才没表白，另一方面又庆幸对方还是注意自己了，不然也不会只跟自己借，不向别人借。想到这儿的时候，脸又瞬间红了起来。哎呀，原来自己照镜子都被发现了，羞死人了，羞完后，又在奇怪为什么一个男生也爱照镜子。她那颗年轻的心就这样一个晚上都没平静。

他却没想那么多。他学习一直很认真，从不知道这间教室有很多双看得见看不见的眼睛在盯着他们的一举一动。他把脸凑到后头的时候，吸引了后面许多看上去正在认真自习的男生女生的注意，他们在交头接耳，发出一些令人费解的笑声。镜子很小，他握在手心里，然后放在桌上，用书垫着，俯首照着。光线不好，他只好拿起来，对着窗户，他在镜子里咧开嘴，门牙没有异物，要看清下颌，只有尽量张大嘴。他在镜子里看到自己的表情有点狰狞，但没多管，把视线尽可能地放进去，终于看到了那个嵌在臼齿缝里的异物。他把食指探进去，用指甲挖出来，手指很脏，他感到口腔很咸，伸出手后，他用舌头检查，好像还有，又好像没了，指甲盖里也没找到，应该就着刚才那阵咸味被自己吞下了肚。

告一段落后，他没有马上还镜子，而是对镜看了一遍自己的脸。他发现自己的胡须有点长了，前几天刚刮的又长出来了，摸上去像触到一根根针尖。然后他来到自己的鼻头上，这几天吃泡面，上面冒出了几颗痘，他用另一只手试图挤出来，挤得自己生疼生疼的，差点流眼泪，可痘还在，瞬间一股蛮劲上来，不挤掉今晚就不读书了。就这样，他哼哧哼哧地喘着粗气，脸涨得通红。这下好像没了，再把镜子挪到窗边看看。不看不要紧，一看吓一跳，原来镜子里出现了第二张脸，这张脸戴了一副眼镜，恨铁不成钢的表情让他汗毛倒竖。

原来是班主任在窗外盯着他们。他吓得赶紧把镜子丢给后桌，这个动作无辜牵连了那个还在胡思乱想的女生。班主任进来，把他俩叫到门外，他这才看清原来窗外垫了两块砖。直到此刻他才明白过来，原来窗户上张贴的报纸不是用来挡阳光的，而是用来防窥视的，可惜棋差一着，落败在了班主任偷搬来的那两块砖上。没想到自己会成为这场较量的牺牲品。

上自习被逮到其实不算什么，关键是班主任误会他和这个女生搞对象，还让他以后注意点。他百口莫辩，想死的心都有了。倒是这个女生表现得云淡风轻，班主任此举无疑让她心里的石头落了地，有了这个媒妁之言，这个男生不就成了自己的囊中之物？到时谈与不谈还不是自己一句话的事。而且，这也断了其他欲染指他的女生的心思。回到座位时，他没了心思自习，心乱如麻地撑到晚自习结束。

回到宿舍后，他发现牙缝里还有异物。他找同学借牙签，同学笑他：“这么快就吃饱了呀？”

他没响，借了一圈，没人有牙签。有个同学坐在床头跷着兰花指补裤子，他求了好久，求来一根针，把那个讨厌的泡面残渣挑了出来，马上感到一身轻松。但那个兰花指同学不乐意了：“讨厌，哪有用人家的针剔牙的呀。”然后迈着小碎步走到水龙头边，把针洗了好几遍。

他躺在床上，舌头触到了那颗臼齿，发现好像把牙挑出了个眼，那个眼让他的舌头一夜不知道往哪儿安放。从那以后，只要稍不注意，咬碎的饭粒就会掉进那个眼里。他买来的很多牙签都用完了，最后也去买了一根针，当成剔牙的工具，不过却让他的牙洞一天天增大，最后导致连喝水都会塞牙，吃饭时只好用另一半嚼。那个时候，坏牙还不会疼，除了吃饭不太方便，并没什么不同。在高考前一天，这颗坏牙疼了，疼得他死去活来，疼肿了半边脸。考完后，他决定去牙医诊所拔牙。

在此之前，他需要处理那些堆起来有一人高的课本，还有锁在抽屉里没有寄出去的信件。本来他想和其他同学一样，把课本烧了、撕了、卖了，让那些做满笔记的内容暴露在阳光下，被火舌吞噬，让那一本本作业簿在自己用力的双手下发出哀号，把这些有好几十斤重的学业证明卖给街头那个收废品的人。

他在翻找中，发现一本作业簿封面上有两个字迹不像自己的。想了很久才想到，当初在老师姓名一栏上只写了对方的名字，而没有写上“老师”这个尊称，批改作业的老师发现后自己加了两字——

“姓名：××× 老师。”

五个字有两个不是自己写的，看上去有些突兀。他拿起笔涂掉后两个字，但是蓝色的涂抹痕迹令整个封面更加突兀。他只好把老师的姓名也涂抹掉。他以为涂掉了这个名字就能把对方从自己脑中除名，他想错了，有些记忆是不能被篡改的——

此后这个老师的样子经常在他的脑海里出现。

大街上熙熙攘攘，欢声笑语，那些考完试的同学以为就此解脱了，没想到，高考对他们命运的影响并不像想象中那么大，甚至在事后看来可能不值一提。他们当时觉得没有考试的人生才是真正的人生，多年以后，他们会意识到，其实还能考试的人生才值得羡慕。他就在这样的街上来到了那家牙医诊所，他的课本暂时留在了宿舍，等着补好牙后再回去拿，叫父亲帮忙带回家。

从诊所里慢悠悠出来一个老人，这个老人冲着他笑了笑，一口刚补好的牙让他在阳光下恍如隔世。这个老人将带着这副新生的牙走完他剩余不多的人生路，让他觉得回到了年轻时，假牙之后会在高温的焚尸炉里保存完好，而皮囊则变成一撮灰放置在骨灰盒里，被安葬在山上。有几个蹒跚学步的小孩爬到他身边，望着诊所牙牙学语。他们还没有长牙，想通过补牙的方式让自己提早断奶，他们也想像大人一样啃甘蔗。几个女人慌忙抱起他们，敞开胸脯，厚实的乳房就这样出现在了他面前，令他有些无所适从。他不敢去看，快步走进诊所。屠户扮相的牙医躺在摇椅上，望着那一对对白鸽咂摸着胡子拉碴的嘴。

他叫了几遍，牙医才不情愿地从摇椅上站起。光临诊所的人大都上了年纪，很少有学生上门。他告诉牙医要拔牙，牙医让他张开嘴，看了看那颗坏牙，告诉他不能拔，只能补，拔了会连累其他牙：“年轻人就算不举也不能没牙。”

之后这个牙医又列举了很多没牙的坏处，唯独没说一个年轻人要真是不举该怎么办。可能这位牙医并不知道举起来的好处，所以才一味说举的坏话。虽然他在今天结束了自己的中学生涯，但他知道自己的身体不会随之变化。他像一颗种子，在校园里发芽，在每个需要滋润的早晨，这颗种子都急切地想破土而出。他在学校没有机会灌溉它，不像别的同学，大摇大摆地出入每个藏在暗角的红灯区。

“你是自己做还是订外卖？”这句话是男同学之间流传的黑话。自己做是自慰，订外卖是叫站街女，当然，他们没这么大胆让她们上门服务，只能自己偷偷去找她们。多年的住宿生活使他从没“订过外卖”，只能躲进厕所偷偷“自己做”。适才，那个牙医的一席话又差点让他的裤裆破口了，尤其是看到那一对对盘旋在眼前的白鸽，更是让他心跳加速。他只好坐下来，坐在诊所那个接待客人的长椅上。这张长椅是一个摆设，并未如牙医想的那样坐满了等候补牙或拔牙的人，他的店经常好几天无人上门。

他问好补牙所需的价钱后，没再开口说一句话。就在牙医拿着补牙所需的工具过来时，他肿胀的裤裆顿时缩回去了。他在思考一个严肃的问题：为什么坚硬的牙齿比柔软的舌头更易损坏？

之后他在那座寂寞的城市被迫变成“枳”时，这个问题再次出现在了脑海里。那个时候，要是舌头也会像牙齿一样坏掉该有多好，那他就真的可以从此不再开口说话了。这个问题令他浑身战栗，看似坚固的牙齿都那么不牢靠，那能硬能软的那话儿岂不是更加脆弱？

想到这儿，他浑身一哆嗦，牙医吓了一大跳。牙医正在清除他口腔腐坏的牙质，清洁受损的部位，准备制作可以放置填充物的窝洞，看到他动静这么大，以为他在害怕，开口说道："没事，我轻点。"

说完这句话，牙医自个儿却笑了。他不知道对方在笑什么，只知道消毒水滴在那颗坏牙上的时候，整个口腔都凉飕飕的，好像在吃一根冰棒——牙要是不补好，以后真的连冰棒都吃不了了。补好后，他不敢咽唾沫，漱了好几遍口，还是觉得不得劲，吃东西时，更不敢用力嚼，就怕咬坏那颗补好的牙。这让他此后参加饭局时总是表现得过于拘束。

打扫干净屋子后，他没有等到朋友到来。他们或真的没能找到地址，或只是一句客套话，他们的交情仅在工作中。不管怎么样，那天还是和其他无数个星期天一样，只有他一人，始终只有他一个人。到了晚上，他的牙又疼了，而敲门声却不合时宜地响了起来。他开门去看，还是没看到人，漆黑的楼道里并未出现一双明亮的眸子，他觉得自己出现了幻觉。关门时，他在门缝里又看到一张广告单。

是一张讣告。

看到这张讣告，他有些哭笑不得。没有人参加他这个活人的聚会，最后却受邀参加一个死人的葬礼。什么时候要是他死在了这座城市里，不知道会不会有人来参加他的葬礼。不过话又说回来了，从小到大，他只参加过一回葬礼，年代久远至让他的记忆有些恍惚。葬礼上的穿着和气氛、举止和言谈，他现在都有些忘却了。

他在脑海里打捞那仅有的一次葬礼片段。

那时他还年幼，和其他人一样跪在曾祖父的床前，每个人都低头恸哭，只有他双眼明亮地看着安睡在床上的曾祖父。他看到山羊胡放在曾祖父的胸前，两手也交叉摆放在上面。只差一年，曾祖父就将满百年，他在九十九岁那年的春天离开了人世，作为重孙的他之后每当想起此事总是心存遗憾，不是为那可有可无的一年——很多人都说要是活到一百岁就圆满了，而是为曾祖父最终没有实现最后一个夙愿而懊恼。

在曾祖父九十岁那年，家乡实行了火葬政策，不管是谁，死后一律火化，但这个政策还有另一条补充条款，即百岁老人除外。曾祖父生来怕火，但一生都与火结缘：出生时，意外被火烫伤屁股；入学时，夜里路过坟地被鬼火惊吓；洞房时，红烛烧了喜庆的床幔；原以为死后可以彻底断绝与火的关系，不承想却在自己年迈时“上面搞这么一出”。

曾祖父对他而言一直是个谜，小时候觉得他并没有什么特别，长得和其他老人也没差别，长大后，他觉得曾祖父本身就是一本现代史。当他想认真阅读这本现代史的时候，这本书却早已被丢进了焚烧炉。每当这个时候，他就会遗憾曾祖父死时自己还处于蒙昧无知的年龄。每次放学回到家，他都会看到挂在墙壁上的他，有时他会跟曾祖父说话，让他帮忙解答他在学校里遇到的烦心事。

他的屁股在学校里被人看光了，人们取笑他的左半边屁股皱皱巴巴的。原来是他出生时没有用热水擦身子，所以现在半边屁股还皱成一团。曾祖父屁股上也有胎记，刚好和他相反，那是被开水烫伤的。

“有没有开水原来都一个样啊。”他跟曾祖父说。

放学路上的那片坟地还在，每个晚上依旧会鬼火冲天，可他不怕，老师说那是磷火，是自然现象。“要是那时你还在的话，我就可以牵着你一起走了，这样你以后就不会对鬼火这么恐惧了。”

到现在他还未婚，所以他不知道洞房之时会不会也发生和曾祖父一样的糗事。如果真要这样的话，也应该把事办了再灭火吧：“为了一团火冷落新娘子可不是男子汉所为。”

九十岁的曾祖父听到实行火葬的消息后，触发了记忆里对大火的恐惧。无时无刻不活在火的阴影之下的他痛恨自己没有早几年死去，倘若早几年死，就不会受皮肉之苦了，而且他并没有信心能活到一百岁。随着时间一点一点地流逝，他发现自己越活越年轻了，腰不再驼，手不再抖，只是那话儿不复当年之勇，他觉得这次应该能战胜火。就这样又过了九年，来到了他九十九岁那年，距离一百岁还有短短一年。

那段时间，每个人都前来恭喜他，甚至有人提前准备了他两年之后葬礼上所需的挽联——“笑看百年沧桑巨变，无憾一朝驾鹤西行。”

横批：“五世同堂。”

看到有人预祝自己一年后会死，曾祖父并未表现出丝毫不快，还就这副挽联的措辞与对方展开了激烈的讨论。前来恭喜的人还有一些差他十几岁的老朋友，这些老朋友语带微笑的同时又面带悲戚，以他们的身体状况，要想活到一百岁，除非出现奇迹。最后非但未出现奇迹，他们还因为忧伤过度，几天之后相继去世了。火葬场的工作人员当着前来致悼的曾祖父的面，用白布卷起他们，丢到车里，开到了火葬场。傍晚的时候，车又开回来了，从车里下来他们的直系亲属，手捧一个小盒子，盒子前面贴有一张照片，在冲着曾祖父笑。曾祖父当场吓晕过去了。

种种迹象都表明曾祖父会活到一百岁那天。为了不使中间出现什么意外，他每天早上还会起来耍一套五禽戏。作为重孙子的他对此印象深刻，并在很快到来的校园生涯中数次向校长提议用五禽戏替代每天早上的广播体操，但校长的一句话让他打消了此念："人又不是畜生，耍那些动作像什么样子。"看到学生寒来暑往地坚持做广播体操，他瞬间觉得人有时听话起来真会令畜生自愧不如。

此外，曾祖父还找来许多张自己的身份证。有一张是新中国成立前办理的，没有照片，只有对肖像寥寥几字的概括："尖脸，粗眉。"上面还有双手食指指纹。新中国成立后办理的身份证上的那张照片上，尖脸上长出了山羊胡，粗眉也淡了许多。这些身份证无不注明了他的出生日期，唯一让他困惑的就是人的最终年龄到底是看足岁还是虚岁，这个疑问来自他那时刚入学的重孙。

他的重孙是年底生的，如果看虚岁，和春节前生的年龄一样，如果看足岁，则相差了好几个月。学校升学只看足岁，不看虚岁，为此还让他多留级了一年，理由是，年龄不到，学业跟不上。倘若百岁那年死后也被告知"年龄不足，不予土葬"，那曾祖父这么多年的努力就全都白费了，他会死不瞑目的。为了防止这个意外发生，活到百岁还不够，起码还要多活几个月甚至一年。就这样，他收起了那些身份证，每天早上起得更早了。

看着他这么矍铄，每个人都把心放回了肚里。在他九十九岁那年的初春，气候比往常更加寒冷，山上甚至结满了冰凌，常年青葱的山也在那年破天荒地戴上了孝帽子，山上的墓碑在寒风中看上去更硬了。很多人都专程过来和曾祖父聊天：“这么冷的天要是死了可不值当。”曾祖父听后哪会联想到自己，打趣道：“或许也是一件好事。”

“为什么？”

“因为尸体冻硬了，火就烧不着了。”

曾祖父说完还仰头笑了起来，笑容让那张瘪嘴咧开了一道道口子，像块石子投到了结冰的水面上，让稀薄的冰面裂开了。

可以说，那段时间，曾祖父不仅是跟岁月赛跑、跟政策竞技，也在为别人的希望而活着。到了现阶段，早已不是曾祖父一人之事了。要是曾祖父赢了，在关乎人类挑战极限的书籍上就会多添一笔浓墨重彩的励志典范。为此他更是活得小心翼翼，连每天早上的锻炼都省了，就怕发生意外，令他人失望，使自己食言。每天吃饭时，他只吃流质食物，譬如豆腐、粥，像喜欢的花生米、肉类，能免则免，实在想吃，就让人捣碎了再吃。

在寒冷的春天，曾祖父都会手提一个取暖的烘笼子到处走，嘴里含根烟杆，吧嗒吧嗒地抽着烟，冒着气，等烟熄灭了，就把烟杆往笼子里一插，大力嘬几口，熄灭的烟杆就又着了。有时候烘笼子会藏在他的长衫下，两手提着，别人看上去像极了一个大肚子的老人，便笑他：“哟，又怀上啦？”他也不恼，回道：“对啊，能生也受罪。”

人丁单薄的人便会自讨没趣，低着头讪讪走开。烘笼子由竹篾编成，内置一个黄色瓦钵，做饭时把烧得通红的木炭用火钳夹进去，然后再用铲子铲来灰烬盖在上面，最后合上铁丝做的盖子，双手放上去，分外暖和。他每天没事时都会提着它到处串门，和越来越少的老友吹牛日白。

可以说，他的防护措施做得非常周全了，但要找纰漏，还是能找到的。那天早上，他起床后，和往常一样走进厨房，饭已经做得了，在桌上冒着热气，灶眼里的炭火温度也恰到好处。于是他从长衫下拎出那个烘笼子，里面的炭火暖了一夜，已没了温度，都变成灰了，他俯身把里面的灰倒出来，然后坐在那张矮凳上，提起靠在灶头墙壁上的火钳，往里夹火炭，一块块大大小小的炭火在瓦钵里闪烁着微光。然后他放好火钳，拿起放在地上的铲子，往里铲灰。一切完备后，他把挂在肩头的烟杆拿下来，装好烟丝，然后夹起一块炭火点燃。暖完笼点完烟后，他要站起来了，他抽完烟后要吃早饭，吃完早饭要去外头晒晒太阳，和旁人扯几句闲篇。但那天，他没有站起来，而是倒了下去，站起来的时候重心有点不稳，整个人往后翻了过去。

别人跌倒后都会重新站起来，只是他跌倒后就没再站起来，仰躺在地上，那根烟杆还冒着气，烘笼子里掉出了几块炭火，点着了旁边的木柴。已经晒了有一阵子太阳的老友在墙头发现屋子冒烟了，对那些坐在凳子上打毛衣的女人说道：“哟，你们家在煮什么呢，动静这么大？”

跑进厨房，先浇灭火，烟雾散后，发现地面上躺着一人，一把胡子高翘，原来是刚过完九十九岁生日的老寿星躺在地上不动了，一摸，还有些发硬。赶紧抬到床上，没叫医生，直接操办丧事。所有人都大松了一口气，但哭还是得哭几声的，叫来各家小孩，都跪下去，哭几声，只有他仰着头，看着这个前几天还到处逛的曾祖父，想笑又不敢出声，憋得一张小脸铁青。

火化后，还是得入坑埋葬的，葬礼也不能省。灵堂搭好了，中间摆着一张照片，案头点几根香，他跪在一旁，眼像梭子般，在来客和亲属之间穿针引线，试图搞清两者之间的真正关系。看着曾祖父的大名刻在牌位上，此后他想起都会觉得天意弄人。生来怕火的曾祖父竟取了一个带这么多木字边的姓名，不引火才怪哩。那个骨灰盒看上去也不大，没想到高大的曾祖父死后竟只有这么一点点。想到这儿，他又想发笑了，但照旧不敢笑，还得让自己看上去很伤心。不懂事的年月，连死亡都觉得如此热闹，让他事后每每想起都想跪在曾祖父的遗照前向他赎罪。

几天后，曾祖父要出殡了，那具事前打造好的棺材也不能浪费，也得抬到山上，把骨灰盒放进去。前面一群披麻戴孝者，很多他都叫不上名，也是第一次见到，死亡可以温暖人心，也可以使其冷却。再过几天，他就会更加深刻地理解这句话。他们会为曾祖父住过的房子、用过的锅碗瓢盆、穿过的长衫短裤争得不可开交，俨然换了一副嘴脸。哭声很大，震耳欲聋，不知道是哭给变成灰的曾祖父听，还是哭给围观瞧热闹的人听。让伤心把眼泪引出，让哭声彰显孝顺，这就是死亡的所有意义。

他个子小，在人群里踉跄着，只看到一个个乌黑的脑壳、一身身白色的孝衣。唢呐吹起，号声响起，上山的路从未如此热闹。曾祖父，这个活了漫长一生的老人，终于如其所愿，躺进了棺材，现在那具棺材正被小心地抬进挖好的坑里。那个专属他的烘笼子也被带来了，里面的灰甚至还没倒掉，每个冬春都要靠灰烬取暖的曾祖父不知道有没有想过最后自己也会变成灰烬。不同的是后者非但不能取暖，还带有丝丝寒意。都说火葬是为了节约土地，但很多火化的骨灰照旧占地广。没有人关心这个，人们只关心你有没有火化，只要火化了，其他一切都好说。

死亡不可怕，怎么死的也不可怕，人死后不管是火化还是土葬，跟死者本身其实没有任何关系。曾祖父深信灵魂升天之说，害怕火化时会灼烧灵魂，为土葬整整努力了九年，却在关键的最后一年功亏一篑。或许他的生命本身就是一出荒诞剧，只不过把谢幕的时间提前了一会儿而已。

那天山上挤满了人，他从来没见过这么多人，要到很多年后批判那个猎户时，他才会再次看到这么多人。很多人都来观看这场葬礼，这个老人离百岁生日只差一年，他们不是关心火葬和土葬的区别，而是想看看一百岁的老人长什么样子。他们从没见过活得如此长久的人，以为能在他的身上看到奇迹，没想到他在那天早上“熏没了”。

人死后，死因也变了。他们可能知道他是跌死的，那场没烧起来的火也是在他断气后出现的，但不知道为何没告诉别人他真正的死因，非要说他是被烟熏死的。难道不知道他这一生最害怕的就是火吗？过了许久，当他长大后再次看到那张矮凳时，他才明白，他们是怕别人骂不孝，让这么一个老人每日坐在这样的矮凳上夹那些炭火，要是换一张有椅背的凳子，或者叫人帮忙，就完全可以避免这个意外。

但说再多也晚了，晚年的曾祖父牵扯了太多人的精力，能趁早死去，未尝不是一件好事。但他很久都无法释怀，小时候对曾祖父没有什么印象，没想到他的面容在他长大后愈发清晰。他很多次想回故乡看望他，去他的墓碑前看看，在他的遗照下面坐一会儿，告诉他自己的近况。

“你会不会觉得活着是受罪？”他说，“尤其像你还活了这么久，会不会腻？”

没有人回答他，他看着手里的那张讣告慢慢变成了曾祖父的音容笑貌。出殡那天，他看到棺材埋下去了，墓碑树起来了，白幡也飘响了。就在这个时候，他感到刚隆起的坟堆松动了，从里面钻出一阵烟，遮蔽了整座山，每个人都在这阵烟雾中捂住了口鼻。他看到升到半空中的烟时而像曾祖父的那根烟杆，时而像那个烘笼子，时而像那件旧时代留下来的长衫，最后变成曾祖父本人。曾祖父站在天际，调皮的山羊胡还是那样翘。曾祖父就这样嬉笑着看着地上的子子孙孙，没说一句话，他想跟他说几句话，曾祖父却被一朵白云带走了。

“走了，看什么呢？”有人叫他。

他回过神来，发现天上什么都没有，坟堆也还好好的，那块崭新的墓碑还是深深地插在土里。坟堆与墓碑看起来就像他多年后在北方见过的赑屃。他随着人群下山，热闹的山重归孤寂。

这张讣告的出现复活了所有一切他想深藏的记忆。他不认识这个死者，但他天然地对任何一个死者都怀着敬畏之心。葬礼是这个世界留给死者最后的挽歌，死者是坟墓仅存的遗腹子，独自行走在通往深邃的地狱之门。他打算出席这场葬礼。

他找来许多素净的衣服，把那些刚刚收起来的衣服一件件找出来。这些衣服挂在衣柜里，就像一具具颜色不同的尸体装在竖起来的棺材里一样。他不知道自己怎么了，连看到衣柜都会想起死者最后的容身之所。这种想象力经常让他在同学聚会时吃瘪，他会在欢快的气氛下说出一些不合时宜的话，为此遭受过许多白眼。但他不以为意，有些事情戳破比不戳破好，人不能活在想象之中。

他准备在即将参加的这场葬礼上唱几首欢快的歌谣——故乡男女交欢时所唱的山歌。这种歌谣经常在那座山上响起，每到此时，他都会对那座独特的山啧啧称奇。它既是墓地，也是洞房，还可以是产房。人的生老病死、吃喝拉撒、喜怒哀乐无不体现在上面。但很快他又感到心灰意冷，他想到自己成了一个不会唱歌的哑巴，更重要的是，他怕在葬礼上由于自己一口难听的乡音，闹出啼笑皆非的丑事，叨扰到安睡的死者。

“那又如何，我不就是要给葬礼送去欢乐的吗？”

第五章　大地坐标

他的梦中一直出现奔跑的场景。他在奔跑时看到了许多之前未曾留意过的风景，此后，他经常通过奔跑的方式改变死水般的生活，故乡那座山好像也在他的脚下变得生动起来。多年以后，行驶的列车代替了他的脚步，把他捎到了他想去的任何城市。他会在每一个中转站下车，然后坐上火车，或乘上飞机，交通工具的改变，让天涯海角变得近在咫尺。

正因为如此，他才会觉得如今自己不管身在何处，离故乡那座山并没有那么遥远，更不会像家人担心的那样，要好几年才能回一次家乡。只要他想，他可以随时坐上一列火车或乘上一架飞机，回到南方。然而，家人的担心不幸言中了，他真的有好多年没回乡过春节了。

改变的不只是交通，还有人心。如果不是体内还流着相同的血，可能家人会变得比陌生人还陌生。有时候他会长时间地忘记给他们打电话，即使打了，也只有寥寥几句。这些话语经年未变，小时候是学业，长大后是薪水和对象。他甚至可以想象，当他结婚后，谈话内容则会变成他的儿子、他们的孙子。他对于人类这样的繁衍方式感到绝望。从来没有人关心他的内心世界。很多次他给父亲打电话，告诉他自己的近况，但每次都不欢而散。父亲不是问他薪水就是劝他早点谈恋爱，还告诉他要是实在找不到就回家相亲。有时他会反驳，但更多的时候只好附和他的想法。多年前那个由于此事追了他一天的父亲却在多年后希望他早点结婚。

多年前因为此事对他失望的父亲多年后还是因为此事对他失望。只不过由于中间相隔了几年，让这种失望在无形中变得更加具体，令他每次想起都犹如置身梦中。他看到了生活中荒诞的一面，多年来他一直试图为走出这种荒诞而努力，却经常感到心灰意冷。他的热血早已冷却，现在留给他的，只不过是一个还会呼吸的木偶罢了。到了此时，他才突然意识到生活的真相，但是天大地大，不管他走到哪里，情况都不会发生太大的改变。新鲜感都是暂时的，不安才是长久的。

每到这个时候，他就急切怀念那天奔跑中的自己。那时的自己，对生活还抱有极大的热忱，年轻的身体也做好了迎接生活中一切挑战的准备，至于身后那个紧追他不放的父亲，只是生命中暂时出现的阻碍而已。那个时候他不会想到其实他和那个站在人群中低着头的猎户没什么区别，每个人都不会在别人的失意中看到自己的失意，而是刚好相反，从失意中窥见得意。类似的观照在生活中数不胜数。那天在奔跑中得见的景物此后一直出现在他的记忆里，也让他首次发现了一个动态的世界。他把那双拖鞋留在了楼顶，赤脚跃下二楼，他近距离地触摸到了大地。家乡很多人都喜欢打赤脚，相比于鞋印，人们更喜欢在大地上留下自己的脚印。不管是稻田还是高山，都刻满了大大小小的脚印。在这些脚印中会看到很多正常的脚，也会看到很多缺失了一个脚指头的脚，还能看到左大右小的脚。穿着鞋的父亲最后到底没能追上光脚的他。

他就这样跑过那片空地。空地上围满了人，但没有人把视线放到他的身上，他们还在纠结那条狗的死因。坑已挖好，死狗已掩埋，但愤怒的人还没恢复冷静。那一天他看到的世界和猎户看到的不是同一个，后者看到的是一个静态的世界。多年来匆忙的猎户那天难得清闲，他看到面前很多口眼耳鼻，像山上的猎物一样嘈杂。奔跑中的他越过人群，看到了猎户额头那颗闪闪发光的星，那条白色毛巾在风中招展。他还看到很多湿漉漉的后背，连人们的脑壳都看得清清楚楚。有一些人的脑壳上有许多斑点，那是小时候被石子擦破后留下的印记，在短发中像道伤疤一样明显，只有把头发留长，才能最终覆盖这些伤痕。有一些人拉高了裤脚，看得见黧黑的腿肚子，上面的腿毛像蚂蚁窝一样密匝匝的。

还有一些屁股，更是令他印象深刻。他也是第一次发现男女屁股的不同，如果说男人的屁股像石头一样坚硬，那么女人的就像河水一样温柔。从某种程度上来说，男人的屁股让人踏实，其状似树干，如石壁；女人的屁股则让人流连，或蜿蜒或平展。河水能令磐石溶化，能令世间一切坚硬回归柔和。但更迭的岁月常常无情地让男女的屁股到头来都变得松松垮垮，像泄气的皮球，又如干燥的海绵，顿失美感。

第五章　大地坐标

他继续往前跑，未知的前方让他的心脏跳得从未如此剧烈，多年以后，他在蹦极、跳崖、冲水等一切极限运动中都未找回当初的热血。他的脚踩在那条黄土路上，溅起了漫天灰尘。当他终于决定离开故乡后，一条柏油路替代了黄土路，他穿了鞋的脚踩在上面，即使隔着厚厚的鞋底，还是能感受到日晒后的炙热。柏油路跑起来没有黄土路舒服，黄土路上稀松的泥土让上面的人感到如行走在云端。但是这个松软的云端，经常在大雨后变得泥泞不堪，坑坑洼洼，让肩挑背扛的人们陷在里面抽不出脚，还会让夕阳下的自行车打滑。但对于那天的他再合适不过，扬起的尘土隐没了他的身影，让追在后头的父亲以为追丢了，每到紧要关头都会停下来，擦拭沾在睫毛上的尘埃。

要是起了风，则会让视线更加模糊。他经常看到风把灰尘裹挟到空中，在天际形成一股龙卷风。这股携带着尘土的风让每个人唯恐避之不及，他们会从田里起来，奔走相告，在风抵达前跑到家里，收起晾晒在院子里的衣服，或者从山上下来，吹起口哨，与风赛跑，跑到楼顶上，赶紧收起稻谷。

要是有风又有雨，就会更加让人头疼。即使他们的速度再快，也跑不赢风雨。他们会眼睁睁地看着风雨把一切能吹的东西都吹走，把所有能弄湿的东西都打湿，却一点办法都没有。而且，风雨从来不按常理出牌，有时候在大晴天也不请自来，经常让把心放宽没多久的人措手不及。于是，他们想到了一个办法，请老人夜观天象，看看第二天有雨没雨。老人刚开始依据生活经验，要是夜里星空朗朗，第二天一定阳光灿烂；倘若夜晚乌云遮月，翌日铁定风雨交加。但真实的情形让人们大跌眼镜。他们在月明星稀的夜晚提前把稻谷等一切需要晾晒的东西搬到楼顶，铺开来，还没等到天亮，滚滚天雷就响起来了，等意识到情况不妙，准备上去收时，一阵大雨浇湿了稻谷的同时也凉透了他们的心；而在黑云密布的夜晚，他们则和那些稻谷一起放心睡大觉，经常在翌日好几次被升起来有三根竹竿那么高的太阳晒热屁股。

久而久之，夜观天象的老人脸上就有些挂不住了，人们刚开始还会安慰他，但很快就不再找他了。他们根据老人的经验得出了另一个完全与之相反的经验，但效果也不甚明显，有时候损失更大。从此，他们就不再试图和捉摸不透的老天抗衡了，而是视具体情况而定，有时大晴天也不敢放松，留一个人在家里看着，要是没雨，那最好；要是看到势头不对，譬如有异常的风、别样的云，马上敲锣打鼓，在稻田里或者在山上的人们听到喧天锣鼓，就会从四面八方往聚居地跑去，在风雨到来之前把谷子收起来。但这么一来，又出现了另一个更为棘手的问题，虽然很早就听到通知了，可那条一下雨就好几个月不硬的黄土路会让他们失去最佳的抢收时间。他们终于借着这个由头筹钱修路，钱不够，无法修水泥路，只能修条柏油路，虽然和设想的有出入，但看到柏油路也没瞎耽误工夫，也就这么着了。只是柏油路经常发出臭味，让走在上面的人蹙眉捏鼻，而且吃饭也没以往香了。看到猎户院子里的那个花圃，他们决定依样画瓢，在柏油路两端种些可以除臭的花花草草。

当他离家那天走在这条柏油路上时，看着路边茂密的花草，不会想到，他前脚刚走，后脚这些花草就枯萎了。更不会想到前几天那个追在身后的父亲此后再没从这条路上走过，很多人经常在每个节日之前站在路口，等待着从远方归来的儿女。父亲刚开始也像他们一样，在每年春节前几天，放下手头的活儿，穿戴一新，换上一张喜悦的面容，等待那个今年说好了一定会回家的儿子。他们从早上等到夕阳西下，人数慢慢变少。人们依次接到了返乡的儿女，只有父亲在夕阳下形单影只，空手而回。从那以后，路口等待的人中没了父亲的身影。

“爱回不回。”父亲说。

“我自己去等。”母亲说。

母亲说完，整理心情，对镜理理银丝，来到路口。路口聚齐了人，见到他母亲，都会自动给她让一个位置。母亲站在人群中央，看着挂在枝头红彤彤的太阳，觉得这是一个好兆头。中午的时候，人少了许多，有些人接到了，回去了，还有一些人和母亲一样等着。母亲拿出事先准备好的饭盒，掀开，挖一勺饭看一眼大路，看一眼大路咽一口饭，有时候响在上面的马达声会让她误以为儿子回来了，放下饭盒雀跃。不是，是一辆拖拉机，拖拉机上装满了稻草，司机面无表情地从他们身边开过去。

任何一个细微的动静都会让母亲高兴一阵子，等到她的午饭吃完后，人就更少了，和她一样失望的人就会劝她不要等了：“看来今年还是一个寂寞年，又只能跟婆娘一起过了。”母亲不响不理，她的眼睛还直直地放在路上面。等到她终于收回视线，想跟旁人一起回家时，却看到身边早已无一人，只有她一人。她只好收好饭盒，理好鬓发，从嘴里勉强挤出一丝笑容，跟家里那个表面死倔、内心却比谁都好说话的丈夫说一句："哎呀，肯定是车晚点了，明天指不定就回来了。"

她以为这句话能安慰他，没想到第二天早上她一出门，他就悄悄跟在了后头，跑到了那座可以看到马路的山上，远远地看着路面。他和她等了一样久，为了不让她发现，在她准备动身回家时，赶紧先跑回去了。这样的奔跑姿势经常让他想起追随儿子脚步的那天。

他追在儿子的身后，第一次发现儿子长大了，结实的后背甚至堪比他当年。他故意在漫天的尘埃中停留了一会儿，不敢追得过紧，让儿子喘不上来气。等到尘埃落定，他边看泥泞的路面，边继续往前追。儿子的脚印有深有浅，他自己的脚踩在儿子的脚印里，向后一看，发现儿子的脚印比自己的还大哩，自己的鞋印倒像个胎儿一样，被儿子的脚印抱着。他笑了，咧开嘴笑了，露出那口被烟熏黄的牙，笑得不能自已，然后一句话就从这口黄牙里吐了出来："这小兔崽子真的长大了。"

他像个小孩一样在脚印里自得其乐。过了很久，才知道还有正事没干呢，于是继续往前追，也不再故意去踩那些脚印了。追着追着，脚印好像变浅了，还多出了两条路，一条是上山的小路，一条是去往县城的路，不知道儿子跑的是哪条。看着天慢慢变凉了，他转而担心儿子有没有穿够衣服，又在自己咕咕叫的肚里想到儿子连早饭都还没吃，这会儿应该饿了。于是他仔细检查这两条路上的足迹，通往县城的那条没有脚印，只有车辙印；而上山那条，无数脚印令他不知道里面有没有儿子的。他想回去比照儿子的脚印再过来，但这么一来，儿子就跑得更远了，他从没在外面过过夜，不知道夜里会不会害怕。

想到这儿，他从兜里掏出一枚硬币，要是字朝上，就上山；花向上，便进城。投了几遍，都是花。正犹豫要不要听从命运的指示，突然看到山上有几只鸟飞起，草木也发出很大的动静，不敢多想，马上拔腿上山。越往上，天越矮，身上也渐渐发起了抖。等到天完全黑下来后，他还是没有找到儿子，慌了，莫不会被野猪叼走了？但想想又笑了，野猪早被那厮打光了，想到这儿，又对那个猎户感激起来。

每座坟墓面前都星光点点，看上去怪瘆人的，他找遍了整座大山，依旧没找到，于是在深邃的夜空下叫唤起来，先是开口说些狠话，像什么再不回家就和他脱离父子关系。说着说着，他的语气就温柔了许多，但听上去还是有点硬，最后他终于带起了哭腔，唤起儿子的乳名，并在每一个可疑的地方用手扒拉，也不管会不会从黑暗里蹿出一条蛇来。

狠话软话都说遍了，还是一无所获。他顿时后悔起来，后悔不该跟命运对着干，要是听从命运的安排，选那条进城的路，现在说不定早就追到儿子了，或许已经回到家，准备吃晚饭了。想是这么想，可他还是不敢下山去选另一条路，他害怕儿子就在山上，可能受伤了，可能没听见。他坐在森严的墓碑前，一时没了主意。墓碑后头埋着他那个长寿的祖父，他凑近前，擦拭模糊的照片，看到祖父的山羊胡还是这么长，那双耷拉的双眼还是稀粥一样混浊。

“我知道我不孝，每年清明都没来看爷爷你。”他对着墓碑说，“但今天千万要保佑我找到儿子，他也是你的重孙子啊。”他对着墓碑磕了几个响头，然后马不停蹄地下山了。

他从早上跑到黑夜，跑了好久，最后一回头，发现身后空无一人，那个带着一脸怒色的父亲不见了。但他不敢停留，他害怕父亲就躲在某个角落，突然跳出来，把他逮个正着。他也在那两条路面前站了很久，不知该选哪一条。要是进城，自己身无分文，说不定会露宿街头，而且他刚在城里结束自己的高中生涯，刚从城里那家牙医诊所补好自己的牙，他不太想这么快又见这座熟悉的小城。他还记得补完牙后，打电话叫父亲帮忙带回自己的课本。父亲到了学校问他生活费有没有花完，他不敢说把没花完的生活费拿去补牙了，他不想看到父亲失望的神情。要是现在跑进城，过几天父亲又会怪他花钱大手大脚了。要再过好几天，他才会再次走在通往城里的那条路上。让他没想到是，此后要过很多年他才会再次走在那条路上，见到每年在家期盼他回家的父母。

上了山，他还是没有停下脚步，那些坟墓他连看都没看一眼。下山时看到那些坟墓，他会惊讶没想到自己的胆子也这么大。在山上，他从白跑到黑，跑得天上的星辰摇摇欲坠，跑得让树木窸窸窣窣，还惊起了很多知名和不知名的动物。他觉得自己在奔跑之中掌握了时间，他觉得他会这样一直跑下去，直到天边露出鱼肚白，他的生活就像下颌那颗刚补好的牙，在这个伸手不见五指的夜里绽放出光芒。他从没想到奔跑会让自己如此愉悦，他埋头学业太久了，甚至忘记周遭还有其他令自己感兴趣的事物。山上依稀传来的泉水叮咚声、草木抽芽声，还有风吹树叶的声音，无不让他感到神清气爽。他像奔跑在阳光下，在闪耀着五彩光斑的灰尘下如沐春风，又如躺在襁褓里，睁着一双对世界充满好奇的眼睛，盯着每个过来捏自己脸蛋的人发出咯咯的笑声。可以说，那天，他真的像回到了世界初生之时，一切都令他感到新奇，虫蚁、鸟兽、树木，还有泥土，都让他发现了新的含义。

他以为他的生命会一直这么充盈下去，只有死亡才能令其停止，只有疾病和意外才会让他停下脚步。他浑身充满了力量，这种力量可上九天揽月，还可下五洋捉鳖。直到此刻，他才发现月亮的阴影不像骷髅，而是像一个照亮他前路的灯塔，在每个漆黑的夜晚，指引他找到太阳升起的每一个地方。

坟墓是人们最后的襁褓，而摇篮是人们起初的坟墓。人们在这里死去，也在这里出生，走完自己或短暂或漫长的一生。随着他的奔跑速度越来越快，他离出生的摇篮越来越远，离死亡的坟墓越来越近。他不会想到，自己的任何举动都在加速死亡。就在他以为即将要越过这座高山的时候，却被一个坟墓终止了去路。就像他刚出生时，假如想要行走，必须在摇篮里度过一段时间。摇篮束缚了他的旅途，而今那个掩藏在大山之中的坟坑也让他停止了脚步。他突然感到眼前一黑，掉进了黑夜的陷阱。他感到一切都停止了，掩映在坟坑四周的树木让他窥见了天上稀疏的星辰，他躺在坟坑里甚至能听见自己的呼吸。最后他索性以睡姿仰躺在墓地里，这个刚把遗骸移走的空荡坟墓好像是为他量身打造的，之后他睡过很多陌生的床、冰冷的地面，都没有这个坟坑令他安心。

起初，对于坟墓的恐惧让他试图爬起来，这种与生俱来的恐惧在成长的过程中通过对某些关键词的特别记忆而变得尤其印象深刻。在近距离接触坟墓之前，坟墓是肮脏的、可耻的、孤独的，就像每一个掉进深层梦魇的午夜，躺进去后才发现，原来坟墓是干净的、崇高的、热闹的，就像每一次走上升旗台领取奖状时的正午。午夜和正午是一天的两个半点，也是地球的两半，更是人的两半。他原以为世间一切肮脏、可耻、孤独之事都发生在午夜，世间一切干净、崇高、热闹之事都发生在正午，没想到阴影之于阳光，很多时候就如阳光之于阴影。他顿时觉得，有阳光的地方就有阴影，有阴影的地方就有阳光。

想到这儿，他不再试图爬起来，而是安心地躺在巨大的阴影里，等待着阳光到来。在他还未出生时，他就以一种蜷缩的睡姿躺在母亲的肚里，现在他让自己在坟墓里也保持着这种睡姿。这令他感到安详。他不仅能听到大地的呼吸声，也能听到大地的脉搏声，他从来没有像现在这样接近大地。世间的房子、车辆、飞机、鞋子不仅未剥离与大地的联系，反而牢牢吸附其上，要是没有了大地的牵绊，人活着的意义将更加无法彰显。当他置身于城市多年后，意外发现人类已经把触手伸到了外太空，把自己推给更加孤独的无垠星空。

想到这儿，他又有点想哭，他应该是唯一躺进坟墓还活着的人，他可以看到大地沉睡时的样子，但他身边那些躺在坟墓里的真正的死人永远无法看到了。他们被褫夺了身份、财产、地位，将来留存在活人记忆里的姓名也会很快被遗忘。他们是一些真正魂归大地的人，不会再像他一样思考，更不会再像他一样，关心自己多过关心人类。

曾祖父的墓地离他只有咫尺，已经沉睡了十几个春秋。在每年的春来夏往、秋去冬来，他都静静地躺在里面，默默地关注着山脚下的人类。每年清明，其他墓碑前热闹非凡，只有他的墓地冷冷清清，那些焚烧的纸钱、点燃的鞭炮以及活人的哀思，通通与他无关。他原以为他可以永久地享用子孙后代的香火，这也是他之所以生育如此之多子嗣的原因所在，没想到，结果适得其反。有时候，只有他这个重孙会想到上山祭拜一番，他会拿上一把柴刀，刈除曾祖父墓前的荒草，但荒凉一直在，始终都在，从未消失。他知道父母关心他多过关心死人，也不好说什么，只好在每月的初一、十五点几炷香，对着大山遥拜。

他躺在坟墓里试图和曾祖父对话。他很久没和他说过话了。在此之前，他一直忙于学业，无暇他顾，现在学业告一段落了，他可以好好和他说几句话了。活过整个现代史的曾祖父应该攒了很多话想说，对于他的人生，对于他漫长的一生中经历的数次危机，都应该有很多有别于历史教科书上的看法，应该比冷冰冰的教科书多一些温度。每一段历史，在书上都只有短短的几句话，这些概括性十足的话以高屋建瓴的口吻记录在案，不容置疑，唯独缺少如曾祖父一般的平凡人的观点。他认为两点成线、三点一面才是历史的最终面貌，而不是一个个空泛的面。

但没有人回答他，回答他的只有无垠的夜空、无限的沉默。每一个当下都将成为历史，对曾祖父来说，历史由何人书写、由何人评价，并不重要。重要的是，他能有惊无险地度过这漫长的一生就已属幸运，对他和大多数人来说，活着并能一直活下去本身就是一种胜利，至于思考活着本身，已脱离了他这种人的生命轨迹。在每一个战争之年，没有对准自己的枪口就是幸运；在每一个饥馑之年，有一口饭吃，就是一种幸运；在每一个人人猜忌的年代，不招摇，不饶舌，就是一种幸运。和平、足食、良善，是每一阶段的终极追求。

但对他而言远远不限于此。在可预测的未来，发生战争、饥荒和批判的可能性都不大，他的终极诉求也从和平、足食和良善过渡到了对精神的追求。如何让生命变得饱满、不虚度，成为他始终思考的命题所在。在坟墓里思考活着的意义，就如去势者思考床第之欢，说来令人可笑，而且过不了几年，他就会发现现代人活着并不比前人轻松多少，甚至更加辛苦。很多隐藏的枪口会冷不丁地射中无辜的人们，看似丰富的粮食并不能完全满足人们的身体所需，人们也并未因此而变得友善，甚至猜忌心更重。看起来能为他建立思考前提的所有要素都在之后遇到的困难面前灰飞烟灭，终于使他看清生活的所有真相，从而战战兢兢地为躲过每一个无形的危险、老老实实地为每一顿饭、提心吊胆地为维系与他人的关系而如履薄冰，亦步亦趋，不敢有丝毫放松，而多年前在那个坟墓里为自己构建的美好蓝图到头来终究是一场空。

那时他不会想到这么多，他每天思考的都是如何远离牢笼似的生活。他甚至觉得人们每天的交谈都是一种对生命的浪费，不仅毫无意义可言，还非常可笑，尤其对金钱赤裸裸的渴望更是让他不屑与之为伍。他觉得人活着应该有更高的追求，这种追求无关衣食住行，而是关乎精神世界。多年来，他为了这种形而上的追求付出了许多努力，这种追求也令他看起来好像和周围人区别开来，让他觉得自己和别人不一样。多年后他才会发现，人和人其实是一样的，那些人只不过比他更早看清生活的意义，比他更早在生活面前缴械投降，从而投身于这种看似纷繁实则虚无的喧嚣之中。从某种程度上来说，热闹是生活的麻醉剂，孤独才是生活的本相。当他意识到这种残酷的真相后，他已经进退维谷了，一方面他无法和他人一样，在生活面前戴上面具强颜欢笑，另一方面在追求精神世界时又屡屡受挫。他好像回到了多年前第一次乘坐飞机时的样子，上不着天，下不着地，搁在中间像一个钟摆一样，无所依靠。每当此时，他就会借助酒精麻痹自己，全然不管自己对酒精天生过敏。

酒能让对生活失望的人暂时找到慰藉。酒酣耳热之际，眩晕的脑子会彻底放空，对外界的一切都可以不予理会。人之所以会愁肠百结，就在于思考得过多，而酒精会像一把剪刀，剪碎愁肠，让忧愁在酒杯中熠熠生辉，被自己一口喝下肚，获得短暂的安宁。第一次喝酒是在毕业典礼上，每个相熟不相熟的同学、老师都过来与他碰杯，酒杯里的酒空了又续，续了又空。不到一会儿，他的脑子就有些不好使了，不过也让他前所未有地轻松下来，而高考成绩、前途都被他暂时抛诸脑后。他甚至说起了笑话。通过蒙眬的醉眼，他看到暧昧在空中发酵，很多男女同学都满脸绯红，诉说着多年来积攒在内心的真心话，适时地牵起了彼此的双手，触碰到了彼此的唇。他还没有完全喝醉，不敢去找寻那个女老师，更不敢在人群里寻找那个收信的女生。

他看到很多人双双走出酒店的大门，站在街头拥吻，去往每一家还亮着灯的旅馆，把刚刚逝去的美好时光留在发霉的床单上。有人过来搀扶他，是那个坐在他后桌的女生，正醉眼迷离地望着他。他一时有些恍惚，一阵恶心，把秽物吐在了一根柱子后头。女生在拍打他的背，拍打声让他神思恍惚，他听到说笑声，看到小城的河岸亮起了灯火。

女生在等他。他和她走在河岸边，坐在石凳上。通过灯火，能看清河面的波澜，他一把揽过女生的肩，献出了自己拙劣的吻。多年后，当他的拥吻越来越熟练时，他还会怀念那个河岸、那个女生。现在对她的面容的记忆逐渐模糊，那条河的河水却始终在他心里流淌。他会想起小城的河堤，河堤上每一张冰冷的石凳上面有过他越来越黯淡的青春岁月。酒醒后，他头疼得厉害，好几天没缓过来。去学校收拾课本的那个午后，那个女生迎面走来，却装作对他视而不见，就在那一刻，他发现自己的青春真的彻底告一段落了。

此后，每当他遇到烦恼时，他都会用酒精麻醉自己。多年来，他一直不知道该如何丈量自己出行的路线，看到一个个酒瓶时，他才恍然明白，酒瓶摞起来的高度便是他出行的长度。那个时候他以为自己永远不会贪恋杯中之物，现在，他喝酒多过喝水。

他躺在坟墓里，感觉有点冷，夜晚从未有过如此漫长。他想爬出墓地，来到外面，站在山头看着熟睡之中的家乡。还是没有成功。就在此刻，他听到了声音。这种声音由远及近，慢慢传到他耳边，声音中有父亲，有母亲，还有其他一些人的声音。父母亲的声音中带着关切，很快，躺在坟墓里的他发现火光替代了星夜，很多遮挡天空的树木纷纷被砍斫，他的眼前一片开阔。然后，他就看到了父亲那张紧皱又慢慢舒展的眉头。

父亲在黑夜里着急下山后，来到那片空地。表情独特的猎户还站在人群中。他拨开人群，让猎户告知山上哪些地方挖了陷阱、放了野猪夹。猎户没响，或者说他在人群中没有听到父亲的话，又或者说，他听到了却不敢回答。这时，父亲让人群安静一点，相比一只母狗的意外死亡，他儿子的下落更要紧。人们停止了喧哗，这些持续了一整天的声音都围绕着一个议题：猎户到底该为那只狗的死亡负多大责任。责任太轻，不只是他们，就是母狗那些生机勃勃的后代也不会同意——那些狗此时都伸出挂着哈喇子的舌头；要是重了，那就有把狗命置于人命之上的嫌疑。所以，一天下来，人们也没最终达成一致。父亲的出现，为人们注入了新的血液，以一个旁观者的角度，或许能破解这个棘手的案子——他家从未养过狗。但父亲显然不是为此事而来，在此之前也不知道这场围观的真正用意，他原以为这只不过又是一场关于一亩三分地的纠纷。类似的纠纷经常上演，不是误割了别家的庄稼，就是霸占了上游的水源，反正经常像一团乱麻似的重演，都变成了人们每天必备的功课。

父亲对此事一般不太关心，他家的稻田不仅与别人家的不接壤，也不和别人共用一个水源，当然可以对此事漠不关心。但现在终于出现了令他上火的事了，这件事不在田里，而是在山上。父亲对稻田非常了解，但对山一知半解，他甚至不知道山上的野猪已不像十几年前那般嚣张了，在这种情况下，不要说挖陷阱，就连放置野猪夹都成了多余。猎户终于听清了，笑了，但很快他又收起了笑容，虽然现在他不放野猪夹也不挖陷阱了，但早些年挖的陷阱一直都在。

“谁掉陷阱里去了？”

“我儿子跑到山上就不见了，”父亲说，“我怀疑他掉进了陷阱。”

猎户知道那些陷阱的具体位置，但此时无法抽身带他上山。他冲父亲摆摆手，耸耸肩。父亲转过身做那些人的思想工作，做了很久都没有一点效果。他们油盐不进，再说又不是他们的儿子丢了。父亲有些着急，一急就想骂人，但他忍住了，他知道对任何事情讲道理都是可行的。他先从养儿不易开始说起，对同样有儿子的人有作用，但很多人只有一个闺女，父亲的话不仅未让他们起恻隐之心，还让他们暗暗庆幸。之后父亲又说起儿子的学习成绩，说他可能会成为这里的第一个大学生，这话一说出口，让他们都与有荣焉。就这样，他们重新点燃火把，拿上手电筒，又一次上山。

猎户在最前面带路，绑缚双手的绳子也解开了，肩上扛着那支猎枪，让他看上去威风凛凛。他身边跟着的是父亲，父亲用手电筒照着每一个可疑的角落，都被猎户告知纯属多余。山上就是猎户的地盘，对哪些地方能藏人，没有谁能比他更了解。来到山上，他突然停了下来，年代久远，对那些暗藏在各个角落的陷阱他有些记不牢了。父亲也不急，让他慢慢想，也让后头的人别急。猎户挠着头，想了很久，最后说了一句话：“我们还是给大山剃个头吧。”

这句话让大伙怒火中烧。这么大一座山，剃到何时是个头。父亲没言语，从腰上抽出一把柴刀，往旁边砍去，砍掉那些灌木丛、草丛。其他人见状，也拿出柴刀或锄头，往其他不同方向砍去。猎户站在中间，以他为圆心，看着在自己四周移动的人以及逐渐显露出来的地面。四面八方的人刚开始很大，很快就变得很小了，猎户眼前的开阔地越来越敞亮。那些人使出了割稻子的劲头为大山剃头，终于在太阳快升起来的时候，父亲在柴刀下发现了儿子。出乎所有人意料的是，他看上去并不害怕，好像一副刚睡醒的样子。父亲喜极而泣，紧紧抱住了儿子，然后又一把推开，装作很生气的样子，头也不回地往山下走去。

他跟在父亲身后，猎户和其他人跟在他身后，一群人慢慢地往山下移动。途中，他偶一回头，看到了这支浩浩荡荡的队伍。再过几天，他会在一列火车上看到类似的队伍，那个时候，他以为火车会开往一个春暖花开之地。多年以后想起这个场景，才会发现，当他在队伍前面走下那座山时，当他穿着鞋子走在那条刚修好没多久的柏油路上时，当他转了好几次车终于坐上那列火车时，这群人与其说是为他饯行的队伍，不如说是送葬队伍。而自己所乘的大巴、火车和抵达城市换乘的公交车，都是一辆辆长度不一、大小不一和容量不一的灵车。

但那个时候他不会想这么多。从山上下来没过几天，他会顺利收到一封来自北方大学的入学通知书。他父亲会带着他去每一个为寻找他而出过力的人家，一一告知他们这个好消息，并向他们真诚道谢。而那个猎户，他们找了好几天才在一块稻田里找到。他正在持枪猎杀那些田鼠——他终于从山上转战到了田里。

他和父亲站在路面上看着猎户打田鼠，父亲跟他说了一句话：“以后千万不能变成他。”

过了很久，他才明白父亲的意思。那个时候他和那个猎户其实已经没有什么差别了。站在田埂上弯着腰仔细寻找每一个田鼠窝的猎户看到了他们，冲他们笑了笑，然后从腰上拎起一串刚射杀的田鼠，对着他们大声说道："晚上来我家吃饭，我给你践行。"他看着田鼠在阳光下滴着血，有点想呕吐，然后和父亲走在刚铺就的柏油马路上，去往另一处人家。

第六章　不设找赎

不单是无名街，这座城市的每个角落都藏匿着很多不为人知的秘密。没有一条街没有秘密，没有一座城没有秘密，而人们心里的秘密就更多了。

人与城市都彼此设防。就像一条鱼想了解一片沙漠，而沙漠却令鱼失望。沙漠的前世有可能是一片海、一个湖泊，鱼游弋其中，以为能重返生命乐园，却在这象征死亡的沙漠上风化成一把木梳，梳理着千百年来不断刮起的风沙。无名街上那些有名有姓的人怀揣着秘密讨生活，却经常在夜晚降临后独自舔舐着伤痕，有的掏出秘密，在月光下晾晒，有的继续保持沉默，只有进食的嘴唇翕动着。至今，他都没有完全了解这条生活了许久的街道。在某些阳光灿烂的日子，他会推开窗，意外发现窗外的桃花开了，有时候他会走在无名街上，看着停放在两侧的车辆，这些秩序井然的车辆让他经常忘记街道的尽头。

街道两侧有许多来自全国各地的摊贩。他们在原本狭窄的马路上支起一顶顶帐篷，兜售着能让过路人味蕾苏醒的特色美食。有时他会看到马路突然变宽了，那些热闹的帐篷不见了，在帐篷里头忙活的人也没有了，只有几块残砖零星地散落在地面上，像一尾尾水土不服的鱼。看到突然空下来的路面，很多时候他都会误以为走错地方了。这些差不多一人高的帐篷里，也曾有过他的身影，他一人一桌，桌上有几个空酒瓶和几盘下酒菜。每当这个时候，他就会观察那些忙碌的身影，他们重复着几个单调的动作，为每一个进来点菜的顾客服务，还有人则负责在街头吆喝，拉拢客源。不远处的那座过街天桥上，人来人往，但大部分会成为漏网之鱼。只有寥寥几条会上钩，循着吆喝声的方向钻进帐篷，有时坐在他旁边的那张桌子上，有时会和他同桌，叫上几瓶酒，点上几个菜，打发一个又一个难消的永夜。

很多时候他都想找个人陪自己喝喝酒，但没有人会对一个看起来萎靡不振的男人感兴趣。某些女人即使收了钱，也不负责谈心，她们的生意都很忙，没有时间理会他的内心。她们的头像不是贴在墙上，就是贴在天桥的栏杆上，还有的被风吹落，被行人的脚踩在地面，只有某些喜欢低着头走路的人才会看到。他们默默地记下上面的联系方式，她们的头像在地面复活，打扮着能挑逗欲望的妆容，敲响每一扇孤独的门。她们需要在一个晚上尽可能多地敲响类似的门，尽可能多地让大多数人钻进自己的门，尽可能多地赚钱去敲开那些摆放着挎包、衣服和化妆品的门。

无名街在他看来就是一条鱼，这些人都是点缀其上的鱼鳞。如果有一天，这些鱼鳞不再吸附鱼上，那生活在这里的人们就会彻底被风沙掩埋，死无葬身之地。夜晚的华灯，点亮了每一扇窗，提供着每个人活下去的动力。站在天桥上，眺望路面，那些眨着或明或暗的眼睛的车辆，反映了每个人的内心，正向行驶的车辆满怀希望，逆向行驶的则万念俱灰。天桥像一座教堂，有人在里面重燃希望，有人在里面疗伤，而那些红绿灯就是教堂里点燃的蜡烛，永远在希望的红灯和绝望的绿灯之间转换。他无数次站在上面，俨然一个牧师，告知他们前方堵车，或前方畅通无阻。不同的是，没有人为这个牧师指引方向。

酒过三巡，菜过五味，而永夜还未消逝。漫长的黑夜，让他经常陷入深层的梦境，他认为只有睡眠才能抵消对黑夜的恐惧。但最近一段时间，令他引以为豪的睡眠质量也出现了问题。他经常会在半夜惊醒，看着黑暗里浓稠的黑暗，像被胶水粘住了身子，无法动弹。每一个失眠的夜晚都是一锅糨糊，都让他像对联一样牢牢贴在墙上。每当此时，他就会想起这些年过的每一个未曾感受过暖意的春节。这些无人恭贺的新年，他在租住的房子门外都未张贴对联，只有一个陈旧的倒“福”字挂在门上，还是上一个住户留下来的。很多时候，他都想揭下它，丢进垃圾桶，但每次都会忘记，久而久之，也就作罢了。在失眠的夜晚，他总会想起故乡的新年。

家家户户都会提前买好春联，办好年货。父亲却对这些毫无特点的春联不感兴趣，在人们买春联的时候，他却去买红纸、毛笔。糨糊不需要购买，用点稀粥熬制即可。父亲会在那段时间闭门谢客，专心在家书写对联。他先把红纸裁好，然后蘸好墨，对着那本翻破了的《春联大全》埋头书写。在他小时候，父亲的书法和他识字之初写的一样春蚓秋蛇，不能看，经过多年刻苦练习，最后虽没成方家，倒也看得过去了。

他一直不承认自己写字差，状态和所持之笔对书法的好坏格外重要，要是状态佳，笔也好，那他的书法就不会差；要是状态不好，笔还差，就算书圣都会挠头。尤记得，他小时候经常写不好自己的名字，问题可不出在状态和笔上，而是自己的名字笔画太多，名字最后一个字的笔画比大多数人的全名笔画还多，为此，他数次让父亲帮他改名。这个预示着他以后将登千重山、行万里路的名字他无数次想换掉，父亲却一直没有同意。这个严格按照族谱命名的名字是曾祖父的得意之作，即使父亲同意更换，曾祖父也不会允许。小时候讨厌的名字没想到在他长大后成了他身上唯一可称道的优点，每次想到这儿，他都有点哭笑不得，不过也庆幸当初没有改名。

然而现在他早已换了名，这个承载着祖上无限期许的名字早已作废，现在只不过把小时候应该做的事延宕了十几年而已。改名的时候，他已经能把名字写得很好看了，甚至最后一个字的最后一笔经常会飘起来，就像蝌蚪尾巴，又像孔雀羽毛。父亲还在每年的春节亲自书写对联，他生来就有种特质，这种特质让他与最终的庄稼汉身份格格不入，也让他和其他从事相同工作的人有所区别。他的名字也是按照族谱命名的，同样承载着祖上的期许，但最后的结果刚好相反，他是一个有着学问名字、本身却毫无学问的人，世上再没有比这事儿更让人摸不着头脑了。

这种特质还表现在他选择的对联上。其他人张贴在门边的对联不是“财源广进”，就是“万事如意”，特别一点的也无非是“鹏程万里”。父亲对发财、平安和远大前程之类的对联都不感兴趣，或者说他不想把这些事放在明面上说，万一最后都没实现，对他不啻一种羞辱。所以，他一般会选择一些字面没有明确意义、实质也智者见智的对联，譬如：“此木是柴山山出，因火成烟夕夕多。”横批：“木以火终。”这副春联让曾祖父大为惊叹，但他不知道的是，这副春联对他死后的归宿一语成谶。

旁人看到又是柴又是火，觉得很不吉利，父亲却毫不在意，继续往别的房门前张贴同样奇怪的春联。起初，他经常分不清上下联的区别，经常犯下“仄平不分”“因果不分”“时间不分”和“大小不分”的毛病，被人笑作“四不分庄稼汉”。父亲误以为这是说他五谷不分，很生气，撸起袖子就要跟对方理论，但被旁人拉住了，经指点，才知道说的不是五谷，而是春联，最后花了很长的时间才摘掉“四不分”的帽子。

裁剪红纸也需要技术，父亲的粗手使惯了锄头、镰刀，不习惯用剪刀，经常剪坏红纸，甚至还找出墨绳测量红纸裁得直不直。母亲让他别那么费事，从缝纫机旁拿出量体裁衣的滑粉，递给他。父亲使了几回，觉得可以擦拭的滑粉比墨绳好用多了。即使如此，他还是经常剪坏。他握起剪刀手就抖，母亲笑他“猪尾巴吃多了”，想帮他，父亲又死活不让。就这样，在剪坏了无数红纸后，父亲最后闭着眼睛也能裁好红纸了，然后提起毛笔，蘸好墨汁，手还是抖，抖得墨汁掉在了红纸上，就算不抖，写的时候也会发生很多问题，不是下笔太轻，让字看起来软，就是下笔过重，让墨吃透纸张，在垫的桌面留下那些难洗的墨迹。而且，握笔姿势也不对，刚开始攥着笔杆，写出来的字有斗那么大，又用两指捏着，写出的字却细如绣花针。他不禁感叹："吃这碗饭可真难哪。"轻重难以把握，粗细也难以把握，唯一能把握的是不管轻重还是粗细都能填满红纸。可这样的春联挂出去只会让人笑掉大牙，好面子的父亲说什么都不会自打嘴巴。当初买红纸、毛笔的时候，无数双眼睛都瞧见了，无数只耳朵也听见了"老子从今往后春联都自己写"。写不好让他很着急，一着急就更写不好，现在去买春联，面子上挂不住；不买，春节又没对联贴。情急之下，他想到了祖父——那个经常提着一个烘笼子到处吹牛的老不死的，他不是说自己年轻时中过秀才吗，就先让他救救急。

让婆娘去叫。最后叫回来时，糨糊都硬了，墨汁也要重倒。曾祖父撸起长衫袖子，问清所写的春联，在裁剪好的红纸上挥毫泼墨，不到一会儿，就写完了家里每个房间门前所需的对联。然后他用嘴吹吹，把毛笔一丢，嘴里大声说着："交卷。"老半天没人来，这才知道不是在考场，而是在家里写对联呢，一笑，一张脸都缩成了一团，眼睛都藏起来了。然后他慢慢从眼睛里挤出一点光，看到他的孙子、孙媳妇的下巴都快惊到地上了，重新提起烘笼子，晃晃悠悠地迈过门槛，又往别家日白去了。

见过这些对联的人都说好，让父亲脸上非常有光。他们好像第一次认识父亲一样，没想到同是赤脚佬农民的父亲还真有几把刷子，以后下田见到他都客气了许多。曾祖父死了以后，没人给他写春联了，他只好亲自上阵。刚开始常被人笑话，写得还不如自家的小兔崽子，父亲也不恼，借口说爷爷刚去世，状态不好。又过了几年，他才写出那么点意思，但还是和他们第一次见到的相差很大，没想到他的爷爷死了这么多年还没让他缓过神来，“真是孝子贤孙哪”。

现在已经没人亲自写对联了，小时候老师常说，书写一手好字，走遍天下都不怕。没想到时代发展太快，已经不兴写字了，有什么要写的，打开电脑文档就行了，行书、草书、隶书，各种字体应有尽有，造诣堪比古往今来任何一位书法大家。购买的春联，不仅红纸种类越来越多，就连字体也变得越来越花哨。墨汁早过时了，讲究用金笔写。写完以后，金色的字体闪闪发光，让财源更加广进，万事更加如意，鹏程何止千里万里，让每家主人放心，让每个访客安心，真可谓过年充门面待贵客的必备法宝。

离开故乡多年，他一直怀念家乡的食物，尤其是那一尾尾在阳光下活蹦乱跳的鱼。从木桶里抓起一尾，称好重量，付完钱，这尾鳃上穿着几根稻草的鱼就这样被提回家，挣脱的鱼鳞经常会让回家的那条路亮晶晶。现在，已经没有人用稻草穿鱼鳃了，都是用一个个红色或白色的塑料袋装点水，再把付完钱的鱼放进去，袋里不多的水经常会让将死之鱼以为还生活在池塘里。父亲从厨房拿出砧板，磨好刀，去掉鱼尾，切去鱼鳍，再刮鱼鳞，用手指把鳃抠出，然后在鱼肚白上切一刀，扯出鱼肠鱼鳔。据说鱼鳔在古代有避孕的功能，经常让在城市孤居一人的他好几次想试试。有的鱼肚子里有很多鱼籽，这些鱼籽甚至比鱼本身还美味。或蒸或煮，都不失其味，撒上点葱花，吃一块鱼，喝一口鱼汤，可以美上好几日。

在此之前，养鱼人会挑着两个空桶去往山上那个鱼塘。鱼塘藏在山的中心，碧波荡漾，水鬼的传说让许多游泳健儿不敢轻易下去，从而也在某种程度上保证了这些鱼的存活率。养鱼人通过水面就能知晓当年的收成，要是水面像鱼鳞一样，一层又一层，那当年会有好收成；要是水面平静如镜，那就会有歉收之虞。水边的草长得很好，牛舌一般够不着，那些嗜水的水牛又不敢轻易下水涉险。养鱼人会先把鱼塘的水放掉。放水需要一段时间，他把扁担放在地上，压扁一些草，然后一屁股坐上去，从兜里掏出烟，抽上一会儿，边抽边看日头边看水。等到日头偏西了，鱼塘里的水也就见底了，他就会把烟蒂踩灭，及时下去堵好出口，防止有鱼逃出。然后他换上打鱼专用可防水的橡胶衣，角色的转换总是在须臾之间，他会由一个养鱼人变成橡胶人再变成打鱼人。有时候，他不忙着下水，他会先站在岸边看几眼在淤泥里跳跃的鱼群。

玻璃般的鱼儿在淤泥里挤来挤去，睁着一双双无辜的眼睛，张着一张张阔嘴，在淤泥里找寻可供呼吸的空气。活跃的会跳进旁边的小水坑里，不活跃的会被他先打捞起来，丢进装好水的木桶里。木桶装满了鱼，不需要运下山，自然会有想买的人从山下上来，或从大老远的地方赶来，人数一般都不会少。这些人挑选自己看中的鱼，自己称好，然后用稻草或袋子穿好或装好，最后把相应的钱丢到那个箱里。没有人会多拿一条或少付点钱，全凭自觉，又或者说他的鱼让他有底气这么做。而别人也正是看中这一点，多年来一直与他配合默契，有时候掏出的钱面额过大，买鱼的人想要找钱，就会对准在鱼塘里打捞的人吆喝一声："找钱咯。"打鱼人就会扬起一只手，活动活动五根手指，告诉对方知道了。

一般不要多长时间，整个鱼塘的鱼都会卖光。很多没买到鱼的人就会空手下山，期待来年赶早一点。那些每年都能顺利买到鱼的人摸出了一个规律，即养鱼人捕鱼有时候并不看时间，不去理会到底是年前还是年后，而是在捕鱼之前先把那身橡胶衣拿出来，挂在阳光下去去霉味。只要看到他在屋檐下晾晒橡胶衣了，不出两天，他一定会上山打鱼。摸出这个规律的人就会跟他一起上山，或者比他前一天在山上等。捕完鱼后，打鱼人会在鱼塘里留几尾种鱼，那些腹部很鼓的一般都是种鱼，里面都是鱼籽，不过有时候也会被误捕。到这个时候，他就会多留一些刚刚出生的鱼苗。

上岸后，满身都是淤泥，但他先不脱橡胶衣，而是先引水进塘，等水灌满，然后才把橡胶衣脱下来，当场洗干净，叠好，放进那个不剩一尾鱼的第一个木桶里。第二个木桶里还有数尾鱼，那是他自己要的，别人买不到，出多少钱都买不到，他会在打上岸之前掰掉几片鱼鳞，作为记号。买鱼的人只要看见鱼头附近少了几片鱼鳞的，不管再怎么想要，都会把手放下，去捉另外一些看起来和这些鱼长得差不多的。他自己也不会特意去检查，只要瞧一眼，就能知道究竟还是不是自己想要的那几尾。那几尾鱼非常活跃，在打捞的时候经常挣脱渔网，尾部一般有异色，或红或粉。去掉几片鱼鳞，不仅仅是做记号，还有让它们服帖的作用，怕下山时，它们从木桶里跳出来。

洗完橡胶衣，他就要开始点钱了。那个箱子里"万紫千红一片绿”，有大面额的，也有小面额的，还有一些硬币毛票。他会把红的挑出来，再叠绿的，最后清算紫的需要花比较长的时间，至于其他小钱，他会随便塞进兜里。他会一边数一边想，这些钱能否对上卖出去的那些鱼。在打捞鱼的时候他已在心里数清了，除了预留的那几尾，这些钱的数目正好，分毫不差。然后他会抽完一根烟后再下山。烟在兜里没被浸湿，只是有点压扁了，他摩挲着烟，在扁担上敲几下，好让烟丝抱得更紧，抽起来更得劲。抽完后，他就要下山了，人们会从老远的地方看到他挑着木桶唱着歌走下山，前面那个钱袋子太鼓了，经常让人羡慕，其中一个木桶里的鱼太大了，看样子好几天都吃不完。“能不能卖我一半？”可对方却不响，径直挑回家了。别人只能眼睁睁地看着他在自家屋檐下杀鱼，鱼腥味让他们经常忍不住地咽唾沫。

鱼端上桌前，口水先咽了几升，一人一筷，每人一块，片刻工夫，吃得精光。吃鱼前，先备好米酒或醋，要是鱼刺卡住喉咙，便咽口米酒，吞口醋，含在嘴里，停留一会儿，然后慢慢咽下去，卡在喉咙的鱼刺就会被软化，随着米酒和醋一起滑进肚里。很多时候，馋嘴的一家人，吃鱼就像干体力活儿，吃得脸红脖子粗，往往一尾鱼还没吃完，备好的米酒或醋就先喝光了。他最后学得鬼灵精，不挑鱼身，专吃鱼尾或鱼头，但这两个地方也被其他人盯上了。这时，下筷的速度就顶紧要了，要是慢了一拍，就会发现一尾完整的鱼立马会只剩鱼身，鱼头和鱼尾都不翼而飞了。为了抢先一步吃到鱼头，他会在出锅前就握紧筷子，锅盖揭开，热气消散，还未调好味，鱼头和鱼尾就不见了。以为被猫叼走了，这才发现站在旁边的他喉头动了动，拍拍肚子，放下筷子，叫一声："吃饱咯。"别人看到端上桌的鱼残缺不全，叹一口气，唉，速度还是慢了。

最后盘中只剩一副鱼骨，像把木梳，梳理着全家人的脾胃。有些稍完整的鱼骨很像小女孩的刘海儿，要是有风赶趟儿，好似能把刘海儿吹起。母亲经常舍不得丢掉这些鱼骨，她随嫁过来的木梳早就不能用了，还是大姑娘的时候，这把木梳梳理着她乌黑的发，随着年月的增长，她的头发越来越稀，木梳上的齿也变得越来越少，她好几次想重买一把相似的梳子。但现在店里卖的大都是塑料做的，好的也是牛角、羊角做的，木头做的少之又少。

那把齿掉了不少的木梳她还是坚持用着，只是梳得越顺，她的心就越难过。所以，每次吃完鱼，她都会打那些鱼骨的主意。看着这些鳞次栉比的鱼骨，她就会想起那头早些年又黑又亮的头发，转而又想起这么多年为这个家所付出的辛劳，眼泪就落个不停。父亲见状也没了吃的心思，以为她想念远在他乡的儿子，放下筷子，桌上的那条鱼还剩大半。母亲把鱼肉夹到一边，捏起鱼头，鱼的残骸就这样冷不丁地出现在面前。厨房传来儿子偷吃鱼的笑声，赶紧过去看，但只看到空空的厨房灶上还没散的热气。

嫁过来后，母亲那头黑发每日都要用那把木梳梳理。她就这样坐在灶火旁，一只手往灶眼里添柴，一只手拿着木梳。黑发比闪耀的火舌还亮，她边梳边摸着已经隆起来的肚子，儿子在她肚里打闹，她经常隔着衣服拍拍肚子，让他老实点。

她就这样坐在灶火旁，一手梳着发，一手抱着儿子，儿子在咂摸着她的乳头。她会换另一个乳头，儿子叼进嘴，吃得很忘我。她不敢让他吃撑，会拉下掀起的衣服，儿子咬了个空，咧开嘴，哭个不停。她只好轻轻拍打着他的背，给他唱儿歌，待他睡着，就把他放在旁边的那个竹制摇篮里。

她就这样坐在灶火旁，一手梳着发，一手往灶眼里添柴。放学回家的儿子怯懦地走到她身边，低垂着头，不敢看她，拿出没考好的试卷。她接过来，不忙看分数，先看名字写得怎么样，如果又写歪了，照旧又是一声呵斥；如果写得很正，眉眼先笑，再露出那口白牙，夸奖的话还未出口，就看到旁边那个惨不忍睹的分数，赶紧收回鼓励，换上斥责。

她就这样坐在灶火旁，一手梳着发，木梳已经不能用了，另一只手往灶眼里添柴。儿子雀跃着进来，递给她那张大学录取通知书。她看到信封上儿子的名字是用电脑写的，又端正又好看，笑个不停，还没看信的内容，就想起儿子要去很远的地方念书，又背过身抽噎着，然后把信还给他，走进他的房间给他收拾在学校要穿的衣服。

儿子一天比一天大，她的头发也一天比一天稀少。她终于决定把变白很多的发染黑，用鱼骨制作一把木梳，只有这样，才能让自己回到年轻时，让自己回到儿子还在身边之时。远在异地的他不知道母亲的这些改变，对故乡的回忆也仅限于那些人、那座山、那尾鱼。她在儿子疑似返家的每一个日子里，都会用上那把鱼骨梳，照着那面背面有幅仙女飞向云端画像的镜子。

鱼梳很脆，她不敢用太大的力，刚染黑的头发也有点不自然，最开始担心儿子会认不出已经变化的自己，死活要拖着父亲看。那个时候，父亲也深信儿子将很快回来，对母亲的妆容也抱有极大的热忱。他会告诉母亲头发太黑了，哪有儿子都这么大了，头发还不白的妈呀，还会告诉她梳个刘海儿可能会更好点。母亲采纳了他的意见，梳了个会在风中飘扬的刘海儿，至于过黑的头发，就先这么着吧，日子久了，会重新白的。就这样，打扮一新的母亲就会来到那个柏油路已经很旧的路口，和那些人一起等。

再过几年，她的头发染了又白，鱼骨梳也换了好几把。她照旧会在每个年关拿出鱼骨梳，对着那面镜子照个半天，但是父亲早没心思检查她的妆容了。有时，她也会觉得这次又会失望而归，但不管怎么样，生活还得继续呀。想到这儿，她还是兴致勃勃地去路口等。父亲坐在门槛上抽烟，听着脚步声靠近，想站起来，又坐下，然后就看到自己的婆娘先出现，看她的表情就知道后头会不会有自己的儿子。他慢慢站起来，进屋，在婆娘进厨房后，偷偷来到外面，瞧上一眼，路上空空，真的没有。

往事让每一个失眠的夜晚变得充盈，也让他深陷回忆无法自拔。回忆延长了每一个人的生命长度，也让每一个人的生命看起来变短了许多。也许这个世界上真的只有死人才能无牵无挂。夜晚在往事中比在睡梦中更早消失，他穿着最终决定要参加葬礼的那身衣服躺在床上，不敢侧身，睁着眼睛等待天明。这么多年来，这座城市的每个角落都有人在悄无声息地离开，这些人都像从鱼身上掉落的鱼鳞，大都通过火葬的形式隔绝与世界的关系。世上时刻有人死去，时刻有人出生，每个死去的人最终都会变成胎儿，重新生活在世上。他相信世间一切皆有轮回，人尤其如此。

他经常在无名街上看到那些丧葬用品店，那些店夹杂在餐馆与超市之间，走进去会感到阴森寒冷。每年的清明，寄往另一个世界的金钱、衣服、车子、房子也会摆满街头各个角落。也只有在这样的时刻，他才会知道活人和死人的联系其实永远不会被切断。丧葬店里放置的用品看起来显得非常单薄，远没有活人用的那般立体。这些东西都用易燃品制作而成——纸、木、塑胶，花圈里簇拥的也不是向往阳光的真实花朵，它们可以快速让火舌席卷，很快会被风吹散。在每一个祭奠死人的夜晚，城市的每一个十字街头都会出现一大片火光。火光里蹲着一个老人，他们在对着燃烧的物品喃喃自语，有的摆放了几碗白米饭，上面插了几炷香。下班回家的人走到十字街头，会停止说笑、打闹，他们面无表情地走过去，走了好几步远时回过头，看到那张在火中紧蹙眉头的脸，晚风吹起灰烬，灰烬消失在夜空中。

头上的那轮明月也暗淡了许多。每当这个时候，他就会怀疑另一个世界的人是否真能接收到这些物品，没有邮递员，风是指南针，火是信使。信使通过指南针指引方向，准确无误地让他们收到亲人捎带的东西。那些纸钱的面额很多活人终其一生都无法赚到，但死人经常动辄就能收到数以亿计的巨额钞票。倘若真的存在另一个世界，是否也有很多他们那个世界用不上但活人的世界能用上的钞票？如果他们泉下有知，应该也会知道大部分活人都活得非常艰难，要是也能给活人的世界寄去数以亿计的巨额钞票，那他和大部分需要为生计奔波的人就会腾出手来干其他相对有意义的事。

即使真的如此，人们又如何知道哪些钱是给自己的、哪些钱是给别人的。冥界应该也有银行，一个个死人相拥走进去，摄人魂魄的牛头马面在银行大厅兼职站岗，维持治安。身兼数职的阎王是每家冥界银行的行长，他在死亡簿上查找他们对应的姓名，在他们的姓名旁边，还有他们每个家人的姓名，分别写着性别、生肖、年龄。然后阎王行长会把所有即将寄往阳间的金钱及其他物品写上阳间相应的收件人，最后收取一些服务费。服务费不限，依据每个死人的具体情况而定，倘若困窘的死人给的服务费用找不开，阎王行长也不会找零，给了多少就是多少，没有讨价还价的余地。等到积攒了足够多的包裹后，就用从阳间寄过来的汽车、自行车或者飞机运抵阳间，一一捎给他们的亲属。此时，每个死人的坐骑就决定着他们的钱能否尽早寄达目的地，冥界银行是不提供运输工具的。在银行大厅兼职保安的牛头马面这时就会优先选择那些比较便捷的交通工具，最后才会蹬上那些自行车，呼哧呼哧地骑到地面上。

每逢初一、十五或者任何一个喜庆的节日，阳间围坐一团、觥筹交错、庆祝佳节的人们就会看到点燃的香比以往烧得更快，桌上的饭菜会比往常更快吃完。那是邮递员牛头马面在进食补充体力。吃完以后，地上会多出很多钱。长此以往，人们渐渐习惯了，在每个节日都准备足够多的食物，在每个祭奠死人的日子里都焚烧那些大型交通工具——飞机、航空母舰、火箭等等，不一而足，这些工具的到来方便了邮递员的同时，也令他们自己更早地收悉财物。

阳间寄往阴间的钱在现实世界里毫无用处，而阴间寄到阳间的钱在冥界也毫无用处，只有来回转换后，才能各取所需。就这样，阴阳两界逐渐变得越来越阔气，越来越有钱。

想到这儿，他被自己的想法逗乐了。那些贩卖纸钱的摊贩见他拿着一沓冥币站着傻笑，不买不说，还让很多准备购买的人望而却步，他们的话就难听了："你家到底有没有死过人，没死过人就别妨碍我做生意。"

谁家会没死过人，家家都死过人。只不过有的人死得太久了，有的人刚刚死去，前者惨遭遗忘，后者正处于被隆重纪念的时刻。对他来说，他对死人的怀念仅限于曾祖父，虽然现在家人已经差不多把他遗忘了。不知道他现在在家人的眼里是不是像那个死去已久的曾祖父，被遗忘了，或正在被遗忘的过程中。他不得而知，只知道在这个春天，在这个他即将出席一个陌生人葬礼的春天，他会在花团锦簇中怀念一个死去很久的人。那些人看到他穿着西服，以为他和街上那些净给别人推销一些无用东西的推销员一样，让他往别处推销，别给他们挡道。他推销的东西，没人用得上，他们卖的东西可是家家户户都能用上的。

更早之前的早晨，他花了很多时间走出往事的泥淖。推窗看到，枯萎了一个冬季的桃花开了，花朵吸引着数不清的蜜蜂，而他那身一晚未脱的西装也保持得很熨帖，没有出现哪怕一个细微的褶皱。在这个空气舒畅的早上，他的心情也顿时好了起来。他去往卫生间洗漱、刷牙时，发现那颗坏牙不再出血，也不再疼痛。洗漱完后，他随便吃了点早餐，然后出门。时间还早，他甚至花了一点时间看完楼梯走廊上新增的广告单，内容还是一样，没有新的花样。打开门那一刻，空气很好，他使劲吸了一口，差点把一只在枝头采蜜的蜜蜂吸进鼻腔。桃花真的开了，天空也蓝了，很多人在路上遛种类不一的狗，这些狗还穿着不合身的衣服，像个小孩似的这边嗅嗅，那边闻闻，甚至还跑到他脚边，叼他的裤脚。他有点急了，裤脚可不能被咬坏，于是就想用脚去赶。看到狗主人是一位女士，穿着在夏天才应该穿的短袖，露出来的胳膊白里透红，他顿时不敢大声呼吸了，还弯下腰摸摸狗头，夸这只讨人厌的狗可爱，眼睛却使劲瞧着那身长裙下穿着凉鞋的脚，鲜艳的脚指头，让他仿佛置身于万花丛中。

他告别了那个美丽的女士，来到街上，看到美食摊变了样，上面摆放着厚厚的纸钱和一摞摞或红或黄祭拜先人的香。他拿起一沓纸钱，久久没有购买的意思，被摊贩误认作推销员，他感到有点无地自容，赶紧一溜烟跑到那座天桥上。桥上人不多，他站在以往心情不好时都会站立的中间位置，看着下面车来车往。春天让一切都变得有序起来，没了堵车，没了竞相闯红灯的行人。唯一让他有些无法理解的是，怎么人总在春天死去，他的曾祖父如是，那个即将前去吊唁的陌生人亦如是。

但他没想这么多。他的心情已经很久没这么开朗了。前往北方念大学的路上，刚来这座城市的头几天，那个时候年轻的他还没这么多顾虑，也没这么多牵挂，每日的心情即使不算好，也不会差到哪里去。不知道从什么时候开始，他渐渐变得沉郁，慢慢变得心事重重，长时间不再开口说话，长时间忘记自己要做的事。他觉得体内的血液、骨骼、经脉都在起着细微的变化。现在这些变化又重新让他能感受到春天。他觉得即将去参加的不是葬礼，而是婚礼。要是现在旁边走过的人知道脸带笑意、身穿西装的他是去参加一场葬礼，不知道会不会把他当成疯子。他管不了这么多，尽情让多年来郁积在内心的苦闷释放在这明媚的春光里。

天桥上多了许多穿着黄色衣服、戴着红色鸭舌帽的清洁员。他们高矮胖瘦一应俱全，有男有女，每个人都提着一只小桶，拿着一把小铲，铲掉桥面上那些广告单、联系号码，然后撒上细沙，重整妆容的桥面又恢复了建立之初的模样，一切都显得那么生机勃勃。只是行人的脚踩上去，会有些不适应。他尽量不踩到沙子，而是扶着栏杆慢慢往前挪动。他看到有些人不以为然，在沙上留下自己的足迹。一阵春风吹来，吹散了沙子，显露出斑驳的桥面，看上去有些触目惊心，又有点涂鸦的意味。

他摸了摸裤兜，发现没带钱。这次出门，他没有带一枚硬币。每当他站在十字街口，不知道该往何处去时，每当他置身于红绿灯旁，在熙攘的人群里迷失方向时，每当他无法尽快下定决心时，他都会从兜里掏出一枚硬币，学着父亲多年前的样子，把硬币往空中一抛，让它决定自己的去路。现在，那枚硬币躺在抽屉里，抽屉被关在房间里。他不需要靠它给自己做决定了，他觉得自己能做主了。

他来到公交站等待那辆开往葬礼方向的公交车，等了很久，公交车迟迟不来。在他将要失去耐心时，公交车终于扭动着躯壳开来了，一个急刹车，稳稳地停在了他面前。他等着别人先上车。不急，参加葬礼不需要匆匆忙忙。人上得差不多后，他才慢慢悠悠地把脚抬上去，好险，再迟一会儿，车门就关上了，他一手抓着比自己高的扶手，另一只手往兜里摸硬币。车行驶得很快，让他站不稳，好几次都没摸到兜，他只好克制自己的怒气，继续尝试。司机在后视镜里瞄了他许久，以为他想坐霸王车，穿得人模狗样的，连一块钱都想赖，作为司机，平生最讨厌这类人。于是，他把车中途停下，提醒他赶紧投币。

他见车停了，从兜里摸到了钱，但始终没摸到硬币，最后只好随便抽出一张，数额还是有点大。他想了半天，这么多双眼睛盯着，千万不能做跌份的事，果断把整钞插了进去，大声说道：

“不用找了。”

第七章　人间喜剧

父亲带他去各家致谢的那个傍晚，天际出现了紫红色的晚霞。他和父亲一前一后走在铺满霞光的路上。难掩的兴奋体现在父亲矫健有力的步伐中，他在后头心事重重。父亲好像忘了儿子刚从坟墓里爬出来，确切地说，是刚从死人堆里救出来，虽然里面并没有死人。他对父亲这种选择性的遗忘总是无法理解。

此时的场景刚好与早上相反。早上的时候，父亲跟在他身后；在这个霞光满天的傍晚，父亲却走在了他前头。前后位置的不同，在某种程度上也可以窥见父亲内心的变化。多年来，他在脑海里总是无法完全抹去这个场景。与父亲的关系，远没有他当时想象的这么复杂，一条准备翻修的马路、天边的残阳，就可以道尽父子之间那种无法言说的微妙情感。他看到被夕阳拉长的身影，觉得涅槃重生的并不是自己，而是走在前头的父亲。

这么多年，他好像总是在行走，即使在梦里也未完全停止过脚步。他的人生总是匆匆忙忙，好像在赶一架即将起飞的飞机，又好像在赶赴一场仅此一次的约会。而父亲，这个多年来多数时候都用背影对着他的父亲，也一副匆忙行状，要赶在太阳下山前收割完庄稼，赶在大雨降下前收回衣服。有事时是这样，无事时还是这样。

他在路上看到很多人、许多事。这些他之前以为熟谙于心的人和事，在这个白昼将逝的傍晚变得陌生起来。在他的印象里，牛的身边总是跟着一个手持缰绳的人，而现在，只有那些牛走在回家的路上，砍柴人从山上下来时也不再扛着一根木头，而是挑着一担稻草。牛的舌头伸到了这些还未晒干的稻草上，让砍柴人的脚步慢了下来。

他觉得自己来到了陌生的地方，之后他所经的每个地方，都没有这个地方令他感到如此眼生。他在自己的家乡成了异乡人，或者说他收到的那个消息让他最终成了异乡人。而家乡的人和事经常出现在他眼前，一个异乡人对不是自己家乡的事印象深刻，说起来有些令人难以置信。但那天傍晚，或者说在此后的无数个傍晚，这种心境总是随着夕阳下山而出现。过了好多年，他才知道，他的人生轨迹在那条路上就显出了征兆。对家乡的一切，都在每个异乡逐渐分明起来，而那时的自己完全没有体会到这种变化，之所以在那条路上对周遭的一切感到陌生，其实和一个将死之人出现的回光返照毫无区别。而走在前头的父亲，完全没有意识到这一点，完全没有意识到他走得越快，走得越欢，他的儿子就将离他越远，越触不可及。

之后在每一个漫长的等待中，父亲才明白过来这一切的罪魁祸首均是儿子所受的教育和他看的那些乱七八糟的书。这些书乱了儿子的心，伤了父亲的心。每到这个时候，他就会后悔那天急不可待地周知所有人他的儿子考上大学了。这原本是一个好消息，一件可以让做父亲的脸上有光的好事，好消息只有尽可能多地分享给每一个人，才能让父亲的自豪最大化。好多年以后，变成坏事的这个好消息又反过来夺走了父亲脸上最初的荣光，让他在无边的等待和无尽的苛责中没脸见人。每当这个时候，他就会觉得，儿子就像自己养的一只鸟，一去不复返，属于鸟荣耀的天空，不管色彩如何斑斓，都与这个养鸟人没关系了。他只关心鸟能顺着飞走的痕迹再飞回来，飞到他的手上，让他将它关在笼中，哪儿都不许去。

大学录取通知书是在他掉进坟坑的时候寄到家里的，父亲下山后签收的。就是这封让父亲高高扬起的通知书，说服了所有人跟他一起上山寻找那个不久就会成为大学生的儿子。

那天除了致谢，更多的还是让大家都能分享自己的喜悦。他甚至都没来得及让儿子换掉那身在坟坑里弄脏的衣服，他要赶在夜晚到来前把这个好消息告诉在饭桌上吃饭的人们。那个时候，他不会想到此举正把儿子推给越来越辽阔的天空，将会在很长一段时间内无法再见到他。他更不会想到，之后内心饱受煎熬大部分也是源于此。

作为儿子的他虽然对高考完后这么快就收到录取通知书感到疑惑，但看着父亲那张扑满红光的脸也不好多说什么。他跟在父亲的身后，第一次睁大双眼看清家乡的模样。夕阳下山后，家乡的山、水、人、畜都会被黑夜遮蔽，只有在此之前多看几眼，才能把它的样子深深地刻在心里。很多人都走在回家吃晚饭的路上，只有这对父子走在和家相反的方向。他们以为他的儿子掉到坟坑里受伤了，现在要去县城看医生，都过来打听伤势。

父亲看到这么多人围过来，以为他们都知道了，正想着用什么口吻告诉他们。在这些人中，很多人的子女也是应届生，要是他的口气没把握好，或许会刺伤他们脆弱的心，毕竟现在还没收到通知书的就可能永远收不到了；要是表现得太克制了，又可能无法完全表露自己的自豪，也会让他们对儿子所考取的大学的分量有所怀疑。正在他拿不定主意的时候，有一个“簸箕女”开口了。

“是不是脚受伤了？”她说，“跟你说，脚伤了要赶紧医，不然会跟我一样大小脚的。”

此女之所以被称为簸箕女，就在于她的左脚大如簸箕，右脚却很正常。除了她的丈夫，很少有人愿意听她说话，就连小孩见到她都躲着走。人们不是嫌弃她的大小脚，而是她只要一开口说话就停不下来。异于常人的左脚并未让她意识到自己的问题所在，以为每个人的口才都比不过自己，这更激发了她的表现欲，见到任何人都想一比高低。只要远远地见到她拖着大小脚，像爬行动物一样颠过来倒过去，试图逮到左右两边想溜走的人，能绕路的就果断绕路走，不能绕路的也装作没看到，快速跑过去。有时只剩她一人，有时还会有一犬一鸡。

在每个农闲时节，她早早地吃完早饭，颠到路口时，几近晌午。她一天的生活总是在中午才算真正开始，她会坐在路口的那些木凳上。在他远离家乡时，路口还没有木凳，在他和其他一样远离家乡的人久久不回家时，路口多了很多木凳。那些着急的人会坐在上面从日出等到日落，日复一日，年复一年。在不等待的日子里，只有簸箕女一人坐在上面，看着无尽延长的柏油路。一些拖拉机会从上面经过，还会有一些人赶着牛担着柴走过。他们都不会给簸箕女开口讲话的机会，他们会在她试图站起来时，提早消失在她面前。有时一天下来，她会一无收获，连向人开口问好的机会都没有。有时候，也会有几个闲人故意过去与她唠嗑，取笑她的大脚，调侃她的头发有多久没洗了。这时就会有另一个人搭腔：“她洗一次头打水都要打一年吧。”但她听不出这话的真正意思，只要有听众，不管这些听众抱着什么目的，她都会饶有兴致地从自己的出生开始讲起，然后讲到结婚洞房之时，最后总以“我以为结婚了就不会这么累”这句话收尾。然后也不管别人反应如何，她拖着那双大小脚，慢慢颠出别人的视线。

她为自己的出生添油加醋，增添了许多神奇色彩。不知道她那个长眠大山的母亲听到女儿的话后，会不会从坟墓里跳出来。她的母亲怀她时，比别人怀孕时辛苦很多，她的肚子看起来像怀着双胞胎，经常无法下地走路，每时每刻都躺在床上，每顿饭有人会送到床头。可能正因为如此，生下来即使双脚不一样，女儿也要每天游走于乡间，以弥补在娘胎里无法走路的缺憾。就这样，她的母亲躺在床上等来了生产日，那天和往常的任何一天都没有区别，唯一的区别是树上的麻雀叫得比平时更大声一点，这一点之后在她的讲述中变成了“天边飞来了一群凤凰”。只不过让她失望的是，真实情境中的麻雀终其一生都没有飞上枝头，变成真正的凤凰。她的母亲在床上痛得死去活来，胎儿从日出到日落还没有出来的迹象，这一点也在之后她的讲述中改头换面。她说，她妈生她时一点都不疼，而她也像一坨屎一样，很轻松地就从娘胎里屙出来了。待到日落后，先出的也不是头，而是那只正常的右脚，随之出来的也不是左脚，而是屁股，之后是身子，然后是头，最后那个异于常人的左脚还卡在肚子里，怎么使劲都出不来。正在别人决定截掉她的左脚时，左脚却滑了出来。等到别人把她抱起来时，吓得差点把刚出生的她丢出窗外。好在她的母亲当时已经昏死过去了，不然看到女儿这副尊容，说不定会真的吓死。等到她的身体恢复得差不多后，才看到在摇篮里那个“左脚像系着线”的女儿。

簸箕女见没有人说话，继续说：“我的脚就是因为小时候受过伤才变成这样的。”

她那双脚让第一个抱起她的人以为见到了怪物，左脚比一个成年男子的脚还大，而右脚却是婴儿应该有的脚。她的母亲为此考虑了很久，才最终接受这个令人无法接受的结果。其中的插曲是，她的母亲因为无法再怀二胎才考虑接受她。倘若她母亲的生育能力没被其牵连，说不定会把她送人，或掐死丢到山上，被野狗野猪分食一空。她生来并不知道自己和别人不一样，从小就表现得活泼好动，但很少有人愿意跟她玩。她经常自己在田间玩泥巴，用石子掷鸟。等到再大一些后，她才明白别人之所以不喜欢她，就是因为她有一只大脚。她这才仔细观察起自己的大脚，除了个头大一点，五根脚指头一个不少，脚指甲也正常，只不过剪的时候麻烦点，而且只是脚大，腿很正常，像穿着一双极其不合脚的鞋。除了捏造自己的出生，她还想到引开别人对她大脚的注意力，“要是自己像老太婆一样唠唠叨叨，或许就不会再有人注意自己的大脚了吧”。如果这个办法失效了，她就会说她的脚不是天生的，是后天意外造成的。

“如果能及时治，我现在也能跑得很快，”她略带遗憾地说，“别耽搁了，赶紧送医院吧。”

这些都没什么，最让她头疼的是买不到合适的鞋。在她最爱美的年纪，她从来没有跟别的小姑娘一样穿过好看的鞋，经年累月都穿着那双定制的布鞋。左脚穿的布鞋大得甚至能套进一个簸箕。她非常渴望穿好看的鞋，就算拖鞋也好。在好多个夜深人静的夜晚，她会从床上偷偷起来，一旦躺下，要想再爬起就会很困难，像一个孕妇一样困难。她趁着家人入睡后，会先让身子坐起来，大脚太重，就把右脚先放到地上，最后再去搬左脚，经常让她像挂在屋檐下的腊肠一样，悬空晃荡着，要费很大的力气才能把自己完全放到地上。她不敢开灯，怕灯光惊醒睡梦中的家人。家人在每个夜晚来临之前，都在她床头准备好了水，在床底下放好了夜壶。她来到父母的床前，借助微弱的月光，拾起母亲的鞋子。她不敢当场试穿，而是颠到屋檐下，把自己的布鞋脱下来，再穿进母亲的鞋子，右脚刚好合适，但左脚相差就大了，她只好把左脚的布鞋重新穿上，右脚穿着母亲的鞋，再回到父母的房间。这次她要拿的是父亲的鞋，父亲的脚也很大，说不定他的鞋子自己能穿进去，还是没用，父亲的鞋子也太小了。每到这个时候，她就会对着父母的小鞋叹气，再无可奈何地穿回自己的布鞋，左手拿着母亲的一双鞋，右手提着父亲的那双鞋，再摸回他们的房间，把那些鞋放回原位。

为此，她经常故意把自己的鞋子弄坏，这些做工扎实的布鞋，就像不会踏破的铁鞋，山上的荆棘、河里的石头，都不会令其损坏。一双布鞋可以让她穿好多年。既然穿不坏，她就用剪刀剪坏它们，但也不敢剪得太过显眼，看上去要像穿坏的就再好不过了。每当布鞋被剪坏的时候，就是她最开心的时候，以为不会再穿这些难看的布鞋了，坐在门槛上等着进城买鞋的母亲回来，揣着一颗雀跃的心等待一天。看着母亲在夕阳里露出头，心跳得就更快了；看到母亲手上还是拿着一样的布鞋，心瞬间就凉透了。

她坐在夕阳里哭泣，这个爱美的女孩不能穿上自己心爱的鞋子，她的心很难过，像被鞭子狠狠抽了几下。但她也知道眼泪没用，她会很快接受这个事实，穿上那双崭新的布鞋，老老实实吃饭、洗碗、睡觉。有时候她也会想只穿一只布鞋可不可以，但母亲的回答让她知道非但不可以，还会让更多人关注到她。一只脚大、一只脚小就够扎眼了，要是一只脚穿着布鞋，一只脚穿着好看的鞋，“大家的牙齿都会笑掉的”。

“要是脚伤了，以后就不好嫁人了。”簸箕女还在自顾自地说着话。

女孩穿着布鞋长大了。小时候憧憬穿好看的鞋的女孩长大后也像别人一样期待着自己的婚礼。她见到了很多媒人，这些媒人把一家家的门槛都踩坏了，就是没过来踩自己家的门槛。那些被媒人踩过的门槛里，很快会走出一个个穿着婚纱的新娘子。这些新娘子和她的年纪一样，小时候也在田间玩过泥巴，在山上用石头丢过鸟，没想到现在摇身一变，都变得这么好看了。她每天都在羡慕这些同伴。

等了很久，等到她的青春小鸟都快飞走时，终于迎来了一只鸟。遗憾的是，这是一只聋鸟，听不到春天的流水声，也听不见夏夜的蛙鸣，更听不到秋收时的汗水声和冬天寒冷的风声，但他听得到自己的心声。他觉得自己应该要结婚了，他的门槛也没被任何一个媒婆踩过。这天，他走出自己家门槛，来到了她家的门槛，在门槛上看到了这个怀着心事的女孩。这个女孩要不是因为那只大脚，长得不比其他人差，甚至有点俊。女孩看到他的样子，除了耳朵不太好使，长得比其他男人壮多了。他们结婚了。

洞房那天，他们在撕裂的疼痛和极度的兴奋中度过。婚后的某一天，她听着树上叽叽喳喳的麻雀声，觉得自己好像更寂寞了。每天都没有人跟她说话，那个聋子丈夫都用眨眼的方式回答她无尽的诉说。小时候话不断是为了转移别人的注意力，长大后真的想说话时，却没有一个听众了。她好像一条未钻出茧的蚕，包在无声的躯壳中，心越来越沉。而且，随着蜜月度完，她又被拉回每日机械操劳的日常里。说好的婚后可以休息的诺言还没来得及在心口捂热，就提前不算数了。

就这样，她每天早早吃完早饭，在丈夫醒来前离开家门，来到那个路口，逮到一个算一个。不管是小孩、大人、老人，还是女人、男人，只要能听到她说话的人，一个都不放过，有时候没人，她会跟一条狗、一只鸡讲个不休。而在农忙时节，她则跟手里的镰刀讲话，跟那些很快会被收割的稻子讲话，跟天上的流云讲话。她挑着稻谷，边走边说，看到路边围满了人，便挤进人群，看到了那个从来没有跟她说上话的男子和男子那个非常争气的儿子。她凑了过去，重新把自己的一生翻出来晾了一遍。

那个傍晚，霞光随着簸箕女的讲述而更加耀眼。这个场景他之前未曾看过，在他之后浪迹各地时，也再没看见过。这个霞光普照的神圣时刻直到他生命的最后一刻才完全消失，那个时候，他才理解簸箕女的唠叨。世界上再没有比找不到人说话更加悲哀的事了，他在弥留之际突然想开口说话，遗憾的是，没有纸笔把自己这些年隐姓埋名的经历书写出来，只好用带着浓重乡音的普通话对着几个身穿制服的陌生人讲个不停，也不管他们到底有没有听懂。听懂与否在那时的他看来已经不重要了，他只想最后一次把对这个世界的眷恋讲述出来，把自己的心掏空以后再上路。他的讲述总会回到那个夕阳西下的傍晚，回到父亲当时那张已经失去耐心的脸上，回到父亲手头紧紧捏着的录取通知书上。

有时候他也忍不住会想，要是当初没有收到那封所谓的录取通知书，那他此后的命运或许会完全改变，更加不会为此而让自己活得这般猪狗不如。尽管如此，如果当初有人告诉他这封录取通知书是一个烫手山芋，最好趁早丢掉，他也不会听从的。很多事情，只有到了最后揭晓谜底时，才会知晓当初的开局就注定是一个错误。簸箕女也只有到婚后才明白婚姻的本质，父亲也要过很多年最后见到儿子那一刻，才会知道他当初的举动大错特错。

所以，他的人生提前以死亡收场，每个人好像都负有不可推卸的责任，但只有他自己的责任最大。没有人能为别人的一生负责，除了自己。很显然，在那个让他目眩神迷的黄昏，他比父亲、比任何人都更加享受那一刻的喜悦，以至于他只关注到了簸箕女的大脚、唠叨，而没有注意到她从兜里掏出的那张结婚照。

那个时候的主角不是簸箕女，更不是其他任何人，而是他自己。不管簸箕女用什么方式想引起别人的注意，都不及他父亲手头的那封录取通知书有用。簸箕女的举动无疑是徒劳，之后他经常见到这种徒劳无功，当他求助路人借点钱吃口热饭而不得时，当他在火车站面对兜售红绳的聋哑女孩而无法拒绝时，当他想回到过去改变那个决定自己一生的黄昏时，这种徒劳会被无限放大，趋近无穷。

要到生命的最后一刻，他才会知道，没有人愿意借他钱吃饭并不是全因他们冷漠，而是被骗得太多了；他购买聋哑女的红绳也并非善举，而是在助纣为虐，那些人并非聋哑，而是伪装的；他在那个黄昏志得意满时更不会想到前方等待他的其实是荆棘丛生的歧路，而非康庄大道。对于那张直到他们离去，簸箕女还拿在手里的结婚照，在生命走到尽头时，他终于看清了。

那是一张普通的结婚照，他之后见过很多类似的照片。如果说结婚照是夫妻二人甜蜜的见证，那之后无穷无尽的琐事则会令这种甜蜜大打折扣，甚至刀兵相见。一直以来，他都不觉得婚姻是感情的温床，反而是扼杀感情的坟墓。许多当事人刚开始不会这么想，他们总觉得悲剧都是他人上演的，而自己出演的则全是喜剧。当一桩桩婚姻不幸以悲剧告终时，他们才会明白，相比短暂的甜蜜期，人的一生则太漫长了。婚姻只是生命中点缀的樱桃，而平凡才是生命中的主食。离开故乡后，大多数同学的遭遇更是证明了这个观点。网络的诞生让他虽远在异地，也能随时了解同学的现状。有时他会在无聊的夜晚挨个儿查看这些甜蜜的婚纱照，看到他们与本人有极大出入的照片，他会试图在上面寻找任何疑似感情破裂的蛛丝马迹。他总觉得，他们的姿势、笑容都是经由摄影师摆拍而成的。他在上面找不到可资论证的论据，这些照片太圆密，毫无破绽可寻。看着这些照片，他不禁觉得，世界上有多少张结婚照，就有多少对情投意合的璧人。

他很快就会在跟同学的深入交谈中证明自己的观点。先是可有可无的寒暄，这几乎是任何一个经久不见的同学、朋友之间的开场白。倘若双方无事相求，只是联络近况，不是冲着借钱或者求对方办事，在开场白结束后，很快会把话题延伸至当下，结婚的问问婚姻生活，赚钱的问问薪水如何。他那个高中毕业后就旋即结婚的同学听到老同学也有走入婚姻殿堂的打算，刚开始把婚姻生活描绘得神乎其神，好像迟一会儿就会有多大损失似的。

“结婚真的那么好吗？”他不太相信。

“对啊，可爽了，”同学回道，“谁结谁知道。”

随着交流的继续，他会从同学口中听出异样，这种异样还不太明显，还被对方的心理防线束缚着。等到冲破这条防线，他就会窥见婚姻的真实面目。同学的老婆婚前婚后不是同一个人，婚前温柔可人，婚后脾气暴躁，动辄摔碗骂人，骂他也就罢了，还每天指着他父母的鼻子骂。虽然怀孕的女人可能情绪不稳定，但谁能保证以后会不会也这样。同学最后有些哽咽，情绪激动。他不敢多问，赶紧挂断电话。

“别等了，你迟早也会有这一天的。”同学最后说道。

就是这最后一句话让他脊背发凉，导致他以后每次谈恋爱时，只要女孩有任何一丝想结婚的欲望，他都会及早抽身离去，不告而别。多年来，他一直不知道该如何评判自己的这种行为，当他在生命的最后一刻联系上那些在自己生命中出现过的女子时，她们好像早就预见到了他的结局，“好在没和你结婚”。话里多了些庆幸，当初那种顿觉世界坍塌的悲凉早就不见了踪影，而他的愧疚也在这些话里被冲散，最后终于可以一身轻松地闭上双眼，步入另一个世界。

这张结婚照上的头像也不缺甜蜜，但多了些做作。簸箕女的头不是向男方那侧歪斜，而是往另一边倾侧，而男方只用半边脸面对镜头。这只聋鸟可能并不知道镜头的位置所在，也听不到摄影师的话，他以为有阳光的地方就是自己需要直面的位置。簸箕女歪斜的头像也是因为她的双脚不一致使然，倘若男方能站在她右侧，或许这张结婚照不会像现在这样看起来有这么多缺憾。站立之时，簸箕女的左脚无法长时间触地，需要靠正常的右脚支撑，时间一长，笨重的左脚就会自然地往右脚靠拢，好像绑着一根绳子，导致她的头离丈夫越来越远。但这些和婚后的生活比起来其实不算什么，婚后他们会遇到比拍结婚照时更多的问题、更多的麻烦，夫妻俩经常步伐不一致，无异于自掘婚姻坟墓。当他多年后再次踏上故土时，还会看到簸箕女拿着那张照片到处找人说话，只不过那个时候，不仅多了很多仔细聆听的听众，而且连那些喝倒彩的观众也消失不见了。

他此生从未拍过结婚照。在那个傍晚，结婚照的出现让他也有一瞬间憧憬起自己的婚姻，但之后所经历的磨难会让他打消此念，而且深埋内心，永远失去了被想起的可能。之前，在那个黄昏之前和之后很长一段时间，他都没有好好整理过自己从小到大所拍摄的照片。小时候，家乡拍照的人很少，只有恭逢盛事，才有拍照的机会——他满月时，他上幼儿园时，曾祖父九十九岁生日那天。曾祖父和全家人坐在院子里那棵桂花树旁，他在曾祖父的怀里，曾祖父在家人的中间，父母在后头站着，这张全家福永远定格在了那天。而他满月时的照片，和自己长大后的相貌出入极大，甚至还看不出性别。至于入学时拍摄的那张照片，则是在幼儿园的栏杆旁。在那所幼儿园，他第一次看到有黑白两键的钢琴和一些连环画。他也是第一次被琴声吸引，第一次在午休的时候把钢琴砸出了很大的声响，老师那副心疼的模样，此后让他见到钢琴就想避开。

再长大一些，到了高中，学校流行起了拍大头贴。大头贴的兴起让拍照少了很多正襟危坐的味道，多了一种轻松自然。女生对此兴趣颇浓，她们会在每一次剪完头发、换了发型或在每一次热恋、失恋的时候，或独自一人，或三五成群，去店里拍摄大头贴。嘟嘴、挤眼、故作深沉，在大头贴上几乎可以看见人们身上所能做出的任一动作和表情。他也不能免俗，也会在每一个有纪念意义的日子里去拍大头贴。这种日子可能是某个明星的冥诞，也有可能是某个心仪女生的生日，更多的是把自己刚烫染后的发型立此存照。父母就靠儿子这些标新立异的大头贴在他久久未归的年月里聊以自慰。他们不会想到，这些当初令他们格外反感、几乎想放火烧掉的大头贴却抚慰了他们之后无数个难熬的长夜。

对于自己的高中生涯，他一直心怀歉疚。每每想起那些看好自己的老师、佩服自己的同学和任何一个对他的未来有所期许的人，他都会泣不成声。没想到他的人生起于失望，最终也结束于失望。他以为他能靠学生时期收获的第一个失望奋发有为，没想到他此后非但没有扭转这种局面，还让失望接连出现，最终让自己的人生一路颠簸。而他在高中三年所固守的某些东西也在更名换姓的那天破碎了。从那天开始，他就不是以前的那个自己了，而是变成了别人，变成了父母不识、师生不认的陌生人。

他的学习一直很认真，整个中学时期从未懈怠，要说有什么出格的事，也只是违背学校的某些规章制度，私自穿上故意损坏的牛仔裤，留遮眉的长发。除此之外，他没敢谈恋爱，没敢半夜翻墙出去上网。或许就是因为他的学习成绩，学校对他怪异的发型和穿着睁一只眼闭一只眼，只要他的成绩还能继续保持，不管他做什么事，都在许可范围内。而不像别的同学，只要头发过长，就会在校门口被拦下来，二话不说就落了剪刀；只要没穿校服，一个电话就可以把他们父母叫来领回去教育一顿；只要晚上查寝的时候看到被窝没人，就算不睡觉，也要找遍全县城的网吧，把专心打游戏或聊天的学生逮回学校。

每个人都以为他能给学校争光，最终过早寄来的大学录取通知书也证明了这一点。只是很多年之后，学校和父母才发现其中的真相。

孩提时期和中学时所拍摄的照片是他青春岁月的见证，离开故乡后所拍摄的照片虽然表情严肃，着装得体，但因此也缺少了很多在年轻时才会拥有的东西，譬如那颗对未来跃跃欲试的心、那张稚嫩却可爱的脸庞。很多东西，都随着年月的增长而消失了；很多东西，都随着岁月的更迭而变味了。每当想到这儿的时候，他就对自己过早流逝的岁月忧心忡忡，而他的曾祖父，那个活了将近百年的人，直到生命的最后一刻依旧保持着对生活的热忱和向往。原来，人的年轻或老去，不是看年龄，而是通过心境、通过肢体动作、通过面目表情就能知悉。

簸箕女的出现打乱了父亲的计划，他很生气，要不是有旁人在场，或许他会让她挨拳头。好几次他都没有找到机会说出心头的喜悦。一群人就因为簸箕女的出现，误以为这又是一场闹剧，正想拔腿往回走，父亲提高了音量，从而让意欲转身的人群再次停了下来。簸箕女以为他们终于有兴趣听自己的念叨了，很开心，甚至从那个贴身的兜里掏出了结婚照。这张照片时刻被她带在身上，每当觉得眼前的生活和自己当初的设想大相径庭时，她就会在忙碌的劳作中摸出来，用沾满汗水的手把上面的灰尘擦去，然后看到自己在照片里笑靥如花，对生活逝去的信心就会再次回来，而她也会回到拍摄结婚照那天。那个时候，她丈夫的斑斑劣迹还被藏得严严实实，没有任何迹象说明他不会是一个好丈夫。她甚至还憧憬着很快就能迎来自己的孩子，虽然由于自己的大脚，对孩子的身体状况有所担心。那个时候，路口还不会出现那些翘首企盼儿女归家的人，对孩子的担忧仅限于坐半小时车即能抵达的县城校园。哪里会想到，当孩子长大后，都变成了展翅高飞的鸟，去往辽阔的天空，一去不复返。

命运的吊诡之处就在那个昏黄的路上显现无遗。很多后来饱受折磨的父母纷纷羡慕无任何子嗣的簸箕女。簸箕女那个时候也每天去往路口，只不过不是等待归人，而是找人说话。那些在等待中逐渐失去耐心的人此时才会静下来心听她讲话，才会明白她并不可笑，可笑的是他们自己。她看似不幸的婚姻在后来人们的欣羡中出现了转机，他们会边等边听她的唠叨，他们也在她越来越详细的讲述中第一次知晓跟他们生活在同一片土地上的簸箕女居然经历了如此之多，而他们之前完全没有意识到。等到他们意识过来想施加援手时，簸箕女本人却不需要了，可能她看开了，可能她绝望了，或许两者兼有，不管怎么说，当年成为笑柄的她最终成了生命中最大的赢家。而那些以为是人生赢家的人在簸箕女的映照下纷纷无地自容，觉得生活并不都是门窗紧闭，也可以开一扇窗，让生活的亮光旁若无人地照射进来。

之前，看到小孩上学喜悦的面庞，看到慢慢长大、嘴边冒出青色胡须的小伙，她也想生一个小孩。但这个天经地义、合情合理的愿望由于她丈夫的不配合，数次化为泡影。很多年以后，人们在她丈夫比画的手势中才明白，他不是一个生性凉薄之人，他也很想做一名父亲，培养儿子出人头地，就像他一样，到远方去施展自己一身所学。但他害怕，害怕生下来的小孩跟做父母的一样，不是脚有畸形，就是耳朵和眼睛有问题，要是没遗传到父母的优点，却集合了父亲耳聋、母亲大脚的毛病，那么，生小孩就是一出悲剧，而且这出悲剧有可能延续做父母的一生，更有可能影响小孩念书、娶妻生子。试问，一个大脚且耳朵不好使的人，在学校如何能对那些流言置若罔闻，如何能在异样的双眼下认真读书，就算读书成绩不赖，走上社会后，这个世界留给他的和留给别人的机遇能一样吗？

“与其如此，还不如不生。”他比画着。

但他的妻子簸箕女无法认同他的看法，她觉得此举杞人忧天。她的父母很正常，谁会事先料到生出她这样的女儿，或许她悲惨的命运可以通过后代而所有改善，残疾的父母未必不能生出健全的儿女。但说什么都晚了，这些话说出口之时，他们两人都过了最佳生育期。之后发生的事又让她暗自庆幸自己无儿无女，避免了在每日无尽的等待中活着。那些之前忽视她的人为她的洞见而佩服不已。他们确实有小孩和没小孩一样。更可悲的是那些过一段时间就抱着一摞照片前往路口等待的可怜的父母。没想到他们多年前在这条路上送走了儿子，却在接下来的时间里在这条路上耗费了太多的心思和精力，而且看样子还会一直等下去，等到他们头发花白、皱纹密布。

每个人都能记起那个黄昏中那对父子的面容。他们像一对新人那样，慢慢走在那条披满霞光的路上，甩开了那个令人不堪其扰的簸箕女，对路上经过的每个人都送去他们的好消息。走在夕阳下的牛也显得比平时更精神了，路边的稻田里传来阵阵枪声，那是猎户在猎鼠。他见他们很快就要消失不见了，赶紧从地里爬起来，腰里揣着累累田鼠，鞋子也没穿好，枪也没提好，像一阵风一样追了上去。

第八章　落寞长空

他在无名街上听到一个有趣的说法：这座城市是一块破布，出租车、公交车和地铁便是针线，每天不间断地缝补着这块破布。从起点到终点，出租车只要缝一针就够了，而公交车和地铁则要视站点多少而定。

说这话的是街头一个缝补衣服的老妪。他去给新买的裤子裁短裤脚，在一个拐角处见到了这家缝纫店。他推开店门，看到了一头白发。这头“白发”问顾客是要打出租还是坐公交。他听到这话后以为自己来错了地方，往后退了几步，抬头看到了招牌，确实是一家缝纫店，他往里走了几步，听到了“白发”的另外一句话——打出租便宜点。这些话让他有些奇怪，每一座城市打出租都比坐公交和乘地铁贵。等轮到他的时候，他才明白这句话的意思。

“以后多来照顾我的生意。”等他出门后，对方说道。

他回过头，看到她的脸被岁月拙劣的针线缝得到处都是线头，怀着心事离开了。很多时候，他都会在这座城市的陌生人口中听到一两句颇见智慧的话，这些话会让他玩味许久。只要停下来听一听，每个人都是一本故事大全，这些或悲或喜的故事经常会让他想起自己。他不知道自己的人生属于喜剧还是悲剧，每当心情低落的时候，不管听到悲剧还是喜剧，都会让他好受一点。悲剧会让他觉得自己的人生还没有这么糟，喜剧会让他觉得人生仍然处处充满希望。从缝纫店出来后，他在路边看到一个手持购物袋打电话的女人。

“你浪费了我几年最好的年华，”她说，“这点钱就想打发我？”

他看着这个年华不再的女人，觉得生命就是一块布满了很多遗憾的破布。不管当初的选择如何，生命中始终会留下这些碍眼的线头，即使用剪刀剪掉，用打火机烧掉，也还是会留下痕迹。

无名街上每天都在播放这些悲喜剧。他把自己藏入人群中，试着忘掉自己的属性，但在每一个换季时节，他还是会和别人一样，添一件衣裳或减一件衣裳，购买一些当季的食物或水果。即使这些都被遗忘了，也会被窗外一夜之间绿起来的春风唤醒。他无数次坐在窗边，看着树叶由枯转绿，再被风吹落，心里的落叶就会厚一层。对于季节的敏感老是让他忧从中来，季节就是掌握人们喜怒哀乐的遥控器。他随时想挣脱这种控制，在伤感的季节放声大笑，在明媚的春光里失声痛哭。他想做自己人生的遥控器。

直到听到“城市是一块破布”这句话后，他才知道他永远无法掌控自己的人生。他的生命早就被安排好，被一根无形的针线牵引着。他这些年来做过的每一个选择，都是这根针线指挥的结果。他的心何尝不是一块破布，这么多年所走的路线都是靠一针一针走成的。

这座城市每天都会变样，一夜之间经常多出几座游乐园。游乐园建成时，就是他的童年彻底消失时。他的家乡没有游乐园，小时候只能玩泥巴、弹弓和弹珠。对于飞机、大炮的想象都体现在了这些泥巴里，用水搅拌的泥土具有极强的可塑性，可以塑造任何能想到的东西，不管是神话人物还是交通工具。要到他长大以后才会见到飞机，小时候他望着天上飞过的飞机，都会生出飞翔的愿望。有时候，见不到这些翱翔的大鸟，只能见到长长的飞机云。他会长时间地看着飞机云，直到眼睛酸痛，云消失。没有见到飞机的样子，他会通过用弹弓打落的鸟想象飞机的模样。

鸟的翅膀就是飞机的翅膀，鸟的尾巴就是飞机的尾巴，鸟的身子就是飞机的身子。与其说是飞机，不如是一只鸟。没有人相信他花了好几个小时捏好的泥飞机是飞机，大家都认为这就是一只难看的鸟。见过飞机的小伙伴就会笑他：“你能让它飞起来吗？”

从高处往外掷，他的飞机摔得粉身碎骨。他跳下去，捧着这些摔坏的泥块，伤心的眼泪流个不停。仰头试图再找到飞机飞过的痕迹，却没能再看到，飞满天空的转眼变成了风筝。那些小伙伴用一张纸、一根线就能让风筝飞起来。当他来到城市后，每年的春天都能在广场上见到各种各样的风筝。这些风筝拖着长长的尾巴，在天上飞得稳稳的，而且风筝的样子不仅有鸟，还有各种动物，比他小时候做的风筝好看多了。

故乡没有人能做出这么好看耐飞的风筝。竹篾匠的巧手也不能扎出这么耐飞的风筝，油漆工的手艺也不能涂上这么好看的颜色。故乡的竹篾匠和油漆工是一对死对头，因为一只小小的风筝，他们和好了。

他看到风筝后，自己回家扎了几个。屋檐下架了很多竹竿，这些竹竿是父母挑米担柴用的，他从厨房拿起柴刀，劈开了其中一根竹竿。他还没有竹竿高，不知从哪儿下手，就从客厅里搬出几张凳子，站在凳子上，手持颤抖的刀劈下去，不敢劈歪，怕刀劈到手。瞄了许久，他深吸一口气，落刀，柴刀嵌在了竹竿中间，咬得紧紧的，拔不出来又劈不下去，只好提着一根被刀紧咬不放的竹竿去找别人帮忙。

不知找谁，曾祖父人影都见不到，找到也没用，他连屙屎的力气都没了；找父母，也不好，他们干活儿还没回来，要是他们看到这根心爱的竹竿变成这副样子，说不定会把他也给劈了；找其他小伙伴，也不行，他们的力气说不定比自己还小。再说，风筝没做好之前，一定不能让他们知道，要等到风筝飞到天上再告诉他们，吓他们一跳，看他们还敢不敢取笑自己。

只能自己劈。他搬起一块盖房子用的砖，敲打咬在竹竿上的刀。他敲了半天，虽然刀势有点歪，但好在落下去了。过第一个竹节的时候很难，好像有人在使绊子，怎么敲刀都落不下去。等劈开第一个竹节后，就顺利多了，其他几个竹节会像鞭炮一样噼里啪啦响，等鞭炮放完了，竹竿也被劈成了两半。再挑出一半看起来比较好的，继续劈，半根竹竿劈起来就容易了。很快，竹竿就变得像一根根筷子，摔倒在地上。

再把这些筷子劈成竹篾，用水浸湿，让它们变软，然后拿来母亲缝衣服的线，扎一个骨架，骨架像鸟。做完这些后，他就要给这只鸟添上羽毛。羽毛不知用旧报纸好还是用挂历纸好，挂历纸太厚太重，飞不起来，不好，还是用旧报纸好。上哪儿去拿旧报纸？父亲不看报，有报纸也拿来擦屁股了。他找了很久没找到，家里也没课本，他还没去念书。对，曾祖父房间有很多旧书，去拿一本。他偷偷摸到曾祖父房间。门没锁，他很开心，推开门，一股怪味袭来，赶紧捏住鼻，不敢开灯，来到床头摸，没有；用脚伸到床底探，也没有。那个上了锁的柜子应该有，打不开，锁住了。拽起锁头拔，力气太小，拔不开。要是回屋檐下拿石头砸，动静太大，砸一下，心就提一下，还怕身后有人，时刻要回头。算了，还是另想办法。

最后在父亲的房间找到那本对联书，从第一页翻到最后一页，没找到一页没有字的，每一页都写满了密密麻麻的字，这些字他一个都不认识，也不知道写的是什么。他不敢撕有字的，怕父亲骂，书皮又太硬，做一个风筝怎么就这么难？他犯愁了，抓着头皮想了半天。有了，从中间撕，父亲应该不会注意。父亲每年写对联都一页一页从前面往后翻，每一页就代表一年，写到哪一页就折一下，应该不会从中间或后面翻。想到这儿，把抓头皮的手放到书页上，闭上眼睛一下撕掉好几页，没撕好，撕坏了，只好把撕坏的攥成一团，丢掉。不行，父亲会看见，要烧掉。于是捡起地上的纸团，丢到灶火里。看到没撕好的那几页像狗牙齿一样刺眼，慢慢地把“犬齿”掰下来，看上去就像没缺页一样。不敢再用手撕，怕撕下来的还是不能用。拿来木尺和小刀，把木尺对准要撕的书页，再用小刀顺着划，不敢太用力，怕划下太多页，只能轻轻地划，最后划下来的书页平平整整、四四方方，没再长狗牙。看到折页离缺失的书页太近，就把折页抚平，往前几十页重新折一下。

风筝的羽毛准备好了。现在就准备粘羽毛了。先把书页裁成鸟羽毛的形状，再用糨糊或胶水把它粘在骨架上。没有糨糊，他就从饭锅里抓起一把米饭，把米饭抹在纸上，再粘在骨架上，黏度还可以。最后他粘米饭的食指好像肿了许多，用别的手指摸摸，很黏腻，像刚吃了颗青梅。最后就要给风筝挑线了，针线太细肯定不行，牛绳太粗也不行，合适的绳子一时找不到。他背着手找遍了家里，没找到，又背着手去户外找，挨个儿逡巡每个人家的屋檐，在那个养鱼人的屋檐下找到了一大团鱼线。他先是很开心，然后又有点犹疑，毕竟不是自己家，不知该不该拿。

心里很多声音在争吵，一个说拿，一个说不能拿。说拿的时候，又会跳出父亲的声音，父亲说，拿了就是小偷，不拿才是好孩子。说不拿的时候，自己又不甘心。这么多声音乱作一团，就等着他做决定了。一团鱼线也不是什么值钱的东西，拿了也没什么要紧，不要说不会被发现，就算被发现了，大不了赔给他就是了。谁不知道这个养鱼人家最不缺的就是这些钓鱼的绳子。就这样，犹豫了半天，他还是决定拿了。拿的时候，像捧着一团火，烧得心里真不是滋味，但对于高空的向往又让他觉得很刺激。回家的路好像变长了，身上好像也重了许多，没想到一团小小的鱼线有千斤重，谁说不是呢，不然哪能钓上来好几十斤的大鱼？自己的脑子好像也有点乱，像这团鱼线一样，看上去一团乱麻，理都理不清。对了，只有等风筝飞起来以后，这团鱼线才会变得伸直展平，只有风筝飞起来，自己的脑子才会变得清清楚楚。

他摸出鱼线的线头，系在骨架中央，打了几个结，然后一手提着风筝，一手握着线去户外了。户外的那片空地上有很多正在起飞或降落的风筝。他看着这些风筝，不知道该不该放飞自己的风筝。这些风筝都比他的好看，但评价一个风筝好坏不是看长相，而是看飞行高度，他的风筝虽然长相一般，但他深信会比其他风筝飞得更高更稳。正值春天，每个放飞风筝的人都很开心，看到那些风筝就能感受到春天的活力。他刚才还疑虑重重的心也在这明媚的春光里敞亮起来。他先拉长一点鱼线，试试风力。看着风筝的翅膀在风中飘扬，他慢慢往前跑去，边跑边把线拉长。正当他以为风筝飞起来的时候，手里却像拖着一块砖头。他往后看，发现自己的风筝没飞起来，掉在了地上，像一只试图跳到水里的鱼。他收短线，捡起风筝查看。风筝没大碍，就是有点脏。用嘴吹吹，然后往喉咙里使劲灌一口气，这次他把奔跑速度加快了许多，风筝先是旋转着身子，然后飞高了一点，但就是没法飞得更高更快。他觉得自己的速度不够快，于是又加快速度，还是不行，他的速度只能维持风筝飞到头顶，不能飞到云上。

很累，他停下来喘气。一停下来，风筝又要落下来了，他只好继续跑，只有奔跑，才能让它飞起来。但这样太累了。看着别人的风筝不需要跑就能飞起来，他觉得一定是自己的风筝太重了。他停下来，等风筝落地，在风筝触到地面之前，他赶紧跑回去接住，然后看看哪个地方可以不要。这只风筝可能尾巴太长了，他就把尾巴撕掉一半，让它看起来像只褪毛的鸟，重新起飞。还是飞不起来。他又把翅膀撕掉一点，可是这次只能让它拖着地跑了，连头顶都飞不到了。他坐在地上看着自己的风筝，使劲抓着头皮，抬头看着那些在天上的风筝，不知道问题出在哪里。

他把撕掉的尾巴和翅膀用口水重新粘上，这次好像能行了，风筝慢慢地往上抬升，就要和其他风筝一样高了。就在他准备停下来欣赏自己的风筝的时候，看到风筝在空中扭了下身子，先是尾巴掉落，然后是翅膀，最后是风筝本身打着旋儿从高空坠落。他还没来得及接住，就眼睁睁地看着风筝砸到自己面前，坏掉。他抱着风筝坐在地上，伤心的眼泪说来就来。坠毁的风筝让他想起几个小时之前捏好的泥飞机。但他不服输，有几个小伙伴准备过来笑话他，他赶紧先跑回家，再做一只风筝。

他抱着破风筝一路跑回家，钻进房间，好几个小时不出来。

傍晚的时候，父母回家经过那片空地，看到天上的风筝，停下来看了一会儿。然后他们来到儿子吃过早饭就去玩泥巴的那个猪圈楼顶。这段时间以来，儿子每天都会在这里玩耍。他会从家里提一桶水，提到猪圈楼顶。这里放了很多他每天捏好的泥巴玩具，各种造型，虽然他们并不能把它们和真实世界里的东西对应起来，但对于儿子的玩心还是给予了极大的支持。这片乐园起码让儿子不会跑到充满危险的山上，更不会去水流湍急的河里。儿子每天都变着花样捏泥巴，他会把水浇到前一天捏好的那些泥巴动物身上，让它们重新变成黏糊糊的泥土，然后再塑造出他今天想要塑造的模型。

但今天，他们在楼顶上没看到泥巴玩具。下到地面后，他们看到了那些破碎的泥飞机，吓坏了，以为儿子从楼顶上摔下来了，赶紧绕着猪圈看了一圈。没看到他，父亲把心放回了肚里，说：“楼顶这么矮，没事。”他们又来到那片飞满风筝的空地，在人群里寻找儿子的身影。夕阳下的人群里没有儿子，父亲的心又紧了紧，说：“应该回家了。”说完这话的时候，他在地上看到了那只风筝的尾巴和翅膀，捡起来看，字迹有点模糊，但似曾相识。他把这些写满字的尾巴、翅膀丢到地上，和婆娘一前一后走在回家的路上。在路上，两人都没有说话，不敢说话，生怕一开口就会有不幸的事发生。他们尽量保持着不安的沉默。他们经过那个竹篾匠家门口的时候，看到竹篾匠在劈竹子，把竹子劈得很响。父亲想开口询问，没敢开口，继续往前走。他们不敢跑，怕跑到家里看不到那个坐在门槛上等着他们回家的儿子。于是这条以往不长的路在这个傍晚变得格外漫长。

他们又经过那个油漆工的家门口。油漆工戴着口罩，又在粉刷他那面每到刮风下雨就会脱皮的墙壁。油漆工举着蘸满白漆的刷子，看到了路上这对默不作声的夫妻，扬起手冲他们打招呼。他们看到了也装作没看到，只留下油漆工在原地自讨没趣，抓着头想了很久最近是不是有什么事得罪了他们，把自己的头都抓白了也没想出个所以然。他们走过油漆味很大的油漆工家门口后，很快来到了那个养鱼人的家门口。先是一阵刺鼻的鱼腥味，然后是一阵吵架声，听声音好像是什么线不见了。养鱼人的婆娘一个劲地在赌咒发誓，说什么要真是她把鱼线拿去补衣服了，就让自己生的儿子没屁眼。要搁在平时，他们一定会前去劝架，顺便也了解了解他们争吵所为何事，但今天他们有更重要的事要做。

离家越近，他们越紧张。父亲已经把心提到了嗓子眼，沉重的心让他不堪重负，嗓子都快发不出声了。他们慢慢地把院子的门打开，以为能看到坐在门槛上的儿子，但打开院门后，门槛上什么都没有。他们这才赶紧拔腿跑起来，连身上的农具都没来得及卸下。几只鸡被吓坏了，飞出了院子，留下一地鸡毛。他们跑到屋檐下时，差点被地上那根被劈坏的竹竿绊倒。

父亲先跑进屋了，他没去管地上的红砖屑，也没去管那根被劈坏的竹竿。母亲在后头看到早上刚打扫的地板被弄脏了，很生气。她从一边拿来笤帚，把地上的红砖屑扫到台阶下面，俯身把竹竿捡起，发现竹竿的另一半不见了，这才明白地上的那些不是筷子，而是消失的另一半竹竿。她把眼睛落到屋檐下架起来的竹竿上，数来数去还是少一根，肩头瞬间垮下去了。这些竹竿都是她的宝贝，塞满厨房的柴火都是靠这些竹竿从山上挑回来的，尤其这根更是习惯了自己的肩膀，现在居然被哪个杀千刀的弄坏了。她越想越生气，越想越委屈，那条砍完柴下山的路在她面前瞬间变得越来越长，自己的肩膀也越来越重，她快背不动那些柴火了。

她放好笤帚，抱着那半根竹竿，没有想到办法修好。此后，她一直没舍得丢这根破竹竿，她砍短了它，把它当扁担使用。她在屋檐下坐了一会儿，丈夫进屋迟迟没动静，这才想到儿子还没有找到，于是把竹竿架好，拍拍身上的灰，跨进门槛，落脚后发现脚底很黏。透过夕阳的余晖，她发现米饭撒得遍地都是。转身唤鸡进屋，发现那群鸡不知跑哪儿去了，她重新拿起笤帚把饭粒扫干净。扫得很不顺利。扫完后，她又看到桌上乱七八糟，有竹篾，有碎纸，还有一团团饭粒。再次去拿苕帚，把桌上的垃圾全部推到竹编垃圾桶里面。做完这些后，走到那面挂着日历的墙边，想看看离春耕还有几天。不看不打紧，一看让她以为走错了地方，日历上的时间已经来到夏至了。她摸着头想是不是自己出现了错觉，开口问丈夫，这才发现丈夫不在身边。挨个儿房间找他，在儿子房间没找到，在那个老不死的房间也没找到，最后在自己房间里看到丈夫那厚实的背。

父亲跑进屋的时候，没有看到屋檐下狼藉一片。他迈着大步，跨过门槛，没有踩到地上的饭粒，也没有看到脏兮兮的饭桌，而是开口唤儿子。他跑到儿子房间，掀开没叠的被子，没有发现。离开之前先把被子叠好，再来到祖父的房间。祖父也不在，他的房间一股怪味，他把门关好，再来到自己房间，看到儿子正在背对着他做什么，这才把悬着的心放回肚里。他刚想近前问他在干吗，就看到地上都是碎纸屑，俯身去捡，发现上面的字迹和刚才在空地上看到的一样，惊觉大事不好，马上跑过去，发现这个不孝子正在撕他的对联书。一个巴掌就落下去了。儿子这才看到父亲突然回来了，正站在自己面前，瞪着自己，他没敢哭，即使脸上火辣辣地疼。看到母亲站在后面，他赶紧跑过去，躲进她的怀里。这时，门外传来那个养鱼人的声音："有人在家吗？"

养鱼人的婆娘死活不承认自己拿了他的鱼线，他只好先撂下狠话。每当出气不顺的时候，养鱼人就会先说几句狠话，等气顺后再把狠话兑现。他的婆娘对他这套很了解，一般他这么做时，就是拿自己没辙之际，她也不怕他兑现狠话，届时床上一句温存的耳语就能让他忘记一切。她先回厨房做饭，让丈夫独自找别人抱怨去。养鱼人在婆娘身上吃瘪的时候喜欢去别家抱怨，等回来的时候，一般就没什么事了。养鱼人走到屋外，看到了那个油漆工的屋子，但他没去那儿，他们前段时间为了一件鸡毛蒜皮的事闹掰了。

这件事说来很小，但关乎养鱼人的脸面。之前，养鱼人气不顺的时候都喜欢去他家唠唠嗑、顺顺气。那天他的婆娘又因为一件小事给他气受了，他来到油漆工家里，看到油漆工又在粉刷墙壁，味很大。养鱼人让他先把手头的活儿放放，他有几句话要说。油漆工见快刷完了，就放下了刷子，进屋和他坐在客厅里，等他开口说话。养鱼人有个习惯，只要一走出家门，便会把家里受的气忘得一干二净，反过来对别人的事说三道四。他告诉油漆工他粉刷的油漆不够白。油漆工也不恼，他深知对方的脾性，做了这么多年的邻居，不是说他墙壁破，就是说他家具少，现在又来说他的油漆不够白，但今天他的心情也不太好，因为刚才向一个小孩打招呼，对方竟没理他。心情一不好，他就不想让着臭养鱼的，所以说出的这句话就让对方脸上挂不住了："对啊，哪有你婆娘的屁股白呀。"

就是这句话让养鱼人以为对方真的看过自己媳妇的屁股。养鱼人屁股都没坐热，茶都还没喝一口，就气鼓鼓地回家去了。油漆工又在伤神了，最近怪事还真多。但他没多想，继续粉刷墙壁。养鱼人回到家的时候，他的婆娘刚把饭做好，看到丈夫回来了，便叫他过来吃。

但丈夫今天有些奇怪，她怎么叫都叫不来，他把自己锁进了房间。她把饭端到房间。看到丈夫瞪着自己，吓坏了，没想到多吃了一块鱼就让他这么上心。但丈夫说不是鱼的事，而是屁股的事。

“你屁股是不是被别人看过了？”养鱼人说。

“是，”婆娘说，“每天晚上都会被看好几遍呢。”

一听这话，他终于发作了，不顾自己和婆娘悬殊的身高，作势就要打她。她躲过去以后才发现玩笑开大了，赶紧解释。养鱼人不信，非得让她说出那个人的名字。她的婆娘看他真相在握的样子，以为自己真的不检点，在脑子里一遍一遍过筛子，除了自己的丈夫，父母给她洗澡也看过她的屁股，此外就没别人了。养鱼人不满意这个解释，让她继续说。她的婆娘确实想不到什么了，急了，说：“我的屁股要是被别人看过，就让我生儿子没屁眼。”

一般闹纷争时，这句话都很有效，但这次没用了。养鱼人的一句话让她的心凉了一截：“你连儿子都生不出来，有什么资格说这句话。”为了生儿子的事，他的婆娘心里一直不痛快，几次去县里问医生，但医生告诉她生不生儿子不是看女方，而是取决于男方。“男方播什么种子，地里就长什么粮食。”医生告诉她。

养鱼人一听，不太相信。他暂时放过这茬儿，先回到屁股上来。他的婆娘问他是谁告诉他的，养鱼人说是那个油漆工。她一听就乐了：“那个人说的话你也信，再说我的屁股压根不白，还很黑，你又不是不知道。”养鱼人听到这句话，一拍大腿，还真是。气消了，吃饭就香了。那个晚上，养鱼人的饭量第一次比自己婆娘的大。

走出屋外的养鱼人又去看看那对夫妻的房子，然后走到他们屋檐下。儿子听到门外有声音，赶紧回道“有人在家”，跑过去开门。看到那个养鱼人背对着光站在门边，吓坏了，自己刚拿了他的鱼线，莫不是被发现了，又躲到母亲怀里。父亲看到有人来，先把这事儿翻篇儿，过后再说，赶紧把养鱼人迎进屋，拧开电灯。养鱼人坐了一会儿，不知怎么开口，倒是主人家看出了他有话说，问他是不是又跟婆娘闹矛盾了。

话一起头就收不住了，养鱼人先说养鱼的不易，然后又扯到媳妇不贤惠，最后感叹一句做人真难。父亲问了半天，才知道对方竟是为了团破鱼线而觉得做人没意思，他顿时觉得这人真有意思。父亲只好避实就虚，不仅羡慕他每年养鱼赚得多，娶的婆娘不仅个头比男人高，还比男人能干，这么好的媳妇上哪儿去找。

这番话立马就让养鱼人心里的疙瘩解开了。顺好气的养鱼人起身打量父亲的家，不是说他的墙壁太暗，就是说他的饭桌太高了，最后看到他的儿子手里捧着的那个风筝骨架：“这个风筝没有好的线怎么能飞起来呀？要是我家的鱼线没丢，就送你做风筝线，肯定能飞得又高又稳。哎呀，我得回去了，我婆娘还等着我吃饭呢。”

养鱼人的话还没说完，门外又来人了，此刻来的是那个油漆工。

油漆工最近一直走背运，倒不是因为那面破墙，而是跟人打招呼一直没人理。就拿那个小屁孩来说吧，这个小屁孩每天早上都提着一桶水从自己家门前走过，好几次跟他说话都没搭理自己。但小孩不懂事，他这个大人可不能不懂事，所以他就没放在心上，依旧在小屁孩每天傍晚提着一个空桶经过自己家门前时跟他说话。小屁孩早上经过的时候一身干干净净，晚上经过的时候那身衣服就脏兮兮的，也不知道干吗去了。今天中午第一次看到小屁孩没有提着桶走过，而是抱着一只破破烂烂的风筝，自己正要开口，对方却一溜烟跑得没影了。真是怪事，自己的人缘一直很好啊。他以为可能只是小孩不懂事。在傍晚的时候，小孩的父母走过来了，他扬起手向他们打招呼，可还是没有得到回应，这就奇怪了。他抓着头想了半天，不知道自己哪里得罪了他们一家子，于是墙壁也不刷了，洗好手换好衣服登门拜访了。

看到养鱼人坐在他们家，油漆工这才明白了大概，原来都是这厮从中作梗，才让这一家人对自己爱搭不理。他站在门口，走也不是，不走也不是。父亲听到他的声音后，把他迎进屋。油漆工坐着很尴尬，茶也没喝一口，那个死养鱼的看都不看自己一眼，他也不去看他。父亲看着这两人，觉得他们有矛盾，就让他们把矛盾挑明。

油漆工说："我跟他没矛盾，你跟我有矛盾。"

父亲说："瞧你这话说的。"

油漆工说："不仅是你，你的老婆、你的儿子都对我有意见。"

父亲说："这我就更不懂了。"

油漆工之后竹筒倒豆子般把这段时间遭受的冷遇都说了出来。父亲听后，乐了，让他别放在心上："真不是故意的，你的声音这么小，谁听得清呀。"油漆工听完以后也乐了，摸了摸头，不好意思地笑了。他的声音小，他自己其实都知道，小时候上学还为这事儿被老师取笑过像女生呢。没想到这事儿不怪别人，都怪自己。这时，他也坐起来看看对方的家，但他没像养鱼人那样对这座房子指手画脚，而是想把这儿的墙壁粉刷一新。父亲谢过了他的好意，油漆工又看到他儿子手上的风筝骨架，认为风筝要涂上颜色才好看，等他哪天抽出时间给风筝上上色。

油漆工没去看养鱼人，他们的矛盾因为一个屁股，到现在还没化解，但很快又来一人让油漆工觉得这个矛盾也没什么大不了的。这个不速之客是一个竹篾匠。竹篾匠跟油漆工的矛盾可不只是屁股这么简单。油漆工进城买油漆，遇见了进城卖畚箕、竹篓等竹制品的竹篾匠。油漆工托卖完竹制品的竹篾匠帮他把刚买的油漆捎回家。竹篾匠答应了。油漆工傍晚回家的时候看到路上撒满了油漆，回到家一问，才知道竹篾匠把他的油漆撒光了。竹篾匠的说法是，装油漆的袋子破了，他就把油漆放到没卖掉的那个竹篓里。油漆工的回答是，竹篓里装油漆和竹篮打水有什么区别？竹篾匠可以赔他一只竹篓，油漆工偏要他原价赔偿油漆。两人相持不下，打得不可开交。最后两人的额头都青一块、紫一块的，断送了两人十多年的交情。从那以后，双方提到彼此就一车轱辘脏话。

竹篾匠那天挨家兜售竹制品。来到他们家后，发现死对头一个不少。除了油漆工，养鱼人也跟他不对付，不对付的原因是因为一根钓竿。竹篾匠做的钓竿不结实，让养鱼人眼睁睁地看着一条大鱼逃了。竹篾匠的到来，让油漆工和养鱼人都有了一个共同的敌人，他们之间的矛盾也顺便化解了，合起伙来挖苦竹篾匠蹩脚的手艺。竹篾匠没搭理他们，问女主人要不要买他身上挂的竹篓、畚箕，她说要买一根竹竿。竹篾匠说过几天做好送过来。几人一时无话。

竹篾匠看到那个小孩在摆弄一副风筝骨架，觉得这副骨架太重了，一定飞不起来。他可以免费给他扎一只风筝，一定比城里卖的飞得还高。小孩听到这话，放亮双眼，跑过去，蹭他的双脚，拉他的衣裳，表示马上就要。父亲见状，心里有了主意，他知道他们几个人的矛盾都是小事，街坊邻里的，哪有什么深仇大恨。他站起来说道："趁这个机会和好吧，我儿子的风筝就靠大家了。"

起初没人响，一干人等坐着扭扭捏捏，都抹不开面子。父亲用手分别指着他们说："以后我买你的鱼，买你的筐，你刷我的墙。"

就这样，因为一只风筝，大家的矛盾都化解了。养鱼人觉得自己不能丢脸，翻箱倒柜还是没有找到那根适合放飞风筝的鱼线。等风筝扎好、涂上色，才知道鱼线就挂在风筝骨架上，又摸着头皮想了半天，但他没来得及多想。看着放飞在空中的风筝在鱼线的牵引下飞得又高又稳，几个死对头脸上都露出了笑容，笑得最灿烂的还要属那个亲手提着线的小孩。

放飞风筝那天，晴空万里，大家都知道有一只最大的风筝即将在空地上起飞。这只风筝凝聚了一干人等多日来的心血，终于要在这个晴空万里的天气一展雄姿了。大家都屏住呼吸等待风筝的到来。近了，他们先看到地上阴了一块，然后看到那只巨大的风筝滑翔而来，最后看到那个披着风筝的小孩迎面跑来。小孩的脸红扑扑的，使劲跑着，他身披的那只风筝渐渐升高。他跑了一圈，把手里的线都放出去了，当风筝遮住太阳的时候，他停下了脚步，看到风筝线若隐若无，风筝好像脱离了线的束缚。

风筝在天空的怀抱中游弋，在风的吹拂下摆尾。很多人要站在风筝底下才能看清风筝的样子，因为风筝外面有碍眼的光线。风筝像一把雨伞给每个人遮阳挡雨防风。只有那个放风筝的小孩站在人群之外，只要拉动手里的线，雨伞就会变化位置。他看到之前取笑他的小伙伴也站在风筝下面，就故意使劲牵引着风筝线，让他们来回奔波，累得像只狗。他往哪个方向跑，其他人也往哪个方向跑。他指挥着人群，让他们往东，他们不会往西，让他们往西，他们不敢往东。他很开心，扶着腰喘气。

从来没有人放过这么大的风筝。很多人都想亲手放放这只风筝。但他没有玩够，死活不给，出钱也不给。他看着这只巨大的风筝入神了，他感觉自己站在风筝上面。风筝带着他越飞越远、越飞越高，就快撞到太阳、碰到月亮、擦亮星星了。他看着地上越来越小的人、变成蚂蚁一样的人，盖上白云睡着了。在梦里，他每天都要乘坐风筝飞行。他先飞到有游乐场的县城，看到游乐场上的旋转木马像转动的螺母，看到过山车像人弯曲的脊柱，看到摩天轮像滚动的铁环，看到荡秋千的人像闹钟的摆锤……这一切的一切都弥补了他不能进城游玩的遗憾。飞过了家乡，就到了很多陌生的地方，他长大后才会完全知道这些地方是哪里。这些地方有很多高楼大厦和每天匆忙的上班族。他在这些人中发现了那个穿着西服坐在公交车里准备去参加葬礼的自己，他的裤脚和袖子刚裁好，看上去精神极了……

他坐上公交车以后，透过车窗看到了一座新建的游乐场。游乐场上的游戏设施让他觉得自己回到了小时候。而且高空放飞的那些风筝比他小时候放的更大更漂亮。他小时候放的那只风筝在这些风筝面前都不好意思抬起头——他还记得，小时候那只风筝飞了一整天，直到太阳落山，黑夜将至，他才收回线，抱着风筝踏上洒满星辉的路。这只风筝陪伴了他的整个童年生涯，直到上学。有了风筝，他不再玩那些脏兮兮的泥巴，而是在每一个晴天吃过早饭就来到那片空地上。没有人像他这样如此痴迷于一只风筝，其他人的兴奋只保持了头几天，几天过后，空地上的人就少了很多。只有他还在放，直到那只风筝再也飞不起来……城市新建的游乐场上空飘飞的这些风筝长得像许多动物：象、狮、虎、豹、狼、狗、猫、鼠。这些相生相克的兽在湛蓝的天际下相安无事，各得其所。

第九章　重塑面具

收到大学录取通知书的那晚，不胜酒力的父亲喝了很多酒。几乎每到一家，父亲就要往喉咙里灌上一瓶啤酒。有的人家里没有啤酒，父亲对那些度数远高于啤酒的米酒也来者不拒。用大米酿造的米酒喝下肚时，就像在胃里铺了一层厚厚的稻草，焐热了父亲的身子。他的体内渐渐生根发芽，之后刹不住的话就会在每个人的耳际开枝散叶。每个人都能感受到他枝繁叶茂的喜悦，看到最终瓜熟蒂落的后代，他们辉映在灯光中的脸庞逐渐变得红光满面。

在他的记忆里，父亲很少喝酒，一般喝酒时也只是浅尝辄止，像这种喝得酩酊大醉、手舞足蹈更是从未有过。如果他能来到父亲新婚那天，回到自己出生时，或许他会明白，父亲只有在天大的喜事面前才会痛饮一番。

他成年后刚好与父亲相反，只有每到天塌下来时才会贪杯。在这天大的喜事面前，他滴酒未沾，一直看着父亲喝了一杯又一杯，划了一拳又一拳。那个时候，他把父亲的做法归咎于虚荣心作祟，要到很多年后，他才会明白虚荣才是人活下去的动力，一个人连虚荣都不知为何物之时，就是濒临绝望或已经绝望了。

别人每遇好事时都会觉得时间过得太快了，而他每当生命中出现值得庆贺的喜事时，都会觉得时间变得非常漫长。从坟坑里出来后，时间好像完全停止了。他和父亲走在那条小路上时，时间慢得像只蜗牛。他们在路上遇到那个簸箕女时，这只蜗牛又变成了乌龟。他们就这样爬呀爬呀来到每一个人的家里，而身后那个像脱兔般一直在追赶他们的猎户始终无法追上他们。很多时候都会发生这种兔子追不上乌龟的怪事。看似对众生皆公平的时间，其实并无公平可言。

他们先来到养鱼人的家里。养鱼人不在，只有他的婆娘在厨房做饭。他们由一只风筝建立的友情多年来一直维持得很好，从未出现过裂痕。父亲也在养鱼人每次遇到烦心事时充当忠实的听众，给他排忧解难。久而久之，从养鱼人的口中说出的就不只是糟心事了，而是变成了顺心事，为此父亲出谋划策也少了，而是变成分享对方的喜悦。这么多年，每次都是养鱼人找父亲，父亲却从没进过养鱼人家里，对养鱼人屋子的格局、家具的摆放位置，一概不知。好几次父亲也想去他家喝喝酒聊聊天，但一直没有找到合适的机会。父亲不像其他人，喜欢外露家事，即便家里的负担益发沉重，即便儿子的生活费逐渐增多，即便他和母亲的关系愈加疏远，他也不会去找别人倾诉。他总以为，这些算不得什么大事，咬咬牙就过去了。每况愈下的家境就这样在父亲咬紧牙关的坚忍之下慢慢出现了转机。所以，有什么必要找人说话呢？就像他从不找人排解烦闷，父亲为操持这个家的付出也从不与人言。但大家都看在眼里，从他变稀的头发、逐渐弯曲的脊背、掉了一颗门牙的嘴和眼角越来越多的皱纹上，都能看出他这么多年为这个家所付出的辛劳。

那个时候的他，把父亲身上发生的这些变化都当成年龄增大的自然现象，认为每个人到了一定的岁数都会脱发、驼背、掉牙、长皱纹。当他背负着沉重的心理压力隐匿城市多年后，发现尚属年轻的自己脑后竟然出现了斑秃，对当年不懂事的自己恨不得扇上几耳光。这块斑秃是一个理发师发现的。当头发留至实在不可留之时，他终于走进了无名街上那个理发店。理发师看他的头发这么长，以为他是一个摇滚歌手。他没有说话，每当遇到没话找话的陌生人时，他都不喜欢说话。他以为理发师会在自己的沉默之下把嘴闭上，但天下所有的理发师都有一个通病，看到客人不说话都会更加来劲。理发师先从自己的故乡说起，然后说到自己走南闯北的经历，原以为会得到客人赞许的目光，但镜子里的客人非但不看自己一眼，好像还睡着了。就在这时，理发师在他脑后发现了那块硬币般大小的斑秃。他听到理发师发现新大陆般的咋呼声，睁开了眼。理发师看他不信，便要掏出手机拍给他看。他以为脑后这块斑秃是小时候被石子擦破的疤痕，就没放在心上。但他一想又不对，从小到大他理过无数次发，其他理发师应该也会发现才对，那个时候他的头发可比现在短多了。收到大学录取通知书后的第二天，父亲陪他进城理发时，理发师也没有发现。想到这儿，他才确信脑后这块斑秃真的是后来才长出来的。理发师看他有反应了，车轱辘话就更多了，要是不及早治疗，说不定会全秃。他吓坏了，理完头发后急忙跑进街上的一家药店。医生告诉他没什么大碍，吃几服药十天半月就好了。

他这才想起父亲多年来的不易，端着热水杯的手忍不住地颤抖。那个时候和父亲年龄差不多大的其他人都没有这些毛病。从这一点来说，岁月真的不公平。只有好事发生时，父亲才会主动找人聊聊天，说说话。或许只有好事才能让别人忽略他日渐糟糕的身体状况，只有好事才能弥补他这么多年所承受的心理压力，只有好事才会让他觉得付出的心血没有白费。就这样，父亲带着他，这么多年第一次踏进了养鱼人的家。

他们在养鱼人的家里闻到很重的鱼腥味。他到现在还记得那天晚上的情景，当他在城市生活多年后，对养鱼人的印象不但没有模糊，反而更加清晰。养鱼人从外表上看不像养鱼的，说他能单手钓起一条几十斤重的大鱼，他那个时候不信，现在想起来还是难以置信。很多事情，如果没有亲眼见过，不管旁人说得如何起劲，他都不会相信。要再过一段时间，他踏上故土后，见到路上那条数十斤重的大鱼在阳光下脱落鱼鳞时，他才知道养鱼人之所以是养鱼人的原因。他的婆娘很快从厨房端出了饭菜，桌上也摆放了几瓶酒。不一会儿，养鱼人就沐浴着霞光回来了。他这次不是去找别人诉说心事的，而是去山上的鱼塘查看鱼苗的生长状况。看他的样子，今年应该又会是一个丰收年。他踏进自家门槛后，发现了坐在凳子上的父子俩，以为走错了家门，但闻到的鱼腥味又让他觉得没有走错。他这才一拍脑门，大叫道："恭喜啊。"他从别人口中知道了对方儿子考取大学的消息。

他从父亲脸上第一次发现喜鹊跳上眉毛原来就叫喜上眉梢。之后，这只喜鹊会跟着他来到县城那家理发店，送他来到那个有火车开往北方的月台。在火车车厢的那几十个小时里，这只喜鹊会一直不停地叫唤着，直到他来到大学所在的城市，才会重新飞回千里之外的故乡。

父亲喝了很多酒，把桌上的酒差不多都喝完了。养鱼人对父亲能在第一时间赶到自己家感到由衷的开心，多年的交情也在这些酒里变得更加牢固。养鱼人每次走出家门时都有点犹豫，每次望着对方那个开着灯的房子，都期望对方能从里面出来，走进自己家里，就像他无数次走出自己家门，走进他家一样，面对面坐着拉家常，说心事。但他也知道，人和人不一样，没有特殊情况，对方是不会主动来找自己的，每年要打鱼的时候也是自己登门拜访。没想到自己也有机会招待对方，这都要归功对方那个争气的儿子。想到这儿，他把音量也提高了，死活要他这个准大学生也喝一口。他本想接杯，但被父亲拦住了，父亲说时候还不到，等到了大学再喝不迟。养鱼人放下了杯子，不再劝酒。

喝得差不多了，他们要上别家了。养鱼人送走他们后，借着酒意抱怨起了自己的婆娘，骂她没用，生不出儿子。他的婆娘没敢接茬儿，嘴里轻声嘟囔着，女儿不也很好吗，现在每月都往家里寄钱呢。油漆工知道消息慢一点，当这对父子上门时，还在粉刷那面墙壁。在他的印象中，油漆工的墙壁好像每天都在粉刷。他的墙壁一年四季就没有不坏的时候，连蜜蜂飞过都会让墙皮脱落。当他多年后面对那个每天清扫都干净不了的出租屋时，他知道油漆工不是在粉刷墙壁，而是他的心出现了裂纹。只要有闲暇，他就会清理出租屋那个厕所，马桶总是在一夜之间出现黄色污渍，马桶刷刷秃了都没办法让它亮洁如新。每当这个时候，他就会想起故乡那个每日重复粉刷动作的油漆工，学着他的动作，把洁厕剂倒进马桶，然后使劲刷，最后再用水冲干净。油漆工戴着口罩，先把刷子蘸满白色的油漆，再刷在那面墙上。他们进门时，油漆工正刷完最后一道墙。看到焕然一新的墙壁，油漆工露出了笑容，转头看到了这对父子，扬起手冲他们打招呼。他们也抬起手跟他打招呼。

父亲和油漆工的关系不像和养鱼人那般瓷实，有事时不会想起这个每天都一身白漆的油漆工，无事时更是当他不存在。想起他一般是在空气中飘着刺鼻的油漆味的时候，那个时候，他就会知道油漆工又在粉刷墙壁了。很多人闻不惯这种味道，尤其知道这种味道是致病根源后，大家都上他家堵他，让他放下刷子，脱下口罩闻闻被污染了的空气。油漆工放下刷子，脱下口罩，深吸一口气，对这种味道甘之如饴。大家都觉得很奇怪，以为是自己的鼻子出现了问题，也学着油漆工的样子，深吸一口气，但刺鼻的空气让他们的咳嗽声此起彼伏。从那以后，只要有谁闻到空气异常，都会怪在油漆工的头上。油漆工哭笑不得，随大家来到一处专丢死物的河岸，用鼻子嗅，发现不是油漆的味道，而是什么东西腐烂的味道。大家不信，非让他再闻闻。油漆工闻了几遍，确实还是腐烂的味道。这时大家齐说道："你的油漆味就像死物发出的臭味。"

油漆工这才知道，他钟爱的油漆味在旁人看来就像难闻的腐臭一样。从那以后，他不敢在大白天粉刷墙壁，只好在夜幕降临后偷偷拿起刷子，把墙壁粉刷了一遍又一遍。这样一来，每个不能粉刷的白天都让他度日如年，只好跑到放置着一桶桶油漆的房间，扶着油漆桶使劲嗅，好像在闻世界上最美味的食物。刚开始他粉刷墙壁的时候都要戴上口罩，后来他觉得戴了口罩闻得不过瘾，便把口罩剪了两个口子，他就这样戴着露出两个鼻孔的口罩在每个夜晚旁若无人地粉刷，就像音乐指挥家站在台上四下无人地忘情指挥一样。油漆工即使不常出门，也知道别人不太喜欢他，他身上的味道老是让别人退避三舍，为此他只好尽量不靠近别人，一般用自己灿烂的笑容跟别人打招呼。有的人会被他的笑容感染，也跟他打招呼，有的人会在他刺鼻的味道面前离他而去，从而无法看见身后那个灿若桃花的笑容。见到他还能主动和他打招呼的只有现在这对登门的父子。

他原以为他和养鱼人、竹篾匠的友谊已经修复了，但事实告诉他，他们三人的友谊仅在多年前那个放风筝的日子里维持了一天。等到风筝落地后，他们的友谊就宣告破裂了。后知后觉的他要过好长时间才会知道这个残酷的真相。当他那天过后好几次主动去养鱼人家里时，养鱼人不是闭门不纳，就是借口有事要忙，一次一次让他乘兴而来、败兴而归。他只好来到竹篾匠家里，竹篾匠不会做得这么明显，但每次从竹篾匠家里出来以后，他才会明白相比养鱼人的闭门谢客，竹篾匠的貌似热情更加令他难堪。

竹篾匠说：“你真像一头奶牛黑白分明啊。”

竹篾匠说：“你身上的味道比粪坑还大啊。”

竹篾匠说：“你刷墙的动作像真像癫痫病发作。”

从此，油漆工便不再去竹篾匠家里。

唯一不讨厌他的只有父亲。但父亲真的很忙，他的儿子快要高考了，每个星期都要进城给儿子送生活费。在不进城的日子里也见不到人影，不是在山上，就是在田里。山上的木材和田里的稻谷是他儿子能安心读书的保证。有时候他好不容易在家，但油漆工看到他那副倦容，也不忍多加打扰，说不上几句话便提前离去，好把时间留给对方吃饭、休息。没有人与他说话，他就更不喜欢出门了，每次不是来到那个放满油漆桶的房间，就是把一桶桶油漆提到屋檐下，沿墙根排成一列，从第一个开始数，有时候为了凑一个整数，会从厨房拎几个水桶充数。看到油漆桶够数了，他就会拿起那把刷子从第一个桶里开始蘸漆，刷到墙上。每刷一次，他就会停下来看很长时间，闻很长时间，这才发现没戴口罩，没戴就没戴吧，就这样拼命翕动着鼻翼闻，然后再蘸第二个桶，继续刷。蘸最后几个桶的时候，眼前会雨花纷飞，这才明白最后几个桶里装的不是油漆，而是水，咧开嘴巴，挤着眼皮，在湿漉漉的地面上笑得像个小孩。

墙壁刷完后，看到身上粘满了油漆，想起竹篾匠说他像头奶牛，别说，还真有点像，就是不知道自己刷墙的样子是否也如对方所说像犯癫痫。他只好重新拿起刷子验证，通过映在墙上的影子，他看到自己刷墙时大幅度的动作，可不，和发癫痫症如出一辙。做完这些后，他使劲闻闻身上的味道，然后冲着无垠的黑夜大骂一句："你才是粪坑，你全家都是粪坑。"

跟这对父子打完招呼后，油漆工才回过神来招呼他们进屋。他还不知道他们有一件天大的喜事要告诉他，以为他终于抽出空闲来看自己了。父亲很高兴，这天晚上觉得油漆工身上的味道其实也没有那么难闻。油漆工看到老友那副倦容焕发了生机，虽然还不知道发生了什么事，但从心底里为他高兴。油漆工让他们先坐一会儿，他去准备晚饭。他把手洗干净，择完菜，杀好鸡，正准备把饭菜端上桌时，客人却不见了，客厅空空如也，好像一直这么空着，从没有人来过一样。他以为自己出现了幻觉，出门查看，路上不见一人，只有明月下的树影和远处模糊的山脊。他若有所思地回到客厅，看着摆上桌的饭菜，越想越伤心，没想到多年的友谊连吃顿饭的机会都换不来。看着自己的好心付诸东流，他觉得自己的心正在开裂，就像墙壁慢慢出现了罅隙一样。于是，他没来得及吃饭，把搬进房间的油漆桶再次搬出来，拿起刷子，把刚刚粉刷过还未干的墙壁又刷了一遍。

刷完墙壁后，他的心情好多了。他没有洗手，一身油漆味坐下来吃饭。吃着吃着，他的眼泪就下来了，最后他抹掉眼泪，重新开口笑了。起码还有人来看自己，他想。夜更深了，几声犬吠从很远的地方传来。直到很多年以后，他才知道父亲那晚为什么不告而别。多年独身一人的油漆工感受异于常人。当他独自在城市生活了很长时间后，才会明白孤独惯了的人无法适应常人的喜怒哀乐，对任何与孤独无涉之事均不会感同身受。就像饥饿已久的人最需要的不是大快朵颐，而是细嚼慢咽。只有每次喂点流食，才会让饥饿的人重拾新生。对于油漆工，只有每次让他见到一点生活的亮光，才能让他从孤独里走出来，从而最终适应阳光。油漆工那张苍白的脸一直刻在他脑海里，之后这张苍白的脸会在阳光的照耀下重新红润起来。

最后，他们来到竹篾匠家里。他们在竹篾匠家里闻到竹林的味道，各种竹制品在客厅里摆满，在屋檐下挂满，在院子里堆满。竹篾匠已提前收到风，饭菜已上桌，还冒着热气。如果可以消除记忆，他想把那晚在竹篾匠家里的记忆全部清除。这段记忆一直在他的内心深埋，直到生命即将走到尽头时才再次想起。这段不堪回首的记忆与竹篾匠无关，与他家也无关，与那晚坐在他家的另一个人有关。

他童年时期所有的恐惧大都来自这个人。上幼儿园那天，他在路上第一次见到了这个人。当时这个人正坐在路边喝酒，之后在他每次上学放学的路上，都会看到路上歪斜的酒瓶和这个酒徒。有时候，这个酒徒喝光了酒会用手指叩击那些酒瓶，酒瓶发出的声响会让他在学校提心吊胆一整天，上课时经常看向窗外，以为那声音又响了。每年开春都会上山高歌的年轻男女的歌声和酒瓶发出的声音相比，都变得动听许多。

酒徒的衣着很干净，即使在地上坐一整天，也不会弄脏。他的穿衣仪式一般从早上开始，他先从衣柜里拿出那身熨平的黑色西装，然后拿出那件白色衬衣，最后再拿出那件有些变瘦的裤子。这身衣服会被他放在床上。做完这些后，他开始刷那双皮鞋。刷完皮鞋，他就要开始穿衣服了。最后穿上皮鞋后，他的左手和右手都会拎起一瓶酒，西服的两个口袋也各自装上一瓶，有时候裤子的后兜也会插上两瓶。很多人都知道他照镜子很特别，不像正常人一样面对着镜子，而是侧对着镜子，然后就会用左眼瞄一眼镜子，镜子里的左半边脸英俊异常，穿着得体，尤其那双皮鞋，更是锃亮。

他走路时不会背着手，也不会弯着腰，更不会趿拉着走，而是目视前方，挺直胸膛，大阔步朝前走去。有时候他会偷偷瞄一眼地上的影子，颀长的影子配上他雄赳赳的走姿，每个看到他走路的人都会觉得走路原来也是一门学问。

听到路上响起皮鞋踢踏声，家家户户都知道那个酒徒又要去喝酒了。他们会把大门关闭，从窗口往外看。刚开始，酒徒也想着去别人家喝酒，但看到每扇都紧闭的大门，他不再试图去找任何疑似没关的大门，他会径直走过这些大门，来到那个自己每天都要去的路边。那个路边由于他的到来，不再长草，而是裸露出褐黄色的地面。贴在窗户上的那些眼睛就会看到他在路边先把手上拿的两瓶酒放到地上，再把屁股后面插兜的两瓶掏出来，然后慢慢坐下去。他的坐姿比起走姿，略显不雅，但他不会在意，只有在走路的时候，他才会看重自己的穿着和仪态；当他坐下来的时候，他只有喝酒这一个念头。坐下来后，他会先喝从屁股后面拔出来的那两瓶酒。喝完这两瓶后，他的脑子还很清醒，然后再喝放在地上的另外两瓶。

四瓶酒下肚后，他的脑子就有点乱了。这个时候，他会说很多话，把自己关在大门里的那些人听不到这些话。他们会把窗户打开，试图听清酒徒在说什么。还是听不清，他们只好打开大门，站在门边，一个个竖着耳朵。但风没把酒徒的话传到他们耳际，他们什么都没听到，只有风吹树木、风吹稻田、风吹泥土的声音。他第一天上幼儿园回家时，被这些人拉进了大门，问他路边那个酒徒在嘟囔什么，嘟囔了一天，他们一个字也没听清。

可他的回答也不能让他们满意。他们撺掇他走过去看看，跑过去听听。他们松开了他的手，看着他跑出房门，但这个小屁孩跑错了方向，直接跑回家了。他们只好再把视线放回这个已经喝高了的酒徒身上。夕阳要下山了，这个酒徒也要回家了。只见他慢慢从地上站起来，地上摆放的六个酒瓶已经倒了。他俯下身先在屁股后面插两个酒瓶，再在西服口袋里装上两瓶，最后两瓶拿在左右两只手上，相比来时的昂首阔步，回去时他虽然尽力保持得体的走姿，但别人还是能看出他的步子踉跄了。

别人在他归去时，不仅把大门关闭，而且把窗帘拉上。每个人对醉态十足的酒徒都没有兴趣。酒徒归去时，也不再沉浸于自己的影子，尽管夕阳把他的影子抻得更长了。来时和归时的酒徒经常会受到不一样的待遇。来时的他万人观看，归时的他无人问津。但对于他，其实都没什么分别：来时清醒的他感受不到别人的目光，归时酒醉的他更是没法感受来自外界的冷遇。

那些把自己关在大门里的人听着门外皮鞋的踢踏声消失后，就会把大门打开。看到左右两边也同时开启的大门，都会心照不宣地跟对方点头示意。然后家家户户就把桌子搬出来吃晚饭了。吃饭的时候，关于这个酒徒的一切会在饭桌上数次被提起。他们会想那个酒徒是在喝完第几瓶酒的时候开始说话的，是在喝完第几瓶酒的时候开始敲击酒瓶的，是在喝完第几瓶酒的时候发现自己的衣服弄脏了的。

喝完第四瓶酒后，酒徒在自说自话中开始敲击酒瓶。他在敲击那四个空酒瓶，另外两个还装有酒的瓶子敲不出清脆的声音。他在四个酒瓶中间来回敲击，他会用每一根勾起的手指指节连续敲击酒瓶，十根手指来回敲击四个不同的酒瓶，发出的声音会传得很远。

有时候他会敲到还没喝的酒瓶上，听到酒瓶发出沉闷的声响，他就知道敲错了，摸摸头不好意思地笑了。那些在窗口窥视他的人看到他的笑容，都会倒抽一口凉气，然后不去看他。只有当敲击声再次响起来的时候，他们才会重新去看他，看他去喝另外两瓶酒。他虽然有些醉了，但还是能一口气拔掉瓶口的塞子，然后仰起头往肚里猛灌几口。人们看到他滚动的喉结，也会忍不住吞一下自己的口水，他们会觉得他不是在喝酒，而是一个口渴的人在喝水。他们在饭桌上效仿，发现如此喝法会让自己把喉头咳出来。

六瓶酒喝完后，离太阳落山尚早。他不忙着站起来回家，而是会再敲一会儿。空瓶的增多，让他的敲击声更加响亮了。就在这时，他会发现自己的衣袖弄脏了，袖扣松开了，他会先拍干净袖子，再把袖扣扣上。回家时，他会在拿起酒瓶之前，先拍干净坐脏的屁股。他放在地上垫屁股的纸经常会无故消失，不管带了多厚的纸，不到几天都会不见。从那以后，他不再带纸，而是一屁股坐在黄褐色的泥土里。拍干净屁股，在身上插满空酒瓶后，他就要回家了，回到那个温暖的家。

踉跄着到家后，他不会直接倒在床上睡到天明，而是会先刷牙，洗漱，再把那身衣服一件一件脱下来，在衣架上挂好，然后把那双皮鞋也放好。做完这些，他才会掀开叠得整整齐齐的被子，钻进去，盖上被子。呼声响起，月亮升起，他的梦乡又响起皮鞋的踏地声。第二天他会准时醒来，继续前一天的穿衣仪式。

每一个新一天的到来都让他心事重重。他总觉得好像还有事情没有做完，然后就会想起好像还没有喝酒。于是，他会打开衣柜，穿好西服，穿好皮鞋，装满酒瓶。装酒的时候又会生出另一个疑问，那个放酒的房间怎么多了这么多空酒瓶，是不是被谁偷喝了？但这个疑问不会保持多久，他会去拿另外六瓶没有启瓶的酒，然后伴着朝阳踏上通往那个路边的路。别人一听见皮鞋声响起，赶紧把在门外刷牙洗脸的小孩、婆娘、爷爷、奶奶叫进来，然后关紧大门。嘴上还有牙膏泡沫的小孩也会把眼睛贴在窗户上，看着气昂昂的酒徒踏步走过。这些小孩刚开始不明白为什么每个人都不待见他，会不听劝阻跑出去，跟在这个酒徒后头。

清醒的酒徒突然听到脚步声好像变多了，正在奇怪之际，看到地上的影子好像也多了，不仅多了很多不合拍的脚步声，也多了很多歪歪扭扭的影子。这个时候，他就会把右半边脸扭过去。哇，后面跟的都是小孩，都在学他走路，但没有得其精髓，不是趿拉着步子，就是驼着背，更有甚者，还背着手。他生气了，要去教他们如何正确走路。那些小孩猛然看到那半张脸，“哇，鬼啊”，马上全跑光了。他也不生气，还是继续走自己的路。

从那以后，小孩不敢再学他走路，路上遇到他也躲得远远的。他就这样每天重复一样的动作，直到上幼儿园的他进小学、升初中、上高中，到如今顺利收到大学录取通知书。他很奇怪，一直不受待见的酒徒怎么突然会跑进竹篾匠家，而且和竹篾匠推杯换盏。

第九章　重塑面具

自从第一天上学在路上遇到了这个酒徒，他就不敢再走那条路了。父亲见开导没用，想出了一个主意，在酒徒出现前去幼儿园。年幼的他答应了。他躺在床上睡不着，脑子里老是出现酒徒敲击酒瓶的声音，而且酒徒那恐怖的半张脸经常跳进他梦里惊吓他。他只好睁着眼睛睡觉，但天花板上又会出现那半面脸，那颗眼珠好像在脸上挂不住，时刻会从上面掉下来，砸在他的被子上。天终于亮了，他忐忑地从床上起来，背上书包，拉着父亲的手走在那条路上。离那个路面越近，他的心越害怕，就怕撞见那个怪物。好在酒徒不在，他把心放回肚里。不好，身后好像有脚步声，不敢回头，拉着父亲赶紧跑。父亲笑了，往后看了一眼，说："不是他。"他不信，还是不敢回头。要到了那个有铁栏杆围起来的幼儿园，他才敢松开手，偷偷往后看一眼，听到好像有什么动静，又会耸耸肩膀，赶紧跑进教室。

父亲见儿子进去后，往回走。走到那个路口时，有时他会看到刚好坐下来的酒徒，有时则会迎面撞见他正好走来。酒徒那半张脸，让向来胆大的父亲也忍不住脊背发凉。他会看着酒徒目不转睛地迈着步子走过自己身边。从左侧看，父亲觉得他在某种程度上来说不仅不吓人，还很有派头。那些把眼睛放在窗户上的人这时就会悄悄喊父亲，让他进来。父亲看到窗户上扬起的手，会走到窗户边。里面的人把窗户打开，问他有什么感觉。父亲不太理解，让对方把声音放大点。对方只好放大音量，没想到吸引了正在行走的酒徒的注意。酒徒听到了，脚步迟疑了会儿，然后继续往前走。这句话是："你觉得那个怪物好笑不好笑？"

父亲听后，跟他们说："你们才好笑。"

父亲接儿子放学时会先去路边看看酒徒回家没。看到酒徒扭着脚步往回走，父亲也要去幼儿园接儿子放学了。他们又会迎面撞上，看着醉醺醺、满身插满酒瓶的酒徒，父亲会长叹一口气。父亲每天都要和酒徒错开时间才能送儿子上学，接儿子放学。即使有父亲作陪，那张脸还是经常会出现在他脑海里，他感到非常害怕，甚至在牵着父亲手的时候，那张脸好像也会出现在面前，他只好把头转过去，这一转过去刚好看到了正走在后面的酒徒。酒徒也刚好把脸转过去，看那些学自己走路的小孩。他看着酒徒的后脑勺，发现比他的脸好看多了，而且那身衣服真漂亮。他正看得出神时，酒徒却把脸转了回来，看到前面这个看自己的小孩，露出那个残缺的笑容。他吓坏了，挣脱父亲的手，赶紧跑。父亲看了一眼后面，往前追上去。

直到他进城念高中，酒徒还是每天重复一样的动作：每天早上去路边喝酒，每天晚上喝得醉醺醺回家。有一天，酒徒察觉情况出现了变化。他在路上踏步往前走的时候，看到有一扇为他而开的大门，从里面出来一个人。这个人是竹篾匠。竹篾匠招手让他进来。酒徒第一次改变方向，往一扇门里走去。竹篾匠让他侧对自己，他害怕他的右边脸。酒徒侧对着竹篾匠。竹篾匠掏出一副面具。这副面具涂上了白色的油漆，只露出眼、鼻、口。受到侮辱的酒徒生气地走了，第一次没有坐在那个路边喝酒。

他跑回了家，躺在床上想到自己悲惨的命运，眼泪打湿了枕。他是一名军人，多年前复员回家后在火中救出了竹篾匠的女儿。起火的原因是竹篾匠厨房没熄的灶火和那扇未关的窗。风钻进了窗，吹起了灶火，挂得到处都是的竹制品加大了火势。还没成为酒徒的军人见到房里有人呼救，跑进去救人。最后呼救者得救了，军人毁容了，右边脸被烧焦了，伤好以后，看得到白色的骨头。军人要让竹篾匠的女儿嫁给自己作为回报。竹篾匠的女儿死活不同意，最后跟个外地人私奔了。绝望的军人那身笔挺的制服也被烧坏了，从那以后，他每天穿着本来应该在结婚时穿的西服，来到离竹篾匠家最近的那个路口，借酒浇愁。

他第一天穿上西服时很不适应，第一次来到那个路口时，更加适应不了别人的目光。但时间久了，他就习惯了。他知道自己的酒永远都喝不完。因为每喝掉几瓶，就会相应增加几瓶新的。竹篾匠每天都会给他买好新的，做好饭也会端一点到他家。每当这个时候，竹篾匠都会觉得他当初还不如不救女儿，现在消失的女儿跟死了没什么区别。

那条路只要有他在，很多人就都不敢走。竹篾匠那天把门打开，把他叫进来，想把那副面具给他，没想到他不但不领情，还跑了。

"那天你为什么要跑？"竹篾匠问。

"面具会让我卸掉多年来的伪装。"酒徒借着酒劲说。

和父亲刚迈进竹篾匠家里的他冷不丁看到童年阴影，浑身直冒冷汗。他想走，父亲不让。他只好硬着头皮坐在一张凳子上。父亲跟对方打招呼，对方又露出那个残缺的笑容。他想背过身去，但想到这样做会不太礼貌，只好借故站起来，眼睛看看这儿，望望那儿，就是不去看那朵丑陋之花。

直到多年后无处可逃时，他才明白父亲当年的良苦用心。他不知道父亲是开始就知道那个酒徒在竹篾匠家，还是事后才知道。不管怎样，父亲那天晚上正好借助这个机会让他直面内心的恐惧。但说实话，效果不太好，那晚过去后，他想起酒徒，心里还是会发抖，只有到生命的最后一刻，这种恐惧才会最终消失。

父亲觉得儿子的恐惧来自内心，与外界无关。后来他才明白这不是托词。但那时他认为，如果没有能引起恐惧的源头，恐惧也不会在心里生根，更不会发芽。一座起火的房子不把过错推到火上，反而推给房子。这是一个很可笑的做法。对火本身来说，其实也没有错，前提是它不能去烧一些不该烧的东西。对那个酒徒来说，他本身的遭遇本来非常值得人们同情，但如果他一味借着自己悲惨的命运到处博取一些虚假的同情，结果只会适得其反。他毁容之后的现象即说明了这一点。别人最开始同情他，之后都恐惧于他烧伤的半张脸。失火后总结起火原因才是明智之举，受伤过后戴上面具不出去吓人才是他应该做的——那种无声却执拗的抵抗会牵连很多无辜的旁观者。

当他的生命到最后一刻的时候，他才深切理解了那个毁容者的做法，从而改变了自己当初轻率得出的结论。只有到了刑场那一刻，他才真正开始理解故乡那个是军人也是毁容者更是酒徒的男人。他的重复不是抵抗，更不是抗争，而是试图挽回某些模糊却又真确的影像。在这个影像里，有他永远值得骄傲的军旅生涯，更有他那张英俊的面庞。这些虽然都消逝在了残酷的时光里，但能在每日醉态时看上几眼，想必此生也没有什么遗憾了。

想到这儿，他非常后悔那天晚上对酒徒说出的那句话：“丑八怪。”

第十章　致献歌者

无名街是他此生最后一个栖息地。他在无名街上见证了太多喜怒哀乐。无名街是一个缩小的世界，每天都有人出生，有人死亡。沿街两侧每年春天都会飘满柳絮，街头的广告每天都会有所变化，走在街上的行人每天的着装都会不同。

对他来说，缓慢地生活，缓慢地死亡，就是上天赐予的最大福祉。但要实现这个卑微的愿望，他需要牺牲很多，譬如他的姓名。居住在无名街上的人每天都会看到这个沉默寡言的他，他们从他的外貌判断，他的年纪不会很大，最多三十出头。但一个三十岁的年轻人像一个老人那样满怀心事，他们不知道他年轻的生命遭遇过什么磨难，以至于让他看起来郁郁寡欢，一点都不像年轻人。如果他们去地铁上看看，去办公楼走走，就会知道，在这座城市，所有的年轻人都是一种样子：不会笑，与人交流仅限于社交网络。

这些年轻人来自五湖四海，这座城市是他们最终的目的地。一座承载了大多数年轻人希望的城市本该是生机勃勃的，但人们看到的是令人窒息的沉默。各怀心事的年轻人过早地老去了，本该能取悦他们的柳絮、广告、着装也让他们丧失了兴趣。

但他和别的同龄人还是不太一样。失去了故乡意味着他以后不能衣锦还乡，意味着这座城市就是他最后的栖息地。拥有故乡的人不需要靠回忆活着，失去故乡的人才需要每日生活在回忆里。从这一点来说，他一直生活在故乡，生活在他记忆里的故乡。

这么多年，他从事过很多工作。他之前从未想过自己会做这么多工作。刚来时，他靠街头的小广告寻找工作，等有了点钱后，他买了台二手电脑，登录各大招聘网站海投简历。工作所获得的薪酬只能勉强维持他的生计，并无多余的让他换房子，至于外出旅游，只能在梦里想想。

他从来没想到生活会如此之难。这些工作不是他自动辞职就是被人劝退。他不是在找工作就是在找工作的路上，永远无法摆脱这个循环。生活勒得他喘不过气来。每当这个时候，他就会更加理解曾祖父的做法。

曾祖父不管灾年还是丰年都会偷偷藏匿大米。他一生遭遇过很多天灾和人祸。这些天灾多数由人祸造成。在他漫长的一生中，他最后甚至仅凭鸡啼蛙鸣就能知道这一年是灾年还是丰年。但作为重孙子的他，只有摸口袋和去银行查看户头时才会知道钱还剩多少。每到荒年，每个人都瘦得皮包骨头，歉收的稻田里，只有田鼠还很肥硕。在每年的开春，曾祖父喂鸡的谷子较其他时节会增加很多，有时他就这样两手抱着那个装满稻谷的簸箕，慢慢跨过门槛，走到院子里。院子里的鸡都从打开的鸡笼里出来了，看到曾祖父过来，都会迎上前去，用嘴啄他的长衫。

曾祖父这时就会把簸箕里的稻谷全部倒在地上，然后蹲下来看鸡的吃相。如果鸡啄得很快，像捣蒜一样迅速，他就知道今年又要歉收了，如果鸡只叼了几粒就跑到墙根撒野去了，他就知道今年会丰收。然后他就会把倒在地上的谷子重新装回簸箕里。父亲看到这个老不死的又在浪费粮食，不仅会生气，还会放下镰刀、锤子，找别人抱怨。

父亲只看到曾祖父把谷子倒在地上，从没看到他把谷子装回簸箕。因为还未等曾祖父把谷子装回去，父亲就已经走出家门，向路上他能遇到的任何一个人抱怨、唠叨。曾祖父看到鸡吃谷子如捣蒜时，脸色就会很难看；看到鸡厌食时，才会绽放出缺牙的笑容。收回谷子后，他也会走出家门，有时候会遇见正在和别人说他闲话的孙子，他以为这两人正在讨论今年的收成，也会凑上去听上一听，看看他们说的是不是和自己想的一样。但往往他越听越不对劲，他们的对话无关收成，而是历数他这个听众的不是，不是说他吃得比年轻人多，就是不珍惜粮食。听到这儿，曾祖父就会生闷气。只有在他生闷气的时候，父亲才会知道后头有人，这才把头转过去，看到这个老不死的把胡子翘上天，就知道自己的话都被他听见了。但父亲不怕，他不仅背后说他坏话，当面说的也不少。反正这个老不死的忘性大，到了饭点自动就会忘记。

曾祖父不解释，只生气。生完气继续往前走，他要去田边听蛙鸣。每当他走的时候，父亲也会往家走，回去拿上他的镰刀、锤子，该干什么干什么去。曾祖父来到田边，看着这些四四方方的稻田。稻田里刚灌满了水，很多人在犁田，也有人在锄草，还有人在田边逮青蛙。曾祖父不敢下田，当年种田一把好手的他上了年纪后看到稻田就头晕。

这些四四方方的稻田，过段时间就会插满横平竖直的秧苗。别人插秧都要靠红色的插秧线，把插秧线插在田的前后两个位置，然后左手拿上一捆秧苗，右手把一株株秧苗插进田里。大人每插完七株或八株往后退一步，小孩的双臂长度只够插上三株或四株。站在田边看插秧的人就会看到小孩插了三四株秧苗往后退得可快了，很快就把大人甩在前头了。大人插着插着，突然发现空间变窄了很多，只够插四五株了，站起来往后一看，小兔崽子把秧苗插得像一条蛇，七扭八歪的，只能拔掉重插。

小孩不能比大人快，一快，秧苗就会不齐，必须比大人慢。大人每插完几行，就会抬头看一眼，看看对没对齐，对齐了继续往后插。插秧线对秧苗的整齐程度作用很大，一般一块田插三遍插秧线就够了。曾祖父年轻时，不用插秧线就能把秧苗插得又快又直。他手持青秧插满田时，低头一般都能看到水中天，等到水中天由白云朵朵到晚霞满天就知道一天过去了，要回家了。然后他就会从田里起来，洗干净双脚，站在路边看一眼自己插的秧苗，像军队一样整齐。别人也会去看他插的秧苗，发现自己用了插秧线还是没他插得齐整，就会向他讨教。曾祖父张开还没少一颗牙的嘴，说一句令人摸不着头脑的话：“把退步当成向前就行了。”

但这句话也不是百试百灵。在接下来的几年里，人们把秧苗插得密密麻麻，以为能插多少秧就能收获多少粮食，曾祖父的插秧手艺很快没了用武之地。在这种情况下，不需要什么横平竖直，更不需要所谓的种田好手。就是在那年春天，年轻的曾祖父喂鸡时发现了荒年和丰年的规律。他发现鸡啄稻谷很快，好像有谁抢似的。那年春天人们把秧铺满稻田后，以为能在秋天丰收，没想到秋天到来以后，满田地的杂草，让他们以为粮食都被人偷走了。最后发现家家户户的粮食都不见了。曾祖父在那年秋天看到家里的鸡集体跑到一个偏僻的角落里，心生好奇，跟在它们身后，发现它们在那个偏僻的角落里啄什么东西。他跑上前，掀起地上的稻草，发现里面藏满了谷子。曾祖父一家就靠这些谷子度过了最初的荒年。

此后，每年的春天，曾祖父都会故意把谷子撒得到处都是，看看那些鸡的反应。不管鸡的反应如何，曾祖父都会偷偷藏起一些足够过冬的粮食。这些粮食让他在饥荒最严重的年月里也没饿过肚子。直到他的种田手艺又派上用场后，他还是没有改掉这个习惯。

曾祖父只有听到蛙声才能最终确认这一年到底收成如何。他来到田边站着不动，再过一会儿，在泥水里翻动的铁犁上就会爬满青蛙，然后铁犁就会发出巨大的蛙鸣。如果铁犁上没有一只蛙，也没有蛙鸣，那这年的收成就会有问题。他看着这些熟悉的稻田，突然有些难过。上了岁数后，他就没再下过田。刚开始，他不服老，不听劝阻地要下田插秧。很多人插秧都不讲究了，只要秧苗之间留了缝隙，也不管对齐与否。曾祖父眼见如此，几次三番要下田做个表率，就像多年以前一样。但他真的老了，脚刚踩到田里，浑身就哆嗦了，等到他拿着秧苗蹲下准备插时，看到深邃不可测量的水中天，差点一头栽进水里。从那以后，他不敢再下田了。他看着那些插得东倒西歪的秧苗，开口大喊大叫。在田里插秧的人听到声音，把头抬起，看到这个老鬼在路上绕着圈，那把胡子翘得老高，就知道他又想教人种田了，又要说“把退步当成向前”这句鬼话了。

又过了一段时间，他来到田边，发现人们把插秧改成抛秧了。他们手托着秧苗，把秧苗抛到田里，不仅不要蹲下，也不要从前往后退，而是把秧苗抛向每一个角落，直到田里青满。有时抛完了，走上田埂边的时候，发现田里有块地方少抛了几株，就又往空中抛几株，让它们落到空出来的地方，直到眼前绿油油一片。曾祖父这才发现，他真的老了，很多东西他无法理解了。他以为这又是荒年的预兆，赶紧回家藏好大米，没想到秋天地里非但没有歉收，而且那些黄澄澄的稻谷看上去好像更密了。

从那以后，他会忘记每年春天藏起来的大米。每次等回过神来的时候，都过去了好多年。曾祖父去世以后，父亲收拾老屋时发现，老屋的墙角放满了大米。这些大米都被虫蛀空了，在阳光下像尘埃一样随风飘散。父亲望着空中出神，好像听到那个老不死的又在院子里喂鸡了，赶紧跑过去看，没发现他的身影，只有几只互相追逐的鸡。来到那条通往田边的路上，也没看到人影，田里的蛙声响彻一片。

父亲打电话跟他说时，他正走在飘满柳絮的街上，为当月的房租犯愁。父亲说家里的老屋发现了很多红军标语，从县里来了很多记者。

父亲本以为能靠这些标语向上面申请一笔钱修缮这座古老的房子，但一直没有下文。随意寒暄几句后，他挂断了电话，在这个遗忘的年月里，城市街头的标语每月都会变更，这些象征意义大过实用价值的标语，在人们还没有完全记住之前就换成别的了。

那个时候，他还不知道父亲想他已经想得快发疯了。他以为父子之情仅靠电话维系就已足够，从没想到父亲只有见到他的面才能完全打消内心的担忧。他看着飘飞在眼前的柳絮，从兜里掏出写着将要面试的公司地址的字条。一张不大的纸上写满了一天之中需要面试的三四家公司。刚开始，他把公司地址记在手机上，但经常突然没电的手机让他只能信任笔和纸。就是在那天，他在一家公司见到了之后会成为他朋友的那几个人，虽然这几人在工作之外从没和他联系过。

他对这份得来不易的工作格外珍惜。他到现在还记得面试官问他的那个问题。有很多公司都问过他这个问题。这个问题几年前还可以用实习搪塞过去，但和他同一届的大学生相继步入社会后，他只能换一个说辞。

“你毕业没？”

“提前出来实习。”

现在这个问题他有了标准答案：“我肄业了。”

最开始的几份实习工作，公司见他在当初保证的时间过了后还是没法拿出毕业证，只好请他另谋高就。现在这家正在面试的公司听到他这个回答后，又问他为什么没继续念书。他知道，只要自己还要靠工作养活自己，就得回答这个问题。如果以后还得更换无数份工作，那这个问题永远不会有完结的那天。他不知道该怎么回答这个问题，来的路上打的那些腹稿看样子无法让这个戴眼镜的面试官满意。

“我认为，不管有没有毕业证，我都能胜任这份工作。”他说。

面试官看他很有自信，就没有多问什么，现在只待时间证明他说的话是否属实。面试官有耐心等到验证的那天，让他下周一来上班。

他从兜里掏出那张字条，不知道还要不要去另外几家公司面试。他站在路边想了很久，把字条丢了，走了几步又回去把字条捡起来，记下下周一要去上班的那家公司的地址后，把字条丢进了垃圾桶。然后他走在前方路上，较之来时的心事重重，他回去时心情愉快了很多，不出意外，这个月的房租只会迟交几天，不会再像以前那样拖延十天半个月，导致连夜被房东驱赶。他经常被这样扫地出门。现在终于不用再过那种夜里睡到一半就怕有人闯进来的生活了。他来到一个广场上，广场上有很多游人。

有玩耍的游人，也有一些同样为稻粱谋的作画者。这些作画者身边有两张矮凳，一张自己坐，一张供买画者坐。买画者端坐在矮凳上，露出口眼耳鼻，让作画者在纸上描摹出五官。作画者脚边放了许多画好的画像，这些画像有明星，有各国政要，均是作画者能力的证明。有意向买画的人就会在矮凳上坐上半个小时，等作画者点点头说可以了，就会活动活动肩膀、四肢，然后站起来走过去看刚画好的画像，看到里面的人和自己长得不太一样，就会噘起嘴巴，心生不满。作画者再三保证没有任何丑化也不管用，最后只能掏出事先准备好的镜子，让买画者当场验证。买画者照镜子后终于找出不妥之处：画像的刘海儿和镜中的刘海儿走向不一致。作画者哑口无言，怎么解释也枉然，最后只好把画免费送给对方，好让对方闭嘴。

买画者得了画以后，走过来和坐在石凳上的他说，千万不要去画像，还不如拍照呢。说完从兜里掏出一部手机，当场自拍起来，看着手机里的自己大眼尖脸，尤其那张脸更是白里透红，就丢掉手里的画像，满意地走开了。他捡起地上的画像，看了一眼，走到作画者身边，说："你画得很好。"然后把画放到那些明星和各国政要之间，虽然从长相上看有些突兀，但从作画技巧上来说无疑也是对方能力的体现。

他坐在作画者旁边看他工作。每画完一幅画需要半个小时，一天下来，他只画了寥寥几张。剩下的大部分时间里，作画者都没有生意，只好用来画天上的流云和那些玩耍的小孩。小孩的手里捧着好大一朵棉花糖，边咬边走。他看到被咬了好几口的棉花糖，也想去买朵尝尝。但卖棉花糖的摊贩已经离开了，棉花糖生意很好，不到一会儿就卖完了。作画者看着游人越来越少的广场，也准备收摊回家。

面对突然空下来的广场，他只好把视线放到天上。故乡的很多人都站在白云里冲他笑。他从石凳上站起来，走向他们。但他每靠近一步，他们就往后退一步，等到他无法再往前走的时候，他们也不见了，只留下白云在空中变化着形状。每当这个时候，他的心就会变得格外平静，只有在这样的时刻，他才会不去想那些心事。关于生活，关于将来，凡此种种，都变成白云飘走了。他到现在还记得找到工作这天的情形。他站在广场上收获了和那些小孩一样多的喜悦，这些喜悦只在他刚来这座城市时去动物园那天才有过。

这些本来稀松平常的事物在他眼里却变得一点都不平常，比那些高耸的办公楼、热闹的商场有趣多了，可能这些是唯一不带有物质色彩的事物，或许这也是他在上班没几天就要请假去出席那个普通人葬礼的最根本原因。

他往回走，广场上的欢声笑语被他捂在心口慢慢回味着。很多人都下班了，走在和他相反的方向，往车站走去，不是进入越来越深的地铁，就是钻进越来越高的公交车。这些或游走于高架桥或潜伏于地下的交通工具从他的头顶和脚下呼啸而过，他感到地面在微微发抖。当他那天坐在一辆开往葬礼方向的公交车上时，他发现自己像坐在船上，而窗外的地面就如波光粼粼的海面。

看到在夕阳下拥吻的情侣，他也想恋爱了。他想起故乡嘹亮的歌声。故乡的那座山每年春天都会响起歌声，那是年轻男女在用歌声互表爱意。相比城市谈恋爱的单刀直入，故乡的恋情总是多出一种说不清的婉转。当他离开故乡时，他觉得这种方式略显矫情；当他在城市生活多年后，他觉得这种方式可以有效地维系爱情。爱情由两部分组成，前半部分是情爱，后半部分是琐事。当情爱褪色后，便由琐事登场。很多爱情往往结束于后半部分到来之前。而故乡的歌声不仅可以缓解劳作之余的疲惫，也能有效治愈琐事的烦扰。

如果有谁向他寻求延续爱情的良方，他会建议对方去他的故乡看看。歌声虽在旁人听来不太动听，但对于沉浸于此的男女双方来说，不啻于沙漠之中的甘霖。爱情是这个世界上唯一不受控制的情感，不管是冰冷的刺刀还是残酷的子弹，都无法分开一对热恋中的男女。很多时候，爱情不分男女，更加不分年龄。爱情可以出现在任何年龄段，只要双方有爱的能力。

没有谁能比曾祖父听过的歌声多。当他还是种田能手时，他就伴着响彻在耳际的歌声插秧；当他上了年纪时，歌声不是在他走街串巷时出现，就是在他去往田边的路上骤然响起。他对这种歌声抱有极大的热忱，这也是他和别人不一样的地方。其他人收获了爱情后，便不再去往那座堪比媒婆的山，只有砍柴或打猎的时候才会再次上山。

发明出用歌声传情的人非常伟大。活了将近百岁的曾祖父说不出来谁是第一个上山唱歌的人，也不知道第一个唱歌的人是男还是女，只知道在他出生前，这种方式就存在了。他也是这种歌声的产物。歌声响起一年后，他就出生了。关于小时候的记忆，其他差不多都忘记了，只有这种歌声一直回荡在脑海里。当他成年后，他也是通过这种方式认识了曾祖母。

春天到来后，歌声会在山上经久不息。当歌声彻底消失时，人们会发现新人增多了。曾祖父年轻时，有一种歌声却到了夏天还没有消失，不知他是不堪其扰，还是有意也想去试试，总之他见所有成年男子都败下阵来后，也在一个早晨上山了。那时的山还没有这么多坟墓，那个水波荡漾的鱼塘也还没有出现。山上青葱一片，撩拨着曾祖父年轻的心弦。他在一棵高大的杨梅树上见到了一双穿着绣花鞋的脚，这双脚摇摆在枝干下，迷离了曾祖父的双眼。他把眼睛往上抬，看到了一对不合衣的胸脯，他的心跳瞬间就快了，然后再往上看，那个脖子在绿意盎然的枝头白得明晃晃，白得让他不知道说什么好。

但心气很高的曾祖父自恃见过世面，这样的场面还不至于让他走不动道。只有看到对方的脸时，曾祖父才觉得自己中邪了。他就这样从下往上瞟，等看到那张长有一颗痣的嘴角时，他的眼睛就无法动弹了。这颗痣让他觉得比枝头的杨梅还止渴，让他此后想起这颗痣就忍不住地吞唾沫。这颗痣长在嘴角，微翘的嘴角长在一张巴掌脸上，巴掌脸上有一个刚好沾了一颗露珠的鼻子，鼻子上有一双眨眼时会眨进空气的眼睛。这是一双会呼吸的眼睛。眨眼时，眼睫毛像展翼的蝴蝶。那只蝴蝶就这样飞进了他的心里，在他心里留下了甜蜜的花粉。之后，为了采蜜，他使出了浑身解数，简直比下地干活儿还辛苦。他第一次发现谈恋爱原来很费嗓子。

曾祖母那天爬上杨梅树后，看到低矮的白云和吹拂在山间的微风，年轻的心也不禁雀跃起来。她随手摘了一片杨梅叶，叼在嘴里。杨梅尚青，还未成熟，然后她晃动着双腿，眺望远处。上山的那条路已经不像前几天那么热闹了，而是沉寂了许多。她把双腿摇啊摇，嘴里的那片杨梅叶咬烂了，还是无人来。正当她准备下树，拍拍屁股走人时，眼前的灌木丛里突然有异动，她的心一紧，可千万不要出来一头野猪呀。不是野猪，又是一个傻男人。只见这个男人鬼鬼祟祟，好像在找什么东西，真是傻，看东看西，看前看后，就是不往上看，连树上坐了这么个如花似玉的姑娘也不知道，没劲。她故意不吱声，她才不愿对一个傻男人唱歌，她要等对方把头抬起来时吓他一跳，最好把他吓死。

她就这样摇晃着双腿，看着树下的男人无限靠近自己，又无限远离自己。还别说，这个臭男人的头发还很密，不像前几天那些男人，年纪轻轻，脑壳中间却稀得能看见脑浆，耳朵两边的头发多有什么用，把耳朵都遮住了，难怪听不出自己的歌声。这个男人的头发不仅多，中间那个旋儿可真深啊，都说发旋儿深的人脾气冲，她倒要看看到底是他冲还是自己冲。那两个肩膀也很厚实，好像出汗了，真想跳下去摸一摸啊，肩膀厚的男人力气应该也不会小，要是能将自己一把扛起来抱下山去，那她以后就跟他了。想到这儿，她的两颊热得慌。这破天气！

不能再逗他了，再逗，他就要跑了。可又不能先开口，听说谁要是先主动，以后就有的受了。愁死人了，得想个法子敲敲这块榆木疙瘩。她把眼睛放回树上，看看树上有没有什么枯枝可以丢下去。看了一圈，没有，只有满树的绿叶。叶子也行，但又怕叶子落地会被当成风吹的。有了，可以学鸟叫，学鸟叫就不算自己先开口，将来提起也好说。于是，她学着树上那些鸟叫声，还是没用。她学得太像了，被他当成了真正的鸟叫声。除了鸟叫，还可以学其他动物的声音，或许也能提醒他树上有人。学些什么好呢？对了，野猪。野猪这么大个头，他一定会发觉的。野猪怎么叫？野猪叫起来和家猪差不多。“哼唧，哼唧。”这不哼唧还好，一哼唧，这个胆小鬼马上见缝就钻，最后跳到一棵树后面，还把头慢慢移出来看，那双眼睛瞟瞟这儿看看那儿，以为真有野猪出来咬他了。

她不敢再哼唧了。真是笨蛋，哪有野猪会上树的呀，那双眼睛不会动吗？只在地上来回看，也不知道往上瞧瞧。野猪叫也没用，她就真的一点法子都没了。没办法了，只好开口唱歌了，以后他要是拿谁主动这话硌硬她，她就可以说："我在树上好好唱我的歌，是你自己跑过来的。"想到这儿，她深吸一口气，清亮的歌声就出喉了。

曾祖父听到歌声后，终于看到了那双腿，又看到了那张脸。虽然他心里早已乱了，但也不能表现得过于明显，又不是没见过女人。曾祖父听出了对方歌声的意思，这是在问他叫什么呢。叫什么哪能这么快告诉你，得让你猜猜。于是曾祖父也唱起了歌。曾祖母一听，好啊，还拿腔拿调，竟不把名字告诉自己。她也扭捏起来，以退为进，歌声听上去像还没离巢的雏鸟。好，既然你不主动，那就别怪我主动出击了。曾祖父把歌声变换成倾盆大雨，誓要对方覆巢。曾祖母一听，这还了得，覆巢之下安有完卵？也飞出去，与对方搏击。曾祖父见状，兴奋难耐。这回看你还怎么跑。歌声时而像雄鹰，时而像暴雨，时而像刀锋。曾祖母在雄鹰面前把歌声变成弓箭，在暴雨下变成雨伞，在刀锋下变成硬石。几番回合下来，曾祖父大汗淋漓，嗓子冒烟，这臭娘们儿还真有两下子，他不敢再轻敌，使出吃奶的力气，非得亮出几招找不着破绽的招式。对，速度。于是他的歌声听上去立马变成像狂奔的脚丫子，曾祖母在后头追得上气不接下气，但脚步丝毫没有放慢。这个臭老爷们儿跑就跑吧，还在路上设置障碍，不是移来一座山，就是端来一条河，好在你有张良计，我有过墙梯。遇到山，她就插上翅膀飞过去；碰到河，她就坐上大船渡过去。看你还有什么能耐！

曾祖父见大川大河都无法阻止对方的脚步，跑得更快了，设置的路障更多了，不是在地上撒一把豆，就是砍倒一棵树，要不是为了蓄力，说不定他还会让大路裂开一道巨大的口子，让后头紧追不放的婆娘掉进去。曾祖母见路上撒满了豆，马上换上橇鞋，顺利滑了过去，速度竟比对方的还快，还能一跃而起避过那棵挡路的大树，最后居然比对方先到。看着对方在身后扶腰喘气，她笑得不能自已。

曾祖父见速度无法打败她，又想起比力气。为免到时说欺负她，就先从轻的开始比起。他拿起一块石头，把这块十斤重的石头高高举起。曾祖母提起一块更大的石头，举手过顶。他把石头丢下，抱起一棵树，把树连根拔起。她丝毫不怵，拔起两棵树，还捎带一树根的泥。曾祖父丢下树，驮起一座大山。曾祖母也驮起一座大山，而且山上还外加一家寺庙。只能比腕力了。曾祖父让她一只手，让她握着他的手腕，如果这样还掰不过自己，就让她两手齐上阵。但曾祖母觉得这样不公平，还没比呢，怎么知道掰不过你？必须手掌对手掌紧握。就这样，纵使曾祖父最后想双手一起上，也知道掰不过这个看起来弱不禁风的娘们儿了。

力气比不过对方，曾祖父依旧不服输，还想比身高。比就比。他们先从小孩开始比起，不分胜负后，又变成泥土房，还是不相伯仲，又变成大山，个头还是一般高。变成拔节的竹子，长到实在无法再长时一看，又是一样的高度。一个要是变成孙悟空的金箍棒，一个就变成如来佛的五行山。看到这么比下去说不定会捅破大天，双方只好回到各自的身高上来。曾祖父见到比自己矮几厘米的曾祖母，刚想宣布自己获胜，就看到对方那双绣花鞋竟然增高了十多厘米，最后竟让自己矮对方几厘米了。

“不公平，”曾祖父大叫道，“穿鞋不算。”

“女人穿高跟鞋天经地义，”曾祖母说，“就像你们男人生来饭量大一样。”

好，那就再比饭量。曾祖父先吃掉一亩稻谷、两笼鸡，曾祖母也吃掉一亩稻谷、两笼鸡后，又喝了一大锅粥。曾祖父再吃五头猪、四头牛、三只羊、两只狗和一只猫，曾祖母不吃狗和猫，把两只狗、一只猫换成了两头野猪。曾祖父见两头野猪的重量比两只狗、一只猫加起来还重，就没说什么。曾祖父觉得这么吃下去不行，即使把所有东西吃完了也分不出输赢，只能加作料，不能只加油、盐、味精、酱油，必须把口味加重，越辛辣越好，花椒、胡椒、辣椒、尖椒，总之什么辣就加什么。最后曾祖父辣得七窍生烟，四肢着地，又不敢喝水，怕一喝就没有多余的肚子吃东西了。曾祖母却像没事人似的，吃完还大口大口喝水，喝到一半，肚里咕咕作响，说要去方便一下，方便回来又吃了同等重量的食物。曾祖父也想排空肚子继续吃，但怎么往下灌水都没用，只好举双手认输。

“你算不错了，”曾祖母嗓子沙哑了，“从没男人能跟我比这么久。”

曾祖父赛歌输了，面子上挂不住，转身要走。这个女人太彪悍了，驾驭不了，这么长时间赛下来，自己是一点便宜都没占到，说出去真怕别人笑掉大牙。不过也有收获，起码知道了对方的身高、喜好、姓名和饭量。正要走，他却被对方叫住了。

“你还有没有力气？”曾祖母声音温柔了许多。

“还要比？”曾祖父回过头。

曾祖母见他曲解了自己的意思，扑哧一乐。这大老爷们儿真是嘴硬，明明输了，还表现出一副赢家的姿态。要是开春那会儿遇到他，自己也不至于在其他男人身上浪费这么多时间。不过这也要怪自己，一双眼睛白长了，无数次走过对方的家，就是不知道里头住的就是自己一直要找的男人。早知道的话，也不必每天山上山下地跑。几次经过对方插秧的田，就是不懂开口亮一嗓子。要是早亮，说不定在地里插秧的他也会开口。

不过，好在遇到了，总算没有错过。既然对方能和自己比这么长时间，还知道了自己的情况，就没有再放手的道理。她也不怕谁会说闲话，先把话撂在这儿，就是你了，你就是我要找的人。以刚才赛歌的情况来看，他对自己也是有那层意思的，不然怎么会在几个关键时刻率先举手认输，就是怕她太累了。还没在一块儿就知道心疼人了，这样的好男人上哪儿找去？想到这儿，她的眼波含情，倒让曾祖父有些莫名起来。他摸着头，看着她，看着她脸上的汗水打湿了发，看着她剧烈跳动的胸脯，看着她慢慢从树上下来，赶紧跑过去搭把手。她顺势跳进了他的怀里。

一切尽在不言中。曾祖父扛起她就往山下走。山间的风吹落了他们的汗珠，他闻到一股香味，她闻到一股汗味，然后把头伏在他的肩头，看着慢慢移动的地面，闭上了双眼。他扛着她，双手一时不知该往哪儿放，最后试探性地放到对方腰上，那曼妙的腰肢就这样让他跳开了手，不好意思再摸。他只好把手放到对方的肩头，肩膀小小，只手可握。发抖的肩膀让他的心思乱了，后背经常被那团厚实的胸脯撞击，撞得心里那只小鹿慌不择路，无处可逃。

裤裆里像装了千斤坠，不能走路了，他只好把她放下来，歇歇再走。她以为他没力气了，要自己走，他没让，说休息会儿就行了。他不去看她，半蹲着身子，不敢让对方瞧见他裆部支起的伞柄。那块地方很胀很酸。她还不解其意，非得让他转过来。他只好两手挡住那里，站在她面前，站不直，佝偻着。他脸上的汗更多了，就怕对方靠近。再近距离闻到香味，他可就把持不住了。年轻的曾祖母以为对方生病了，吓坏了。

“你都不知道，这个老不死的当年有多逗。”曾祖母跟年幼的他说。

他刚开始也以为曾祖父病了，可不，唱了这么久，最后还得背曾祖母下山，就是个铁人也撑不住。但当他长大后，他才知道曾祖父不是病了，而是憋得难受。他在街上见到一些穿着清凉的女孩，也会突然走不动道，需要坐下来休息好长一段时间才会好。曾祖父和曾祖母相识的过程，经常让他觉得爱情真是一件非常美好的事情。可他没有曾祖父幸运，一直没有找到能与自己“高歌一曲”的女孩，这些年兜兜转转，不仅没找到一个合适的女孩，最后还落得个只能在应召女郎身上买醉的下场。每当想到这儿，他的眼泪就落个不停。这些眼泪为自己而流，也为曾祖父和曾祖母而流。随着他们双双驾鹤仙去，世上或许不会再有如此缠绵悱恻的爱情故事了。

曾祖父休息完后，又一把扛起曾祖母。就是这最后一次的拦腰一抱，让曾祖母决定此生非他不嫁。然而，他们之后的爱情旅程远没有在山上时那般传奇和甜蜜。他们遇到了很多阻挠。在那个年月，门第之见还很森严。大家看到一个种田的扛着一个地主家的闺女下山时都吓坏了。曾祖母的父亲更是气得好几天吃不下饭。

“最后怎么样了？”他小时候问曾祖母。

在他的小小的脑海里，他以为这又会是一出冲破千难万阻最终以大团圆结局的喜剧。长大以后，经历得多了，才知道每一出喜剧后面都藏着诸多血和泪，每一出喜剧皆由无数悲剧构成。亲历者的轻描淡写远不能道出其中艰辛之万一，倾听者也无法感同身受。后人唯一能做的，只是感叹一声、赞叹一声。现在每每想起曾祖母讲述这段往事时的神情，才知道她貌似平静的面庞深藏着万千苦楚。

而关于这段记忆，也随着曾祖父和曾祖母最终被火化而飘散。这段回忆，他不知道自己还能储存多久。看到车窗外相拥而过的情侣，或许可以在他们身上窥见曾祖父和曾祖母当年的一丝影子。

车快到站了。

第十一章　花绳悖论

收到录取通知书的那晚，父亲去见了每一个他认为有必要见的人。那些酒也是父亲认为一定要喝的。从那些人家里出来后，父亲本想带上他连夜进城，跟他的班主任致谢。儿子有今天，很大一部分要归功于他那个过早谢顶的老师。自从上了高中以后，他就很少和父亲一起进城了。每月的生活费不是自己骑车回去拿，就是父亲开着摩托车送来。

父亲开车送他到城里念书的那天，他第一次知道县城长什么样。之前，他在每个寒暑假都无限憧憬繁华的县城。他未亲眼见过的县城盛况，均从别人口中听来。每当有人从县城回来，他都会跑上前去，让他们讲讲县城最近有什么变化。小时候他感兴趣的无非是城里的游乐场，长大后，他把兴趣移到了城里靠近河岸的那个报刊亭。这个报刊亭在他念高中后打发了他很多周末的闲暇时光。相比变化缓慢的县城，报刊亭每日新增的书报极大地拓展了他的视野。在这些书报里，他知晓了县城之外的世界，原来外面的世界如此丰富多彩，每到这个时候，他就迫切期待高考那天的到来。只有考到外地去，他才能置身漩涡的中心，见证每一朵浪花的起伏。

他还记得小时候，他每天都在那个路口等待进城的人归来。风尘仆仆的归人远远地看到这个翘首以盼的小孩，有时会故意逗他，告诉他县城来了很多大象，这些大象都有长长的鼻子和长长的象牙，一不小心就会把人拱到天上去。他吓坏了，害怕大象真的会像那些进城归来的人一样出现在路口，把大地踩坏，将他吸进长鼻子里。

看到对方乐不可支，他就知道自己又上当了。这些人见他年纪小，总是欺骗他。但多年以后，当他在县城并未发现大象的踪迹时，他反而有点怀念当初的这些奇谈怪论。在县城念书的三年里，他一次都没见过大象，别人口中的马戏团也好久没来了。他还记得别人绘声绘色说起马戏团时的样子，好像对方就是马戏团里的小丑，正从舞台中央下来。而那些钻火圈的狮子、玩皮球的猴子、戴着项圈的马好像也会在对方的口哨声中做出各种取悦人的表情和动作。县城的马路仅供汽车行驶，没有多余的空间让笨拙的大象在上面奔跑。想到这儿，他也笑了。他还记得父亲载他进城那天，需要把摩托车暂停在路边，等着其他车辆通过以后，才能踩油门继续往前骑。

从那以后，他就不再期待马戏团的到来，而是走进那家无人光顾的报刊亭。兜售书报的老板娘在午后的阳光里打瞌睡，他翻起一张报纸，把漫长的午后时光打发在这些散发着浓重油墨味的报纸上。就是在这些报纸上，他发现了另外一个世界，这个世界比传说中的那些马戏团更有意思。久而久之，他对这些也厌倦了，每张报纸好像都是同一个人写的，腔调和观点大都如出一辙，但这个习惯他一直没有改变。来到城市后，他见到那些散落在各个角落的报刊亭还是会感到亲切，即使不买，也要翻一翻，闻闻上面的油墨味。随着时间的推移，很多人都习惯在手机上和电脑上阅读新闻，这些报刊亭一夜之间变得不合时宜了，只有一些上了年纪、戴着老花镜的人还在购买这些经年不变的报纸。

他那晚的心情和第一次进城时一样。对于外面，他总是心生向往。多年前，县城这个所谓的外地填补了他对外界的很多想象。多年后，就读大学的那座城市真真切切变成了外地。而母亲在他第一次进城时流露出来的担忧几年后照样还会出现在那张脸上。不同的是，那张担忧的脸随着时间的变化而愈加苍老了。当父亲得知他仅上了一年大学就要提前出来实习的消息时，表现得又惊又喜。在父亲的印象里，还从没听过大学生这么早出来实习的，喜的是儿子真的出息了，这么快就能出来工作了。在得知消息的那几天里，父亲问了很多人儿子将要去实习的单位和城市，最后打听到的消息好坏参半，只好让他自己决定。

第一次进城时，他一夜未睡，在脑海里刻画出了县城的每一条街道、每一座房子、每一辆车。当他第二天来到县城后，发现一切和想象中的不太一样，街道不宽，房子不高，汽车不新。好在高中校园让他略感欣慰。校园里有两棵高大的桂花树，每到秋天就会香满整片校园。他在这两棵桂花树的陪伴下，度过了三年美好的高中时光。现在对于高中生涯，他能想起来的已经不多了，前段时间，他特意联系了几个多年不联系的高中同学，发现他们都留在了县城，不是有了孩子，就是还在相亲的路上。他们口中的高中和他记忆里的有很大出入。直到此刻，他才真的发现，高中岁月已经过去很久了。

父亲很早把他叫起来吃早饭，他随便吃了几口就离了桌。母亲收拾好了他换洗的衣服，还去店里买了几片晕车药。这些晕车药坐摩托车用不上，只有三年后他乘坐大巴到市里换乘火车时才能用上。摩托车的后座比较窄，他只好把那个装满换洗衣服的背包背在肩上，才能坐上去，紧贴着父亲的后背。他就这样贴着父亲的背来到了县城。路上他和父亲两人一句话都没有说，通过后视镜，他看到自己青涩的脸带有一夜未眠的倦意，但又难掩兴奋。摩托车载着他们逐渐驶离不停招手的母亲站的那个路口。连绵的青山也在后视镜里渐渐消失。他看到父亲开一段路就瞟一眼后视镜。后视镜里有他那个第一天上高中的儿子，他紧绷的脸看上去很严肃，只有在他重新注意路面时，那张已有落齿征兆的嘴才会稍微放松。从小到大，他还是第一次通过歪斜的后视镜看清父亲的脸。他在已经远去的那个路口跨上摩托车后座时，还见到了那个连夜从城里回来的老人。三年后，这个老人已经无法再走远路了，只好每天坐在那个坍塌的墙角，沉默一整天。

在收到大学录取通知书的那晚，他又见到了这个沉默寡言的老人。关于这个老人的一切，他一无所知，父亲也说不清楚。没有人能够说出老人的姓名，或许只有那个已经去世很久的曾祖父才知道他是谁。在县城念书时，他好几个周末都能看到这个游荡在街头的老人。

这个老人驻足在每一个垃圾桶旁，长时间望着苍蝇在上面嗡嗡作响的食物残渣。但他又不像别的流浪者，看到垃圾桶就翻，见到剩菜剩饭就吃。他会先看看周围有没有人。没有人会留意这个面容憔悴的老人，只有一个高中生会在远处悄悄观察他。看到周围没人，他就会把垃圾桶里的东西一件件翻出来，把可以吃的用手擦干净，装在一只袋子里，有时候也会捡一些瓶瓶罐罐，放到地上踩扁，也装进那只袋子里，最后再把掏出来的垃圾装回垃圾桶。

然后他就会背着那只袋子来到城里那家收废品站，用换来的钱买碗热汤，就着食物残渣吃下肚。吃完后，他就伴着夕阳的余晖走在回家的那条路上。他把每次进城的时间都安排在早上，走上半天时间，就能在中午时分见到这个可以提供他食物的县城，然后在县城停留几个小时，在傍晚时分踏上回家的路，一般到半夜就能到家了。他在骑车回家的路上有时也会见到这个往回走的老人，但他不敢捎他，只会放慢速度，之后长时间地看着他。这个老人好像认不出他，从没抬起头看看他，始终在走自己的路。他走不上几步就从袋子里掏出一瓶捡来的水，仰起头喝上几口，然后擦擦脸上的汗水。

见不到这个老人的时候，就会把他忘记。收到录取通知书的那个白天，他见到那个猎户和老人坐在了一起。本想向猎户打听这个老人的情况，但他多年来也和猎户没有交集，不敢贸然开口。晚上，父亲带着他去见了每一个该见的人，喝了每一瓶该喝的酒后，正站在夜色下思忖要不要进城拜访他的班主任时，他突然在夜色中看到一双发光的眼睛。

第十一章　花绳悖论

借助朦胧的月光，他才看清是那个经常会跟他一起走在回家路上的老人。老人的背好像更驼了，正在翻找竹篾匠家的那个垃圾桶。竹篾匠在里面听到动静，来到屋檐下，看到这个老人，操起一把扫帚，驱赶他。他想上前阻拦，但被父亲拉住了。“狗东西，又来偷吃。”竹篾匠在老人走了后还在破口大骂。他听着很刺耳，有些不舒服。他站在路边想了很久，慢慢记起了这个老人的点点滴滴。

在曾祖父过九十九岁生日那天，他见过这个老人。但那时的老人和年近百岁的曾祖父比起来，未免太年轻了。年轻的老人从早上酒席还未开始时就站在他家院子外头了。很多来客都走进了院子，慢慢坐满了那十几圈凳子。每当谁家要操办红白喜事时，谁家的院里就会出现很多凳子和桌子。这些都是靠和他一样的小孩从每个人家家里搬来的，因为一个家庭无法提供这么多桌椅板凳。天还没亮，他就被叫醒和其他小孩去别家搬桌抬凳。每搬一家，牵头的小孩就会跟桌椅的主人说一句话：“到时别忘了来吃酒。”谁家有喜事，谁家的小孩就可以做这个牵头人。那天是他第一次做牵头人，非常神气，带领着一帮小孩浩浩荡荡地走进每一户人家。他忘记说那句话时就会被有过牵头经验的小孩提醒，这时他就会不高兴，噘起小嘴，说：“你家有喜还是我家有喜？”那个小孩一听，就会吐吐舌头，不再作声。

他们去时个个迈着大步，回来时扛桌的就会变成乌龟，拿凳的就会变成螃蟹，很多人不愿做乌龟，都想做螃蟹。僵持不下，只能听牵头人的。他指定几个比较大的小孩背桌子，又指定另外几个年龄比较小的当螃蟹。大家虽然不太乐意，但也没办法，毕竟这一天都要到他家吃饭。当乌龟的就弯下腰背起桌腿未卸的桌子，走在越来越矮的路上；当螃蟹的也把两三张长条木凳搭在一块儿，长条凳挡眼，只好横着走。而他这个牵头人看起来就轻松多了，手里只拿一张矮凳，走在前头，带领着一帮“龟兵蟹将”，很快就把桌椅在院子里摆放好了。看到那个老人站在院子外面，一个劲地用眼睛往里瞟，走过去招呼他进来，但他还是站着一动不动。

等客人都到齐了，菜也会一样一样地端上桌。吃得嘴里流油的他无意中看到院子外那个老人的脑袋不见了，马上跑到门边看。老人在和狗争抢骨头，狗争不过，从他裤裆底下钻进了院子，而这个老人咬完骨头上的肉后，看到地上很多烟蒂，蹲下身，慢慢往后挪，用手摸着地面，把那些烟屁股一个个摸到口袋里。他一抬头，发现一个小孩睁着一双眼饶有趣味地看着他，脸霎时通红，飞也似的逃走了。

以后在每年的喜庆日子里，他都会看到这个老人的身影。只不过这个老人一见到他就好像遇到了鬼，急急忙忙地跑走。他心里装满了问号，很奇怪老人为什么不像别人一样到他家吃酒席。曾祖父几次见到重孙盯着那个老人看，都会把他拉进屋，不让他看。他开口问曾祖父，可曾祖父每次欲言又止的样子让他心里的问号更多了。

那晚，再次见到那个老人，除了让他记起了小时候的事，一些在文学作品中看过的故事也不禁在他脑海里浮现出来。为此，他才明白，虚构的文学作品和真实的历史记载只有结合在一块儿，才能互相补充，互相验证，而关于几十年前那段历史的蛛丝马迹也在心里鲜活起来。历史书上的历史均由一句句统摄全局的话语组成，而文学作品中的故事则带有更多的温度。理性的分析和感性的故事遂在他脑海里时而条分缕析，泾渭分明，时而融为一体，不分彼此，最终把深藏在历史背后的每一张饱经磨难的面孔都真实地呈现在自己面前。而这个老人无疑是那段历史的亲历者，说他是一只替罪羔羊也不为过。这只无辜的羔羊由于在当年提了一些不合主流的意见，导致一生颠沛流离。

在曾祖父的插秧手艺派不上用场后，识时务的曾祖父很快也改变了自己的想法，和其他人一样把秧苗密密麻麻地铺在稻田里。只有这个老人始终梗着脖子，怎么都不肯就范。别人正愁找不到刺头，对这个送上门来的当然不会轻易放过。那个时候他们已经把家里的锅碗瓢盆都拿到县里炼铁了，家家户户都聚在一个大食堂里吃饭。这么多人围坐在一块儿吃饭的盛景此后只有在操办喜事时才会再次出现，换句话说，那些年里每一天的每一顿饭都好像在吃酒席。而且，也省去了搬桌椅板凳的过程，直接把每家的桌椅一次性搬到大食堂里，饭点准时落座就行，自动会有人把米饭和鸡鸭鱼肉端上桌。

刚开始，食堂里言笑晏晏，饭菜满桌，每个人都吃得肚儿滚圆，喜笑颜开。渐渐地，桌上的食物越来越少，有时甚至只有一碗菜汤，菜汤也没人端上来，要自己抱着碗去一口大锅里舀。有的人比较聪明，用勺抄大锅的底，在下面能舀出一两片肉，这让第一个舀汤的人后悔不迭，再想去舀时，锅已经被掀起来了，罩在地上像个碍眼的驼背。他们也把刚开始吃饭的盆换成大碗，再换成小碗，最后只能跟在那些狗的后头，企图与它们争食。他们看了一眼四周，发现能吃的都吃光了，山上的树皮都没剩多少了。不过他们并不担心，熬到秋收就能大吃一顿了。他们以为春耕时铺下去的秧苗能在秋天结满丰硕的稻穗，秋天到来以后，没想到只看见一眼望不到头的野草。这时他们才想起那个被批判游街的老人，那个时候老人还年轻，在那片空地上跪了好久，终于在那天等来了无数双脚。

老人的双手被绑着，突然看到这么多双脚，不再感到害怕，这些人这次应该不是来教训他的，而是来向他请罪的。对这样的情况，老人一开始就预料到了。正当他以为他们要把他的绳子解开时，没想到遭受了更加猛烈的殴打和谩骂。他们把粮食绝收都怪在了他头上，说，要不是当初他乌鸦嘴胡说八道，现在怎么会颗粒无收。他们还摔坏了放在老人身边的那个破碗。这个破碗在饥荒没来之前，每天都会有专人在里面装满饭菜，丢给不是跪在烈日下就是倒在风雨中的老人吃。

老人就这样每天跪着用嘴叼那些饭菜。刚开始，碗里的饭菜还比较丰盛，他以为真是自己错了，大锅饭原来真能让人们每天吃饱肚子。但过了一段时间，他就觉出了不对劲，饭菜里的油水越来越少，米饭也越来越稀，慢慢地，只能一日三餐都喝粥了。最后那些菜汤根本不能让他果腹，喝了也等于没喝。连续几天吃不上干的后，他才明白自己没错，而是大锅饭错了。大家都为此忧心忡忡，只有他很开心。他原以为既然错了，接下来就到改正错误的时候了，勤力点还来得及插上晚稻，来得及在冬天到来之前收割一些留作明年春天的稻种。他就这样每天跪在地上，等着别人来找他。

等了好几天，终于等来了他们。他看着那些脚，刚把头仰起，还没开口说话呢，那些拳头就像暴风雨一样袭来。没事，造成这么大的失误总要找个人出气，只要能改正错误，就算代人受过也没什么。他使劲忍受着那些拳打脚踢，把那些无边的谩骂当成耳旁风。身上一下子重，一下子轻，耳边一下子闹，一下子静。他们终于出完气了，打累了都躺在地上喘气。没吃饭的拳头有气无力，没吃饭的谩骂传不到五步远。他感到如释重负。

但他们休息好后还是没有给他解开绳子。他依旧被缚住双手跪在地上。那个年月，他的眼睛还好使，他清楚地看着他们抬着虚弱的脚步晃晃悠悠地离开。而他对面那堵黄褐色的墙壁上，雪白的标语几乎每过一段时间都会变化，起初是“鼓足干劲生产，放开肚皮吃饭”，之后是“勒紧裤腰带，建设新中国”，等到“打倒一切牛鬼蛇神”这条标语出现时，多了一股以油漆工、养鱼人、簸箕女、猎户等人的祖父为首的“一白二腥三瘸四枪”的革命小分队。他们负责砸一切可砸之物，毁一切能毁之人。如果这位老人不是事先有了几条罪名，提前跪在了地上，在革命小分队甚嚣尘上的那几年里，说不定也会和其他无辜之人一样，含冤而死，抱病而亡。

当又一年的春风到来时，他通过墙上的标语嗅出了空气中的变化。此后的日子里，他不用每天都跪在那片空地上，已经没有人管他了。他从家里出来，发现每个人都分到了田，而属于他的那几亩田由于暂时找不到所有者，成了无主之地，被众人瓜分一空。他为了那几亩田几次去县里讨要说法，均空手而归。在他跪地受罚的那些日子里，他的老婆跑了，儿子也跟他划清了界限。此后他一直生活在那座破旧的老房子里。几十年前，他成了墙上那些标语的受害者；几十年后，墙上那些关于致富的标语却把他给遗忘了。看着革命小分队成员把日子过得一天比一天红火，他只好每天沉默以对，饿了不是去翻别人家的垃圾桶，就是走上几个小时去县里。

他就这样每天在家里和城里往返。看着一个个小孩出生，看着那些小孩下地走路，在路上玩跳绳。看到跳绳，他想起了当年绑缚自己多年的绳子。他很生气，几次冲着跑上去，试图抢夺小孩手里的跳绳。小孩拖着绳子，一路跌跌撞撞地跑回家，告诉他们的爷爷。他们的爷爷有几个是当年革命小分队的成员，看到这个老不死的欺负自己的孙子，骂道："几年不绑，又皮痒了，是吧？"他只好悻悻躲开。又过了几年，他在路口看到很多小孩在玩花绳游戏。

所谓花绳游戏是取一段半米长的毛线，两头打结，做成绳圈，就可以在手上编出各种花样。这种益智类的游戏在玩具稀缺的年头非常流行，很多小孩都喜欢玩。

花绳游戏分为单人和双人。单人的玩法是将绳圈套在双手上，用双手手指或缠或绕或穿或挑，经过翻转将绳子在手指间绷出各种花样来，适用于玩花绳比较厉害、找不到对手的小孩。而双人的玩法即一人以手指将绳圈编出一种花样，另一人用手指接过来，翻成另一种花样，互相交替，直到一方不能再翻下去为止。就是在那段时间里，有个玩花绳的小孩第一次见到了这个老人。多年后，在他收到大学录取通知书的那天晚上，他还会在这个路口见到这个老人。不同的是，随着时间的流逝，这个老人较之当年，更加老迈了。他还记得在见到这个老人的那一刻，他突然无法再从小伙伴手上翻过那段花绳了，那是他第一次遇到这种翻无可翻的情况。他呆呆地望着这个老人，老人也呆呆地望着花绳。缠绕一圈的绳子在小伙伴的手上像蜘蛛网一样，看上去错综复杂，理不出头绪，好像有什么东西在里面困住了一样。

直到那晚再次见到这个老人后，他才知道这个老人一生的遭遇都被写进花绳里了。当初的时局就像一个花绳游戏，他不仅玩不过别人，而且最后被困在了里面。如果把这个花绳游戏大而化之，那些年里的所有人都是这个游戏的参与者，有的人不屑玩，提早被踢出了局；有的人刚开始玩得很好，但总会在玩得更好的人面前败下阵来；最后的胜利者也不会得意多久，因为制定花绳游戏的人随时可以改变游戏规则；换句话说，这场游戏没有所谓的胜利者，大家都是失败者，只有提供花绳游戏的无形之手才是最终的赢家。

翻手为云、覆手为雨的花绳，最终影响了无数人的命运。而且，不管时代怎么变化，这种游戏好像从未停止过。每当想到这儿，他都会心生倦意，漫长的五千年历史其实用两句话就足以概括：一、翻手为云时期；二、覆手为雨时期。如果说前者是开明时期的话，后者便是黑暗时期。两者互相轮回，交替上场。不幸的是，这个老人以为当年会是前者，会一直都是前者，不会再出现后者，没想到在他年轻力壮的时候恰好生逢后者，而前者到来以后，他已经老了，无力再玩这种游戏了。他被花绳撂倒在地，苟延残喘。

当晚站在夜色中的这个准大学生以为自己也可以跳脱出这个“花绳悖论”，不仅他这么想，很多人当初也这么想。他恰好身处一个依靠自身的努力就可以改变命运的时代，如果最终还会出现一些灰溜溜跑回家独自舔舐伤口的失败者，也一定是自身原因造成的，怪不得别人。他那些未考上大学、高中毕业就出去打工的同学均是咎由自取，与教育制度、师资力量、教师水平都没有一丁点关系。倘若他们念书时能像他一样，把泡网吧的时间用来读书，把谈恋爱的精力用来做习题，把打篮球的工夫用来背单词，说不定真的可以改变命运。只要每天把时间花在编读书这个花绳里，就不可能会被花绳抛弃。而且，就算要站在花绳上行走，学习成绩也是手上那根保持平衡的竹竿，天下没有不拿竹竿就能在花绳上健步如飞的道理。

想到这儿，他对大学生活充满了向往。他没再搭理这个自作自受的老人，而是跟着父亲回家了。父亲最终决定等过几天家里办毕业宴时再把老师邀请来，届时在酒桌上他会亲自端着酒杯一一跟老师们致谢。夜色很凉了，他们加快了脚步。就在这时，那个怎么追都追不上他们的猎户终于追上他们了。看着在夜色中挂了一串串田鼠的猎户，他不禁皱紧了眉头。这要换在平时，他肯定会不悦地走开，但今天是个好日子，既然他对每个人都带着笑意，在这个猎户面前如果一脸不屑就有点说不过去，或许还会招来不必要的口舌。但那些垂着脑袋的田鼠真的让他有些不舒服，肚里一阵阵泛酸水，太阳穴也有点沉，差点把在那些人家里吃下去的饭菜呕出来。

第十一章　花绳悖论

猎户没有看出对方脸上细微的表情变化，把额头长有一颗闪闪红星的脑袋拼命凑过去，黑洞洞的枪口也不小心对准了这对父子。父亲很生气，拨开对方的枪口。就是这支长约半米的猎枪让他多年以后还感到很奇怪，那时他生活的城市已经限购刀具了，何以这个猎户还能把猎枪背在身上。不过那时他已经没有多少时间思考这个问题了，他乘坐的那辆开往葬礼方向的公交车很快要到站了。

看着猎户身上挂的那些田鼠，他想到了曾祖父当年去田边聆听蛙鸣的情景。这些不管在丰年还是灾年都吃得脑满肠肥的田鼠，有一双直勾勾的眼珠，有一个毛茸茸的身子，那两对爪子跑起来更是不留任何痕迹。这些不生产粮食的硕鼠，每到秋收时都会在洞穴存满各种粮食，不仅有地瓜、花生，稻谷更是数不胜数，这些食物保证了它们能够安然度过每一个饥荒之年。说起来，鼠比人类聪明多了，它们不仅不会犯寅吃卯粮的错误，还能未雨绸缪。

几年前，走到田边的曾祖父只把视线放到了那些蛙身上，从没发现在每一个黑暗角落都有一双贼溜溜的鼠眼，这些鼠眼和曾祖父一样正在观察外界环境。双方都试图在那些蛙身上预测出这一年的收成情况。那些蹦蹦跳跳的青蛙就像催眠大师手上摇晃的水晶球，而鼠类和人类皆变成了被催眠的对象。曾祖父站在田的这头，那些老鼠缩在另一头，中间那些一蹦三尺高的青蛙让双方的眼睛来回不停地转动。他们都在尽力避免陷入睡梦中，打起精神使劲盯着那些不断跳跃的青蛙。青蛙的活跃程度也可以通过蛙声判断出来，叫得越欢的青蛙，跳跃能力越强，反之亦然。

只有在丰年时，青蛙才会不断跳跃。与其说它们身体状况良好，不如说在提前庆祝丰年的到来。田鼠在这种情况下，也不再节衣缩食，而是抓紧时间吃完陈粮，好留出空间在秋天时收藏新粮。曾祖父也会在吃饭时劝家人多吃一点。在秋收期间的夜晚，这些田鼠就会从洞穴里钻出来，棕灰色的毛发能够有效躲避天敌的袭击。早些年，枝头还有猫头鹰，这几年猫头鹰都倒在了猎户的枪口下，靠那些猫，完全抓不完这些肆虐的田鼠。它们叼起谷穗就跑，地上竟不留一丝痕迹，没有人知道它们钻哪儿去了。几个夜晚下来，沿路的那些谷穗就会变得像梳子一样稀疏，而田鼠就会钻进装满稻谷的洞穴里窃喜。

几年后，在山上再也打不到野物的猎户在田里偷扯稻穗时意外发现田边有很多谷壳。他顺藤摸瓜找到很多晒干的泥巴。这些泥巴糊在田埂处，揭开后，从里面掉出很多稻谷。他捧起一把，发现这些稻谷很结实。于是他使劲扒拉，不一会儿脚边就出现了一大堆。装满衣兜后，他心满意足地回家吃了一餐饱饭。从那以后，他每到断粮的时候都会去田边扒拉稻谷。把那些洞穴里的稻谷掏完后，他又打起了大腿边那些弯腰的稻穗的主意。

第二天，他在偷扯稻穗之前，抱着试试看的想法把手再次伸进了那些洞穴，发现里面又多了很多稻谷。这才发现，每当他把洞穴掏空以后，很快就会有田鼠把洞穴填满。于是他和那些田鼠便形成了一种非常微妙的默契：他负责掏，田鼠负责藏。久而久之，藏的速度就跟不上掏了。猎户的胃口越来越大，那些田鼠则越来越辛苦。猎户和田鼠的角色就这样不经意间调换了：猎户成了不劳而获却能吃喝不愁的田鼠，而田鼠反而成了辛辛苦苦却吃不饱饭的农人。当田鼠无法提供足够多的粮食满足猎户的食欲后，猎户杀心顿起，操起猎枪果断猎杀了这些神憎鬼厌的偷盗者。

在那段时间，人们听到的枪声不再来自山上，而是来自田间地头。他们都对猎户把战场从山上转移到田里感到很奇怪。但猎户的一句话又让他们不禁对他竖起了大拇指。就是这句话让人们最终饶恕了他杀狗的残酷行径，让他从空地上站起来带领大家上山去找那个消失在山里的准大学生。这句话是："我替你们把这些偷吃粮食的鼠给杀了。"

就这样，人们允许他每天都到自家田里开枪。随着枪声不断响起，他们好像觉得田里的稻穗更饱满了。从那以后，猎户开枪再也不用看别人脸色了。他打着为人民灭鼠的幌子，在枪杀田鼠之际，也不忘扯几把稻穗。所以那段时间，猎户除了身上挂满了老鼠，兜里也装满了谷粒。如果有人胆敢质疑他兜里的谷物来路不明，他就会用这句话堵住悠悠众口："我没收的都是田鼠偷吃的粮食。"

经过如此转换，来路不明的粮食转眼就成了合法所得。大家都觉得他的话有道理，即使这些粮食真是从田里拿的，也没有什么，权当他打鼠的辛苦费。过了一段时间，越打越少的田鼠却让猎户犯起了愁，要是田鼠绝迹了，那他就没有理由再去田边放枪了。不能去田边，就无法收获粮食，没有粮食，他就只能重操旧业，到时又要过那种吃了上顿没有下顿的苦日子了。

为此他想出了一个办法，即每次打鼠的时候故意留下几只，等繁殖得差不多后再杀，杀得差不多后再留。田鼠就这样在他的杀与留之间，源源不断地为这个真正的刽子手提供永远吃不完的食物。人们发现田里的粮食产量一年比一年低，而猎户的脸色却越来越好，甚至还有钱修理他家那个破屋。以前他家只能用塑料薄膜遮屋顶，现在居然有钱买瓦片了。他们起初以为是那些田鼠让他发了家致了富，进城打听是不是城里人最近爱上了吃田鼠。他们走进县里每一家开门营业的餐馆，问店里有没有什么老鼠宴之类的菜，得到的回答都说没有。

这就纳闷了，他们带着疑问进城，最后又带着疑问回来。听到枪声大作，看到猎户又在田边放枪，疑问更多了。但他们很快就想通了，产量变低也许是气候的原因，或许是土壤的问题。明年种别的农作物试试。他们躺在床上心满意足地入睡了。

猎户那天从山上下来后，在一个送信的邮递员口里得知了他考取大学的消息。于是他不等那些田鼠长大繁殖，拿着枪又下田了。那些洞穴里的鼠崽子还真多，几乎是十鼠一穴。几十个洞穴打下来，染红了田里的水，那支枪上也沾了很多血迹，拎鼠挂腰的手更是腥得让他不敢喘气。

他知道自己的枪法再好，也比不上一张大学录取通知书。在这张纸面前，他的枪连头都不敢抬起来。只有学问好的人才能得到别人的尊重，枪法好的人只配做打手。他和别人一样，生来对学问好的人有好感。现在世道变了，再也不是他祖父那个“打倒臭老九”的时代了。他的祖父就是块茅坑里又臭又硬的石头，以为现今还是一个只重出身、不看学问的年代，不仅不让他的父亲念书，也不让他这个孙子念书，说什么只能继承他的猎枪，当一名光荣又伟大的猎人。每当想到这儿，猎户在路上见到那个后来成为大学的他时就会感到非常亲切，好几次都想跟他坐下来唠唠嗑，就像跟那个老人唠嗑一样。不同的是，那个老人的学问已经成过去式了，现在这个年轻后生的学问恰逢其时。不过，这个年轻人一直行色匆匆，从来没有给过他说话的机会。不过这也没什么，学问大的人脾气也怪，再说人家脑子里装的都是知识，哪有空儿搭理不相干的人。

那天，猎户好不容易逮到一个献殷勤的机会。在田里打鼠的时候，看到这对风光的父子逢人就报喜，甚至还跟那个讨人厌的簸箕女说个不停，他有些生气，一生气，枪就打歪了，把别人家的庄稼打坏了好几片。他以为他们最后会来到田边，亲自跟他报喜，没想到等了很久，非但没有等到他们的到来，主动跟他们打招呼，他们还好像看不见。没办法了，猎户只能自己追上去。就这样，他追了很久，一直追不到他们。他们不是进了养鱼人家，就是到了油漆工家里。他在外面等了很久都没等到他们出来，他们可千万不要吃得过多、喝得太高，不然到自己家吃不下喝不了了怎么办。他不敢进去找他们。这几家人可不是善茬儿，他们的爷爷明明也是当年革命小分队的成员，没想到在革命小分队解散的那天把之前做过的坏事都推到了猎户爷爷一人的头上，说什么都是被他爷爷怂恿的，他爷爷才是罪魁祸首，害得他爷爷差点把每天到家里来找他算账的人一枪给崩了。

第十二章　应许之地

收到那张讣告时，他发现逝者的名字和自己的名字一样也有个“龟”字。他在脑海里想象这场即将参加的葬礼大概是什么样子，唯一让他感到可惜的是他没能见到送这张讣告的人。在他的家乡，每当有人死去，都会有一个专门报丧的人，拿着讣告挨家挨户通知与逝者生前有联系的人。

通过报丧者的表情，人们就能知道逝者是英年早逝还是寿终正寝。无论晴雨，报丧者都要带上雨具去报丧，进入报丧对象家门之前，将雨具放在门外，进屋吃干净主人端上的点心后，把丧贴放在椅子上，再告知逝者的死因与含殓等相关情况，报告完毕立即回家守灵。寿终正寝者，不管远亲近亲都要去报丧；中年人去世，仅向其同辈与亲戚报丧；而夭折者一般不用报丧。故乡忌讳说“死”或“亡”字，俗称报丧为“赶生”。

他小时候生性敏感，格外留意报丧人的话，通过那人的口，他不用到葬礼现场，就能知道大部分死者的情况。这些报丧者会把死者的生平详细告知报丧对象。多年后，这些死者的生平经常在他脑海里清晰地浮现出来。但这次的报丧者未言一句，甚至连面都没见到，便匆匆离去，他只好在脑中想象逝者的生平以及丧葬方式。

就是看到死者的姓名后，他最终决定此生不再开口说话。他把死者真的当成了文字最初书写的载体：甲骨。这似乎是一种冥冥之中的巧合。既然连文字最初的载体都已灰飞烟灭，能与外界联系的语言也就没什么作用了。从这一点来说，从古至今，不仅文字的书写方式在发生变化，就连载体也不例外：竹简的大规模运用，让甲骨退出了历史舞台，纸张的发明，又葬送了竹简的功能，现在方兴未艾的电脑，最终也会令纸张失去作用。而龟壳最终被火化，又回到了用甲骨文祭天之初的混沌状态。

人类最初在甲骨上书写的文字，最终也将随着甲骨的火化而消失。想到这儿，他不再介怀自己的沉默，不再担心别人对自己的看法。起初的世界本就是无声的，现在他只不过追随这种无声，让自己与世界最终融为一体。人类的文字几经波折，脆弱不堪，很多时候都要从地底下挖掘才能窥见文字的原貌，既焚过书，又吞过商史，既把文字当成交流工具，又将其当作锁链，试图掌控世界。既然如此，那还是自己来葬送加诸自己身上的任何表现形式吧。

下了公交车后，他径直往葬礼方向走去。这些想法让他在这个四月天里暂时忘记了烦忧。他看到城市的规模又扩大了许多，即使公交车驶出了很远，还是没到郊区，依旧在城市的范围之内。那些巨大的广告牌、川流不息的车辆、鳞次栉比的大厦无不提醒着他这座城市的繁华。他好像回到了多年前离开故乡去往北方念大学的那天。那时的心情和现在的心情恰是一枚硬币的两面，不同的是这枚硬币的正反两面都是一样的。

他坐上那辆开往市里的大巴后，他的父母在路口目送了很久。他那时背的包不大，远没有去县城念书时背的大，他的包里仅有几本书和一张还装在信封里的大学录取通知书。衣服和生活用品等到了目的地再买也不迟。当他踏上那列将要在里面度过漫长的几十个小时的火车后，看到其他人的大包小包，不禁为自己的轻装简行感到庆幸。

虽然他的生活没有多少色彩，但他多年来从未改变对未知事物的探索。很多时候，他都觉得，好奇是他迄今还活在世上的最重要的动力，十年前在那列火车上如是，十年后将到达葬礼现场时亦如是。他的生命始于对世界的好奇，也最终会结束于此。但此时的他不会想这么多，起码在未见到葬礼时不会这么想，就像多年前他还没抵达大学校园时，也不会想到大学校园此后带给他的是无尽的苦痛和泪水。

他兴致勃勃地走在路上，想象着葬礼上的一切。他兴致勃勃地坐在火车上，想象着大学生活的美好。现在的他好似见到了当年的他，他真想跟过去的自己说一句："嘿，你好呀。"

他相信，过去的自己也会如此热情跟自己打招呼的。只有在这两个时间节点，他才真的像一个朝气蓬勃的年轻人。那个时候他还年轻，对于未来有许多不切实际的想法，如果说有什么烦恼的话，那也是在那个美好的年纪里，胃口还无法支撑他吞下一切想吞的东西，不管是爱情、梦想还是学业。年轻的烦恼是健忘的，总会在睡上一觉后抛诸脑后；年轻的忧愁是可笑的，总会随着挥洒的汗水而被遗忘在课堂或球场上。

他在火车上观察同龄人，发现自己的穿着几近寒酸，而且那个在故乡拿得出手的手机也在别人更好的手机面前无地自容。他只好把手机揣进兜，拿出那几本随身携带的书籍翻阅起来，很显然他一个字都看不进去，脑海里一直在想自己什么时候也可以用上那种手机，穿上那种衣服。多年后他终于用上了这种手机，穿上了这种衣服，却一点都没有自己当初想象的那么美好。本来能让他静下心来的文字却让他的脑子更乱了，他只好望向窗外，窗外的风景已经变了，再不是南方丘陵的模样了，而是充斥着北方一览无遗的平原。天气也在进入南北交界之处变得透明起来，登车之前的绵绵阴雨也随着故乡的远离而被留在了他身后。

现在的他，有一个可以说尴尬的年纪，如果不去想同龄人都已成家立业的事实，其实也还可以算是花样年华。在这个年纪，他对于未来少了许多不切实际的想法，明白很多东西即使靠争取也徒劳，他能够尽自己最大的努力，抵御来自外界的一切诱惑。每当这个时候，他都觉得人的烦恼就在于认不清自己。很快他又会沮丧地发现，认不清自己才是人类繁衍生息的根本。他每次都会陷入这种两难，导致精神愈发苦闷。

火车上的食物让他记忆犹新。就是在那一刻，他发现自己的身高、说话方式和习惯都与北方有极大不同。火车上的食物难以下咽，比他吃过的任何难吃的东西都难吃。他刚开始以为车厢过道不断往返的餐车上装的都是美食，让他不计过高的价格买了一顿午餐。正准备吃时，他突然发现很多人都在盯着他看。他们人手一桶泡面，泡面散发着热气，看他们的样子，好像泡面是这个世界上最好吃的食物。自从那包泡面损害了他的一颗牙齿后，他现在闻到泡面的味道就想吐。他以为那些人是在羡慕他购买的午餐，当吃进第一口时，他就对自己的想法产生了怀疑，再去看那些人时，发现他们的神情与羡慕无关，而是一副看热闹不嫌事大的样子。他这才明白过来，原来整节车厢只有他一人买了餐车上的食物。人们看他吃得龇牙咧嘴，好像目的已达到，心满意足地低下头扒拉一大口泡好的方便面。

他没吃几口就丢了，实在饿得受不了，也去买了一桶方便面。那些人看到他过来接热水时，对他说了一句他此后想起依旧觉得非常有哲理的话："年轻人，第一次坐火车吧？"

那个时候，他对这句话感受不深，以为只是一句笑言。此后当他再次因为没有经验而吃亏时，这句话就会变成："嘴上无毛，办事不牢。"可以说，这句话开启了他发现另一个世界的大门。在这个世界上，经验可以让自己走得更远，但有时也会限制自己的脚步。在火车上剩下的时间里，他都靠泡面果腹。每次吃泡面时，整节车厢都会发出巨大的吸溜声，散发出很重的调料味。在车厢里，人们才不管吃饭吧唧嘴合不合适。狭长的车厢让人们有了发泄的途径，每个人都沉浸在自己吃饭时发出的声音里。最后甚至变成了一种比赛，就看谁发出的声音大了。有的人求胜心切，吃得过快，当泡面吸进嘴里后，没有顺着喉咙滑入肚里，而是呛到了，最后从鼻子里跑了出来。人们看到对方两个鼻孔各出现了一根面，都笑得差点岔气，这一岔气也让他们的泡面从鼻子里钻了出来。最后车厢里的吃面声都变成了咳嗽声，每个人的鼻孔里都溜出了几根长短不一、软硬不同的面，看上去十足像长鼻子大象。

此后，他再没吃过一包泡面，即使生活再怎么困窘。除了固定的几种食物，他再怎么尝试，都无法爱上别的食物。甚至连那个每天都能见到他的餐馆老板娘都看不过去了，好几次偷偷给他换上别的菜，最后却被他一一退回。从那以后，这个老板娘不再试图改变他的口味，每天在固定的饭点，提前给他准备只放油、盐、味精的饭菜。

虽然和故乡的食物口味出入有点大，但在没有找到别的代替品之前，他只能日复一日地吃同样的食物。但这又会产生一个矛盾，即他假如没有尝试别的，就不会发现有自己喜欢吃的其他菜。而一旦轻易尝试，又会让他的肠胃不舒服。所以，他只能每天吃同样的饭菜。

他走在前往葬礼的路上。周围的一切都不像要举行葬礼的样子。每个行色匆匆的路人虽然表情分外严肃，但穿的都不是葬礼上要穿的衣服。与世界格格不入的不安又冒头了，只有尽快找到目的地，才能打消他的不安。他加快了脚步，沿着讣告上的地址往前走去，很快出现的一个十字路口又让他犯难了。他不知道该往东还是往西，该往南还是往北，他在横平竖直的街道上迷失了方向。北方的城应该比南方好辨别方向才对，只要看到太阳所在的方向，就能顺利找出东、西、南、北四个方位，不像南方，太阳总是躲在绵绵阴雨里不肯出来。

北方的太阳可比南方的大气豪爽许多呀，现在怎么又不知道该往哪儿走了呢？

而且现在身上也没带那枚硬币，只能靠自己的感觉。他能否成功找到目的地，就要看自己的感觉准不准了。面前的四个方向，四选一，输赢的概率各占四分之一。但他不敢轻易尝试，害怕自己的选择会离目的地越来越远。看到距离讣告上的时间还有很长，他只好再等等看。他没有开口问路，他不想让不必要的麻烦再次扰乱自己好不容易平静下来的心。每次他开口问路的时候，别人都会取笑他的口音。既然开口是一个错误，那他索性还是闭上嘴吧。

不知是什么力量促使他最终站在了路口，打量着往来的车辆。他在四月的大街上目睹春色，也在四月的大街上回忆往事。当春色遇到往事，或许就能让过去的生活明媚起来，那些不堪回首的过往也能改变轨道，带他去往另一个方向。在这个与最初完全相反的方向，他的大学生涯和大部分人一样，挥洒着青春的汗水，没有任何遗憾让自己过后想起时还会如芒刺在背。只有在这样的时刻，他重掷的骰子才有意义可言。他好像见到了多年前下火车的自己，那个自己和当年的自己不一样，是一个方向选择对的大学生。他走进热闹的大学校园，迎接他的师生充满热情，不再像之前那样对他横眉冷对。

这个大学生会安稳地度过四年大学生涯，不会提前跑出来，四年后会顺利拿到毕业证，顺利找到一份各方面都过得去的工作。接下来，他会很快有对象，很快有孩子。这才是他当初设想的生活，而不是在大学校园每天都过那种胆战心惊，由于没交学费遇到老师都会惶恐不安的生活。他在四月的街头掉转自己当年的运行轨道，或许之后他还是会因为去某个地方而迷失方向，或许也会碰到如今在街头神游四方的自己，但那个自己即使迷路也敢于开口向路人问路，即使需要不断找工作，也不会由于学历问题而屡遭歧视。

他在火车上保持的兴奋很快会在见到大学校门的那一刻荡然无存。这个校园破败不堪，甚至比不上自己的高中。十多年的努力学习最终却换来这样的结局，他无法接受。他从包里翻出那张录取通知书，对照上面的校址和名称，没有走错，录取通知书上说的就是这里。这个以“中国”两字打头的大学给了他重重一击，让他当场呼吸不畅。他这才想起毕业酒宴上班主任担忧的口吻，班主任的意思是录取通知书不可能在高考才过去几天就下发，他又不是特招生，不是哪个环节出现了错误，就是这封录取通知书是假的。但他当时没有相信，他的父亲更是不信。在这对父子看来，只要有“中国”两字打头，这所大学再差也不会差到哪里去。为了保险起见，他们还在几天之后进城上网查找关于这所学校的相关资料。看到电脑页面上这所学校的规模和师资力量，父子俩才最终把心放回肚里。

在他看到大学校门的那一刻，他还没有彻底死心。有些东西仅看表面是看不出什么门道的，只有深入进去才能知道真相，而且，只要这所大学真如网上所说的那样是一本院校，校园破旧一点也不算什么。如果发现情况不妙，他可以走，再回去重读一年，或许家里又收到了报考过的其他大学的录取通知书也说不定。

他很快见到了那个此后每当想起都会让他浑身冒冷汗的所谓老师。这个为人师表的中年人从在一辆轿车里探出头，问他有没有带学费。

他说，带了。

父亲在他上大学前几天，特意给他办了一张银行卡，把第一年的学费和生活费都打进了卡里。学费和生活费加起来差不多有一万元，对当时的他来说无疑是一笔巨款。除了随身携带的几百元现金，这张卡他一直随身带在身上。坐火车即使困得睁不开眼，他也会条件反射地悄悄摸一摸，摸到卡还在，才会长舒一口气。老师发现他没有带现金，自告奋勇地载他去市区取钱。到达自动取款机前时，老师也从车里下来了，看着他取。他留了一个心眼，没有去查卡上余额，而是直接取出两千元交给老师。这些钱和学费比起来相差很多，老师一脸奇怪。他只好解释说，家人怕钱在路上被偷，等他到了大学后再把余额打过来。老师信了，又载着他回学校了。

宿舍只有他一个南方人。在这些人面前，他沮丧地发现自己无法融入他们。只要他开口说一句话，别人就会取笑他的南方口音，还会学他说话。看到对方滑稽的模样，他好像见到了滑稽的自己。从那以后，不到必要时刻，他都不说话。那个老师每天都会敲响他宿舍的房门，问他学费打来了没有。他只好从兜里掏出那个看上去格外碍眼的手机，装模作样地给家人拨打电话。随便说上几句，然后把电话挂断，告诉对方，得过几天，最近家人比较忙。

此外，他急需搞清楚一个问题，即这座大学是否正规，是否真是一本院校。但很多答案听下来，他更加疑惑了。有的人说确实是“一本”，有的人说其实就是一所野鸡大学，还有人说过段时间申请成功后就会名正言顺。在接下来的无数个夜里，他都睁着眼睛思考这些问题。他想打电话跟父亲聊聊，但又害怕他失望。每次打电话的时候他都安慰父亲，学校很棒，同学很好，老师很厉害。他强行控制自己的口气，不让父亲听出言外之意。好在外人难懂的方言没有引来同学的好奇，他们以为这种稍带哭腔的南方话是正常的，每次在他打完电话后，都会开口学上几句。看着对方的哭腔卡在喉咙里，他的心会慢慢冷却。

不远处人声鼎沸，他往前走去。是一个警察局。警察局蓝白相间的外观像他在故乡办理身份证时见到的派出所一样。他没有停下自己的脚步，像一个前来报案的受害人那样走进去，如果多加一副手铐，那么他和一个犯罪嫌疑人也没什么区别。这么多年来，他最害怕的就是森严的警察局和这些身穿制服的警察，路上见到警车呼啸而过时，心里都会紧张。但今天，他鬼使神差地来到了警察局。

他手拿着那张讣告，没有人留意他。警察和那些犯人都很忙，一个要忙着审讯，一个要忙着被审讯。他站在一旁观察着这个匆忙的警察局。过了一会儿，终于有人看到他了，一个头戴警帽、刚刚踏上工作岗位的年轻警察走过来，把蹲在墙角的他叫起来。他站起来，身后的墙壁上出现了一片巨大的阴影，眼前的太阳刺眼。他尾随这个警察走进了一间审讯室。审讯室的天花板上有一盏晃眼的白炽灯、一张桌子和两张凳子，他和这个警察面对面坐着，他把双手摆放在桌上。

“你要报案？”警察以为他是受害人。

“我要自首。”他说。

警察盯了他一会儿，确定他没在开玩笑，看到他手里的那张纸，问他介不介意给他看。

“这是你的个人资料？”警察问。

他点了点头，他的个人资料多年来一直随身携带，以防在被抓之后无法一时讲清自己的生平。至于那张讣告，则被他装进了西装的口袋，这身西装是他第一次找到正式工作后买的。警察刚开始以为他是来警察局推销的墓地管理员。警察局除了警察和犯人，最多的就是各种推销员——这些推销员向犯人推销各种丧葬用品，向警察推销佛经——“他们以为我们警察抓了犯人会于心难安，但于心难安的应该是那些可恶的罪犯”，但还从没有主动投案自首的罪犯。警察让他坐着等一等，他要去电脑上查查他是不是记录在案的逃犯。

他看着那盏摇晃的白炽灯，心情很平静。他在大学校园里每天都不敢去上课，不论老师或同学，几乎人人都知道他没有交学费，就连看管大门的门卫都知道这件事。他每天躺在床上，想着要不要离开这里。父亲还是每隔一周就打电话过来，询问他的近况，他仍然重复一样的说辞。但有一天早上，父亲接到了儿子一个不同寻常的电话。他在电话里跟父亲说要提前出来实习，距他念大学刚好一年。父亲听出了儿子电话里的声音有些不对，他安慰父亲说是由于兴奋，“不是谁都有资格提前出来实习的”。

过了一会儿，警察回来了，手上多了一副手铐。他看着手铐跟自己的双手长在了一块儿。警察手里多了很多资料，重新在他对面坐下。警察先是问了他的姓名，和资料上的一样，就是那张照片和他本人有极大差别。

“九年了，怎么突然想来自首？”警察说，“你大可以继续隐姓埋名。”

“累了，”他说，“我想过几天平静的日子。”

警察点了点头。他的话一多，警察就有些听不太清楚了。他叫来一个刚从南方调来的警察。南方警察一开口说话，他的眼睛就有些湿润了，声音也有些哽咽。

“说说你的犯罪经过吧。”南方警察说。

他接过一根烟，抽了几口，然后揭晓了这段深埋在记忆中的往事。那天早上，他躺在寝室的床上，被一阵急促的敲门声惊醒。他睁开眼睛，看到门都快被敲翻在地，旁边的床上空无一人，室友都去上课了。他没去开门，他等着敲门声停歇，敲门人离开。过了很久，敲门声渐渐弱了。正当他以为来人已走后，发现门突然开了，那个老师拿着一大串钥匙进来了。他还没来得及穿上衣服从床上起来，就被一把掀开了被子。那个老师看到这个不老实的学生赤身裸体躺在床上，那话儿还翘得很高。他赶紧抓起被子，盖住私处。但那个老师没给他这个机会，而是把被子踢到了床下。

“一天骗一天，”老师很生气，“今天要是再不交就滚蛋。”

他哪里还有钱交，他的学费早已花完，现在冷不丁要交两年的，他不知道怎么跟父亲开口解释。那个老师除了要他交清没交的一年，还得预交第二年的，“省得到时又赖账”。他知道这回不能再用以往的借口，只好跟老师说马上打电话给父亲，“但要让我先穿好衣服”。老师没有同意，一定要他光着身子打。他从枕头下摸出手机，拨打父亲的电话，发现停机了。老师以为他要诈，抢过手机，使劲摁，手机确实停机了。于是这个老师把自己的手机拿出来，让他用自己的电话打。他明白老师的意图。他入学时故意把父亲的电话号码填错了几个数字，害得老师一直找不到他的父亲。他说能否给他充点话费，他慢慢地跟父亲说。老师听到这话就更生气了，死活要他用自己的手机打。

没办法，他只好拿过老师的电话，拨通了父亲的电话，还没等他开口说话，老师就抢过电话，用一口字正腔圆的普通话历数他这一年来的斑斑劣迹，最后还不忘提学费的事。他看着老师摇动的唇舌，心想这回死定了。等老师挂断电话后，他的手机响了。父亲给他充了话费，打电话过来问他是怎么回事。他在电话里用方言笑着说现在骗子很多，打着没交学费等各种幌子骗钱呢。父亲将信将疑，最后相信了。老师问他在说什么，他说父亲在跟他确认是不是真没交学费，“如果属实，一分都不会少学校的”。老师听后很开心。他却皱紧了眉头。

“那你的学费哪儿去了？”警察说，“一个大学生花销也没这么大吧。”

“你也知道，大学不是读书的地方，”他说，“不管有钱的还是没钱的，不攀比攀比算什么大学生。”

警察笑了。现在的大学生都是“三好学生”：手机要用最好的，电脑要用最好的，衣服也要最好的。

“然后呢？”警察问。

他点燃另一根烟。他光着身子一直在思考怎么打发老师。看样子老师在见到钱之前是不会离开的。他跟老师说，父亲可能把钱打到卡上了，现在出去应该就能取。但老师不相信他，不想载他出去，最后又被玩弄。“你把银行卡给我，把密码告诉我，我义务替你跑一趟。”老师对他说。他不想给。老师动起了手，翻他的裤兜、背包，最后试图打开他的抽屉。但老师手上的那串钥匙没有一把能打开他的抽屉，他早把抽屉的锁换了。老师见钥匙打不开，就动起了粗，用脚踹他的抽屉。锁头被踢歪了，抽屉漏出一个很大的口子。老师用手掰，没掰开，把手伸进缝里，将里面的东西拿出来。没有拿到那张卡，那张卡藏在一本书里。

他看着自己的抽屉被翻得乱七八糟，有些生气。桌子上有一个吃剩的西瓜，西瓜皮上放着一把西瓜刀。老师操起西瓜刀想劈开抽屉，还是劈不开，便用刀锋威胁他拿出钥匙。他试图下地，穿上丢在地上的衣服。老师也意识到不能将他逼得太紧，或许换一种方式会更好，于是就让他将衣服穿好。他把衣服穿好后，发现老师坐在了他的床上，没脱鞋的脚踩在他的床单上，手指头夹的烟把烟灰弹得到处都是。他看着放在桌上的那把西瓜刀，慢慢靠近。

老师没发现，还在说些非常虚伪的话，像什么“大学生就要听老师的话”“老师这么做也是为你好，不然到时候毕不了业可怪不了别人”。“当然，你的毕业证应该会多扣几年，以示惩罚。”就是这句话让他最终丧失了理智。

说完这些，他在审讯室里掏出了那张讣告。他突然发现这不是一张讣告，而是一张广告单。这是一张关于后悔药的广告单：“你还在为选择错了未来而后悔吗？咨询来电，让你重新选择一个正确的未来。”看到这儿，他失声痛哭起来。警察有点奇怪，拿过对方手上的单子，看完后也陷入了沉默。警察把广告单夹在那些资料里，等他平复心情。

“你知道吗？”过了会儿警察说，“你的手段非常残忍。”

“对一个死人来说，怎么死的并不重要，”他说，“一刀是死，十刀也是死，捅了多少刀对一个死人并没有什么意义。总之我确实把他杀了。”

听到那句话后，他握起那把西瓜刀，对着老师的脖子就扎下去。老师睁大的双眼鼓了出来。还没等老师开口呼救，他就拔出西瓜刀继续在他脖子上猛刺。最后只有一点皮连着那颗大脑袋。地上、床上都洒满了血，连他脸上、身上也都沾了很多血。他心如死灰，瘫在桌边。看到突然安静下来的寝室，他的脑子里一片空白。看着这个刚才还大放厥词的老师现在却像个婴孩般沉默，他的心跳越来越快。过了几分钟，他稍微平静下来，他从厕所接了一盆水，把地上和自己身上的血迹擦干净，然后抹干净老师身上的血，还帮他洗了把脸，除了那个断了的脖子，一切看上去和之前一样。然后他把老师平放在床上，盖好被子。他花了很长的时间收拾好包裹。出校门的那一刻，他的电话响了，他的心跳得更快了。是他的另一个老师的电话，这个老师在电话里问他为什么又逃课了。他说，今天要出去取钱，请假一天。挂断电话后，他给父亲拨打了那个所谓的实习电话，顺便还让父亲打了几千块钱过来，“实习期间吃住所用”。

“我不知道这么快就被发现了。”他说。

“不不，过了一个星期，尸体发出臭味后才被发现。”警察说。

那个死亡的老师在他的床上躺了一个星期。其间他的室友都没有发现躺在床上的居然是别人。他和他们的关系不太好。自从取笑了几次他蹩脚的普通话后，同学就对翻脸的他避而远之了。他们每天看到

“他”蒙着被子躺在床上，都不敢过去一探究竟。就这样，他们每天睡觉前看到“他”躺在床上，每天上课前还是看到“他”躺在床上，每天下课后还是看到“他”躺在床上。一个星期过后，他们在寝室里闻到一股浓重的臭味，以为谁上厕所没冲，跑进厕所，发现臭味不是来自里面。他们这才想起好久没大扫除了。于是在那个周末，整个寝室除了他，大家都拿着扫帚、拖把、垃圾桶，清理寝室。他们把床底下的臭袜子扫出来，把吃剩的泡面盒装进垃圾袋，把一切脏东西都清理干净后，臭味还是没散。

大家以为臭味来自他的床底下，探头一看，他的床底下很干净。他们准备掀开他的被窝，让他起来一起打扫。但是没人敢去掀，怕又惹毛他。他们互相推搡着，谁都不肯过去。最后一个长得比较高大的同学走过去，先是拍拍被子，让“他”起来，听到没反应，又把声音放大了许多，“他”还是躺在床上一动不动。于是这名同学只好把他的被子掀开。这同学先从脚部掀起，发现“他”居然穿着皮鞋睡觉，又慢慢往上掀，看到“他”的名牌皮带，等看到那个将军肚后，他们才意识到这不是他，是另有其人。掀被子的同学吓坏了，让身后的几个人一起过来。等到把被子都掀开后，他们倒吸一口凉气，脸吓得煞白，有几个同学甚至吐脏了刚拖干净的地板。

“已经生蛆了，”警察说，“甚至要好几个法医才能挪动死者，背部和床单都粘在了一块儿。”

接下来，他开始了长达九年的逃亡生涯。他刚开始在靠近学校的一家小旅馆躲了好几个月。等风声没那么紧后，他才敢去火车站乘坐火车继续北上。他不敢往南，怕警察在南方严阵以待。在最开始的几年时间里，他每天都如惊弓之鸟，只要听到警笛声，心头都会不由得一紧。父亲的电话他也不敢接，只能在夜深人静时跑到街头用公共电话给家里打电话报平安。在逃亡期间，关于故乡的一切每时每刻都涌现在他眼前。他不知道这是怎么回事，以为是自己紧张过度所致。

这九年里，他做过苦力，洗过盘子，翻过垃圾，可以说，任何在他读书时看不起的工作他都做了一遍。岁月将他变了模样。可以想见，他的父母要是遇到他，都不会很快认出来。来到无名街上时，他已经隐姓埋名了八年，也是在这一年，他找到了一份稍微体面的工作，然后去买了一身西装。在惶惶不可终日的前八年，他只有一个念头：活下去。在生活慢慢趋于平静的最后一年里，他深陷在回忆里无法自拔。他逃亡之初，没有想过死亡，就是在最后一年里，死亡经常出现在他的脑海里。

很多时候他都在想，要是当年没有杀死那个老师，或许现在的生活就会完全不同。要是自己没有去念那所所谓的大学，或许就没有后来的事了。要是当初能果断点，不理家乡人的闲言碎语，马上回南方重读高中，现在的结局或许会更好。但生活没有如果。

“我现在只想知道我还能活几天。”他说，“我希望你们暂时不要把这件事告诉我家人。”

“这得看法官怎么判，”警察说，“这个要求我可以答应你。”

“我想回家看看。”他提出了此生最后一个要求。

之后的几天，他都在审讯室里度过。透过审讯室那扇窄小的窗户，他听到阳光里响起了蝉鸣。他的老板这几天给他打了很多次电话，问他怎么还没来上班，“再不来就扣工资、开除”。但他没有说话，只是笑笑。他在这里听到很多人的声音，这些一时行差踏错的人都在痛哭流涕。有老人，有年轻人，有男人，也有女人，甚至还有小孩。这个时候，他想起了多年前故乡那个黄昏的路面。猎户把枪口不小心对准了他和他父亲。要是那几发子弹打在自己身上，那该有多好呀。父亲无情地拒绝了猎户要为他儿子接风洗尘的建议，猎户在他们头也不回地离开后，对准漆黑的夜空放了几枪。

几天后，警察载着他回到了位于南方的故乡。法院下发了判决书：“死刑，不日执行。”得知消息后，他表现得很平静，坐在车上没有说一句话。警察一直问他还有什么要求，他都没有说话。只有快到家乡时，他的情绪才出现了波动，表现得非常不安，几次让警察把车停一下，好让戴着手铐的他下去抽烟。警察表现得很有耐心，让他慢慢抽完了烟。他换上了一身干净的衣服，包里有那张十年前办理的银行卡，卡里有他多年来攒下来的好几万块钱。把银行卡交给父亲后，他最后一个心愿就了了。他看着故乡那条熟悉的柏油路，路两旁长了好几棵树，路面不再尘土飞扬。很多挑着稻谷、赶着牛的人走过时，都望着他，饶有兴致地望着他。

盼了九年终于把儿子盼回家的父母听到消息后，几天前就在路上等了。见到他的那一刻，他们刚开始不敢认，慢慢地走到他身边，仔细看了一圈，最后终于认出了眼前站着的就是自己朝思暮想的儿子，扑上去死死地抱住。他抱着父母，发现父母原来这么矮小。他的眼眶也红了。路上渐渐地出现了很多人，有簸箕女、竹篾匠、油漆工，那个养鱼人刚才在追逐一条从山上的池塘里逃逸的大鱼，此时正把鱼捆缚在肩，也走了过来，说是去他家吃饭，他要用最大的鱼招待最有出息的他。他们都还不知道他已经时日无多了。这也是他对警察的要求：不穿囚服，不坐警车，两个警察冒充他的同事——这是对他主动自首换来的优惠条件。那两个警察都不忍去看，背过身去用手背擦拭眼角。

他在人群中看到了那个猎户，只是他的手上再没了枪，而是换了一把弹弓，正在打树上的鸟。那个毁容者戴了一副面具，远远地看着他，然后走开了。在人群逐渐散去后，警察偷偷地解开了他衣服下的手铐，然后和他走在落满鱼鳞的路上，那片片鱼鳞好像一双双眼睛，正在看着他。他发现故乡的土房子都没了，都换成了砖楼。路面上多了很多小孩，只是这些小孩不再玩花绳游戏，而是在新盖起来的店铺里玩电子游戏。

一切都变了。

吃饭的时候，父母很开心，饭桌上还多了一个年轻的女孩。看样子是父母给他介绍的对象。这个女孩一直在问他在哪里上班，还问他这次回来待几天，看她的意思好像要跟他一起去那座繁华的城市。他没有说话，只是默默地看着父母，几次借故出来擦眼泪。

几天后，他回去了。在坐上车的那一刻，他对父母说：“再见了，爸妈。”

追随他的记忆

出版人：唐学雷
责任编辑：崔保华
监制：辛海峰　陈 江
产品经理：张其鑫
特约编辑：丛龙艳
责任印制：赵　明
营销推广：王筱雅　梁 爽　绾 绾
装帧设计：山川 Gabryl
封面摄影：述　禾

图书在版编目（CIP）数据

追随他的记忆 / 林为攀著. — 北京：北京联合出版公司，2016.11

ISBN 978-7-5502-9113-3

Ⅰ. ①追…　Ⅱ. ①林…　Ⅲ. ①长篇小说—中国—当代　Ⅳ. ①I247.5

中国版本图书馆CIP数据核字（2016）第267560号

追随他的记忆

作　　者：林为攀
责任编辑：崔保华
产品经理：张其鑫
特约编辑：丛龙艳

北京联合出版公司出版
（北京市西城区德外大街83号楼9层　　100088）
北京联合天畅发行公司发行
北京山华苑印刷有限责任公司印刷　　新华书店经销
字数：156千字　　880mm × 1230mm　1/32　　印张：7.5
2016年12月第1版　　2016年12月第1次印刷
ISBN 978-7-5502-9113-3
定价：38.00元